Karen Kingsbury

Tausend Morgen mit dir

Roman

W0397282

Über die Autorin

Karen Kingsbury wollte schon als Kind Schriftstellerin werden. Zunächst studierte sie Journalismus und schrieb für verschiedene Zeitungen. Ihre rührenden Alltags-Kurzgeschichten für die *LA Daily News* waren so gefragt, dass sie ein Angebot einer New Yorker Agentur bekam. So hatte sie die Möglichkeit, einige ihrer bisherigen Artikel zu sammeln und als Buch herauszugeben. Das war der Beginn ihrer Karriere als Autorin zahlreicher Bücher, die regelmäßig zu Bestsellern wurden.

Sie lebt mit ihrem Ehemann, den sechs gemeinsamen Kindern und zwei Hunden in Houston, Texas.

Karen Kingsbury

Tausend Morgen mit dir

ROMAN

Aus dem Amerikanischen übersetzt
von Elke Wiemer

GerthMedien

FSC
www.fsc.org
MIX
Papier aus verantwortungsvollen Quellen
FSC® C014496

Verlagsgruppe Random House FSC-DEU-0100
Das für dieses Buch verwendete FSC®-zertifizierte Papier
Holmen Book Cream liefert Holmen Paper, Hallstavik, Schweden.

Die amerikanische Originalausgabe erschien im Verlag
Center Street, Time Warner Book Group, New York
unter dem Titel „A Thousand Tomorrows"
© 2005 by Karen Kingsbury
© der deutschen Ausgabe 2008 by Gerth Medien GmbH, Asslar,
in der Verlagsgruppe Random House GmbH, München

Die Bibelzitate wurden, sofern nicht anders angegeben,
der folgenden Bibelübersetzung entnommen:
Gute Nachricht Bibel, revidierte Fassung, durchgesehene Ausgabe
in neuer Rechtschreibung, © 2000 Deutsche Bibelgesellschaft, Stuttgart.

1. Taschenbuch-Sonderauflage 2012
Bestell-Nr. 816 683
ISBN 978-3-86591-683-9

Umschlaggestaltung: Immanuel Grapentin
Umschlagfoto: Shutterstock
Satz: Marcellini Media GmbH, Wetzlar
Druck und Verarbeitung: GGP Media GmbH, Pößneck
Printed in Germany

Kapitel 1

Mary Gunner ahnte nichts.

Sie hatte Mike Gunner im Sommer 1972 geheiratet, zu einer Zeit, in der man noch glaubte, wenn man sich nur genug liebte, könnte man jedes Problem lösen. Und sie liebten sich so sehr, dass keiner von beiden sich vorstellen konnte, dass diese Liebe je enden oder plötzlich nicht mehr da sein würde.

Es war nur eine kleine Feier ganz in der Nähe des Flusses und nur einen Steinwurf von dem Footballfeld entfernt, auf dem Mike der Star gewesen war. Die Ehe, so sagten sie sich, würde ihnen nicht ihre Unabhängigkeit nehmen. Sie fügten ihrer Beziehung nur einen weiteren Aspekt hinzu, machten sie verbindlicher, reicher. Zur Erinnerung daran brachte jeder zur Trauung einen Gegenstand mit, der charakteristisch für ihn war – Mary einen Gedichtband und Mike einen Football.

Einen Football!

Wenn sie jetzt zurückdachte, hätte ihr das eine Warnung sein müssen, denn der Football war Mikes große Liebe, und wer konnte schon zwei große Liebschaften auf einmal haben? Aber damals – umringt von Hochzeitsgästen in wallenden Batik-Gewändern mit Blumenkränzen im Haar – war es cool und mal was Neues, einen Football und einen Gedichtband dabeizuhaben. Man scherte sich nicht um Traditionen. Mike und Mary wollten keinen Anzug und kein Rüschenkleid.

Mike hatte einen Vertrag bei den *Atlanta Falcons* für die Profiliga abgeschlossen und besaß ein schönes, neues Haus nur wenige Kilometer vom Stadion entfernt. Mary war von zu Hause abgehauen, und aus Biloxi wegzuziehen bedeutete für sie keinen großen Schritt mehr. Sie wollten ein Paar sein und doch noch jeder ein Individuum für sich, er mit dem Trikot der *Falcons* und sie mit Papier und Feder.

Kinder? Damit wollten sie mindestens noch fünf Jahre warten. Vielleicht sogar zehn. Mary war erst 19 und selbst noch ein Kind. Die Ehe bot ihnen die Möglichkeit, neue und romantischere Ausdrucksformen der Liebe zu entdecken. An den Sonntagen würde sie ihm von den Zuschauerrängen aus zujubeln, während er ruhmreich seiner Berufung nachging, und an gemütlichen Dienstagen würde sie ihm barfuß mit einer Kaffeetasse in der Hand aus ihren neuesten Werken vorlesen.

So hatten sie es zumindest geplant.

Aber Gott hatte ihre Planung wohl nicht abgesegnet, denn schon nach drei Monaten war Mary schwanger und brachte noch vor ihrem ersten Hochzeitstag einen Jungen zur Welt. Sie nannten ihn Luke William Gunner. Mary legte Papier und Feder zur Seite und kaufte eine Wiege. Sie verbrachte ihre Tage und meist auch die Nächte damit, ein schreiendes Baby zu beruhigen, Fläschchen zu wärmen und Windeln zu wechseln.

„Tut mir leid, dass ich nicht öfter zu Hause sein kann“, sagte Mike. Er meinte, er könnte nicht mit Babys umgehen. Und wenn er weiterhin am Ball bleiben wolle, müsse er mehr Zeit auf dem Footballfeld, im Fitnessstudio und beim Lauftraining verbringen.

Mary antwortete, dass es ihr nichts ausmache, und das Witzige daran war, dass das tatsächlich stimmte. Das Leben zu Hause war schön. Mike war ein stolzer Vater, denn Luke war von Geburt an ein richtiger Junge. Sein erstes Wort war *Ball*, und Mike kaufte ihm schon Monate, bevor er überhaupt laufen konnte, ein Paar Sportschuhe.

❖

Es folgten Jahre voller Lebensfreude und Glück. Mike zeigte, was in ihm steckte, wurde mit jeder Saison schneller und fing lange Pässe immer sicherer. Es gab keinerlei Anzeichen oder Warnsignale, dass etwas nicht in Ordnung sein könnte.

Im Frühling 1978, als Luke fast fünf war, erfuhr Mary, dass sie wieder schwanger war. Aber nicht das Kind, das sie erwarteten, veränderte alles, sondern ein schlecht gefangener Pass eines Sonntags im Oktober. Mike stand ganz frei, zehn Meter vom nächsten Verteidiger entfernt, als er in die Luft sprang, um den Ball zu schnappen, und so unglücklich landete, dass er sich das Knie verdrehte.

Ein Bänderriss, hieß es im Krankenhaus. Er wurde operiert und musste an Krücken gehen. „Diese Saison werden Sie nicht mehr spielen", teilte der Arzt ihm mit. „Und ganz ehrlich gesagt, ich weiß nicht, ob Sie jemals wieder so schnell sein werden wie vorher."

Sechs Wochen später kam der kleine Carl Joseph auf die Welt.

Carl Joseph war von Anfang an anders als Luke. Er

schrie kaum und schlief ungewöhnlich viel. Am schwierigsten war das Füttern, weil ihm die Milch oft zur Nase wieder herauslief und er zu spucken und zu husten anfing.

Mike wurde ganz unruhig, wenn er ihn so sah. „Warum macht er das?"

„Ich weiß es nicht." Mary hielt immer ein Tuch bereit, mit dem sie ihm die Nase abtupfte, und versuchte, sich einzureden, dass alles in Ordnung wäre. „Wenigstens schreit er nicht so viel wie Luke."

Mike hasste es, zu Hause herumzusitzen. Sobald er konnte, ging er wieder ins Fitnesscenter und trainierte mehr denn je, um sein Knie wieder fit zu machen. Bis zum Herbst durfte er wieder spielen, aber er war auf 40 Metern über eine Sekunde langsamer als früher.

„Wir werden dich in einer anderen Mannschaft einsetzen", sagte sein Trainer. „Wenn du deinen Platz wiederhaben willst, musst du schneller werden."

Als seine Zukunft plötzlich auf genauso wackeligen Beinen stand wie er, fing Mike an, mit den anderen nach dem Spiel noch etwas trinken zu gehen, und kam oft in einer seltsam distanzierten Stimmung nach Hause. Als Carl Joseph zwei Jahre alt war, wurde Mikes Vertrag bei den *Falcons* nicht mehr verlängert. Er bekam kein Dankeschön und keine Abschiedskarte.

Inzwischen wussten sie, was mit Carl Joseph los war. Ihr Sohn war mit dem Down-Syndrom zur Welt gekommen. Das zog jede Menge Probleme nach sich – Probleme beim Füttern, Entwicklungsstörungen jeder Art, Sprachprobleme.

Eines Morgens sprach Mary Mike beim Frühstück direkt darauf an: „Du sprichst nie mit mir über Carl

Joseph.“ Sie stemmte die Hände in die Hüften. „Du tust, als hätte er nur die Grippe.“

Mike zuckte mit den Schultern. „Wir lassen ihn behandeln; er wird schon wieder.“

„Nein, Mike, er wird *nicht* wieder.“ Sie merkte, wie ihre Stimme kurz versagte. „Er ist, wie er ist, und er wird immer so bleiben. Er wird immer bei uns *wohnen*.“

Der letzte Satz ließ Mike aufhorchen. Er sagte nichts, woran Mary sich später erinnern konnte. Aber in diesem Sommer war er häufiger unterwegs als zu Hause. Und er erzählte immer die gleiche Geschichte: Er fuhr herum, auf der Suche nach einem Testspiel, war ein paar Wochen in einer Stadt und dann in der nächsten, trainierte mit einigen Mannschaften und versuchte, die Trainer davon zu überzeugen, dass er seit seiner Verletzung nicht nachgelassen hatte, sondern sogar besser geworden war.

❖

Eines Morgens, als Mike noch schlief, fand Mary ein Polaroidfoto in seiner Sporttasche. Es zeigte ihn in einer Kneipe mit drei jungen Mädchen, eine auf jedem Knie, und eine hatte ihm von hinten die Arme um die Schultern gelegt.

Als Mike aufwachte, wartete Mary in der Küche auf ihn, um ihn zur Rede zu stellen. Er sollte aufhören herumzureisen, denn sie brauchte ihn zu Hause bei den Kindern. Das Geld wurde allmählich knapp. Wenn er mit Football nichts mehr verdienen konnte, musste er sich eben eine andere Beschäftigung suchen. Sie hatte ihre kleine Rede schon vorbereitet, aber es kam nicht dazu.

Von dem Augenblick an, als er sie am Küchentisch sitzen sah, bestimmte er das Gespräch. „Das hier …", er breitete die Hände aus und ließ sie wieder fallen. Seine Augen waren rot. „… Das hier ist nicht mehr das, was ich will."

„Was?" Sie hielt ihm das Foto entgegen. „Meinst du etwa das hier?"

Mike blitzte sie wütend an, riss ihr das Foto aus der Hand, zerknüllte es und warf es in den Mülleimer. Sein Gesichtsausdruck war kalt. Er knirschte mit den Zähnen. „Was ich außerhalb dieser vier Wände mache, geht dich nichts an."

Sie öffnete den Mund, aber noch bevor sie ihm sagen konnte, dass er sich irrte, zog er den Ehering vom Finger und ließ ihn vor ihr auf den Küchentisch fallen.

„Es ist aus, Mary. Ich liebe dich nicht mehr."

Von oben hörte sie Carl weinen. Der monotone Tonfall eines Kindes, das immer anders sein würde. Mary sah in die Richtung, aus der das Weinen kam. Dann sah sie Mike wieder in die Augen. „Es geht nicht um mich." Sie sprach ganz ruhig. „Es geht um dich."

Er atmete hörbar aus. „Nein!"

„Doch." Sie lehnte sich zurück und sah ihn unverwandt an. „Du warst ganz oben, bis zu deiner Verletzung. Du hast deinen Job verloren und du hast Angst." Jetzt schwang Mitleid in ihrer Stimme mit. „Mike, wir müssen zusammenhalten." Sie erhob sich, nahm seinen Ring und hielt ihn ihm entgegen. „Ich will dir helfen."

Carl weinte lauter.

Mike schloss die Augen. „Ich kann nicht …" Seine Worte waren nur ein gequältes Flüstern. „Ich kann nicht bleiben. Ich kann nicht sein Vater sein, Mary. Jedes Mal, wenn ich ihn ansehe, dann ... Ich ... ich kann das nicht."

Mary spürte, wie ihr das Blut aus dem Kopf wich und der billige Linoleumboden unter ihren Füßen nachgab. Was hatte er da gerade gesagt? Es war wegen Carl? Der liebe kleine Carl, der Mike immer nur strahlend angelächelt und sich danach gesehnt hatte, von ihm in den Arm genommen zu werden?

Ihre Kopfhaut begann zu prickeln und die Haare auf den Armen standen ihr zu Berge. „Willst du damit sagen, dass du nicht mehr mit mir verheiratet sein willst wegen ... wegen Carl Joseph?"

„So kannst du das nicht sagen." Mike senkte den Kopf.

Carl weinte immer lauter.

„Aber so ist es doch, oder?" In ihrem Inneren explodierte die Wahrheit wie eine Bombe und die Splitter hinterließen in ihrem Herzen und ihrer Seele für immer Narben. „Du willst abhauen, weil du nicht Carl Josephs Vater sein kannst? Oder weil du dich seiner schämst? Weil er nicht perfekt ist?"

„Ich habe schon alles gepackt, Mary. Ich habe ein Taxi bestellt; ich werde nach Kalifornien fliegen und von vorne anfangen. Du kannst im Haus bleiben. Ich werde euch Geld schicken, sobald ich Arbeit gefunden habe."

Irgendwo im Hinterkopf fragte Mary sich, wo wohl Luke war und warum er so still war. Aber sie konnte den Gedanken nicht weiterverfolgen. Es kostete sie schon genug Kraft weiterzuatmen. „Du verlässt uns, weil dein Sohn das Down-Syndrom hat? Ist dir klar, was du da sagst, Mike?"

Aber er war schon auf dem Weg nach oben.

Als er zehn Minuten später das Haus verließ, murmelte

er nur etwas, das wie „Bis dann“ klang. Luke kam mit großen Augen und sorgenvoll gerunzelter Stirn aus dem Wohnzimmer in den Flur gerannt.

„Papa? Papa, warte!“ Luke rannte mit offenen Turnschuhen zur Haustür hinaus.

Wie in Trance folgte Mary ihm mit Carl Joseph im Schlepptau. Das Taxi wartete schon, und ohne sich noch einmal umzudrehen, half Mike dem Fahrer, die beiden Koffer in den Kofferraum zu laden.

Luke blieb keuchend stehen. „Papa, wo gehst du hin?“

Mike zögerte und sah Luke an. „Mach dir keine Sorgen.“

„Aber, Papa …“ Luke ging einen Schritt auf ihn zu. „Wann kommst du wieder?“

„Gar nicht.“ Er sah zu Mary und dann wieder zu Luke. „Es ist vorbei, mein Sohn.“ Mike ging zur Beifahrertür. „Sei lieb zu deiner Mama, hörst du?“

„Aber, Papa … Ich hab am Freitag ein Baseballspiel. Du hast mir versprochen, dabei zu sein!“ Der Junge war verzweifelt; seine Worte kamen in kurzen, abgehackten Sätzen. „Papa! Nicht weggehen!“

Mike öffnete die Beifahrertür.

„Warte!“ Mary rannte barfuß über das nasse Gras zum Taxi. Carl Joseph blieb stehen und sah mit dem Daumen im Mund zu. „Du kannst jetzt nicht einfach so fahren, Mike. Dein Sohn spricht mit dir.“

„Lass das, Mary.“ Mike warf ihr einen warnenden Blick zu. Er bückte sich, um einzusteigen. „Ich habe nichts mehr zu sagen.“

„Papa!“ Luke sah von Mike zu Mary und wieder zu Mike. „Was ist los? Wo gehst du hin?“

Mike biss sich auf die Lippe und nickte Luke kurz zu. „Leb wohl, mein Sohn."

„Na schön!", schrie Mary mit schriller Stimme. „Dann verschwinde!" Ihre Knie zitterten. Tränen strömten über ihr Gesicht. „Dann geh! Aber bilde dir nicht ein, du könntest jemals wieder zurückkommen! Niemals!"

„Was?" Luke sah verzweifelt und blass aus. Seine Welt war aus den Fugen geraten. „Sag das nicht, Mama. Sag nicht, er soll nie wiederkommen!"

Doch Mary wandte den Blick nicht von Mike ab. „Halt dich da raus, Luke. Wenn er uns nicht will, soll er gehen." Ihre Stimme wurde wieder lauter. „Hast du verstanden, Mike? Komm ja nie wieder zurück!"

Was dann geschah, würde für immer in ihrem Gedächtnis eingebrannt bleiben. Mike stand auf dem Rasen und sah sie noch einmal alle drei an. Dann stieg er ein, machte die Tür zu und das Taxi fuhr los.

„Papa!", schrie Luke und rannte hinterher.

Carl Joseph erschrak. Er vergrub sein Gesicht in den Händen, ließ sich auf die Knie fallen, schaukelte vor und zurück und sagte immer wieder: „Mama … Mama … Mama."

Mary ging zu ihm. „Schschscht. Ist ja gut." Sie streichelte ihm über den Rücken. Warum passierte das alles nur? Warum hatte sie vorher nichts bemerkt? Sie war ganz benommen von dem Schock, ihr war übel, und sie konnte sich kaum auf den Beinen halten, während sie zusah, wie Luke dem Taxi nachrannte.

Das Taxi wurde nicht langsamer, aber Luke rannte und rannte. „Papa! Papa, warte!" Er war schon fünf, sieben, zehn Häuser weiter. „Geh nicht, Papa! Bitte!"

Jedes Wort traf Mary wie ein Vorschlaghammer. Als sie es nicht mehr aushielt, schrie sie: „Luke, komm zurück!“

Aber er kam nicht, er blieb nicht stehen. Mit einer erstaunlichen Geschwindigkeit, die er von seinem Vater geerbt hatte, rannte er immer weiter, auch als das Taxi schon lange außer Sicht war. Dann stand er lange Zeit regungslos da, ein dunkelhaariger, achtjähriger Junge, und starrte dem Taxi hinterher, das niemals zurückkommen würde.

Irgendwie war Mary beinahe froh, dass Mike weg war.

Eben hatte sie noch um ihre Ehe kämpfen wollen. Aber da hatte sie auch noch gedacht, dass alles viel einfacher sei. Sie konnte verstehen, dass er sich Sorgen wegen seiner unsicheren Zukunft als Footballspieler machte.

Aber dass er sich wegen Carl Joseph schämte?!

Carl war ihr Sohn, ein Teil von ihr. Aufgrund seiner Behinderung würde er niemals zu etwas so Niederträchtigem und Gemeinem fähig sein, wie es sein Vater gerade getan hatte. Nein, Carl würde immer liebenswert und naiv sein, aber das würde Mike entgehen, genauso wie ihm alles andere entgangen war seit dem Tag, an dem die Behinderung festgestellt worden war.

Selbst jetzt, als sie nach Luke rief und noch immer nicht glauben konnte, dass ihre Ehe am Ende war, spürte sie, wie in ihr eine große Entschlossenheit aufstieg. Sie konnte keinen Mann lieben, der seinen eigenen Sohn nicht liebte. Wenn Mike nicht mehr Carl Josephs Vater sein wollte, dann würde sie den Jungen umso mehr lieben. Sie würde es überleben, auch wenn sie nie wieder etwas von Mike Gunner hörte.

Sie sah wieder zu Luke, dessen schmale Schultern traurig herabhingen, als er dastand und auf die Stelle starrte, an der das Taxi seinem Blick entschwunden war. Sicher weinte er. Fühlte er sich genauso wie sie? Verlassen? Von Verzweiflung überwältigt?

Plötzlich kam ihr ein seltsamer Gedanke und sie wurde von Angst durchflutet.

Daran hatte sie noch nicht gedacht. Ja, natürlich würde sie weiterleben und auch Carl Joseph würde ohne Mike klarkommen. Aber Luke vergötterte seinen Vater geradezu; das hatte er schon immer getan. Vielleicht würde Luke nicht wieder auf die Beine kommen, so wie sie und Carl Joseph.

Er würde vielleicht nie wieder derselbe sein.

Kapitel 2

Luke hatte Seitenstechen vom Rennen.

Er grub die Finger in seine Seite und starrte die verlassene Straße hinunter. „Papa!" Das Taxi fuhr langsamer, dann bog es langsam nach links ab. „Papa, komm zurück!"

Ein Windstoß strich ihm übers Gesicht, und er merkte, dass er weinte.

„Papa!" Luke keuchte verzweifelt. Warum war er gegangen? Wo ging er hin? Sein Vater verreiste oft, aber er kam immer wieder nach Hause. Immer. Was hatte er gesagt? Er würde nicht wiederkommen? War alles aus? Die Worte seines Vaters hallten in ihm wider, pressten seine Brust zusammen und schmerzten in seinem Herz, seiner Seele und in seiner Lunge. Er rang um jeden Atemzug.

Sein Vater war weg.

Er war weggegangen und Luke konnte nichts mehr daran ändern. *Komm zurück, Papa!* Er würde zurückkommen. Jeden Moment würde er umdrehen, nach Hause kommen und ihnen sagen, dass es ihm leidtat, nicht wahr? Luke wartete und wartete und wartete.

Und dann erinnerte er sich daran, was sein Vater über Carl Joseph gesagt hatte.

Ich kann nicht sein Vater sein …

Mit seinen acht Jahren war Luke alt genug, um das zu

verstehen. Carl Joseph war anders. Er sah nicht normal aus, redete nicht normal und lief nicht normal. Er war fröhlich und liebte jeden und wurde fast nie wütend, aber sein Vater hatte das vielleicht nicht bemerkt. Und deshalb war es so ernst, dass sein Vater sie verließ.

Weil er nicht Carl Josephs Vater sein wollte.

Lange, sehr lange Zeit sah er die Straße entlang und wartete.

Nichts.

Nichts rührte sich. Kein Taxi, das wendete und zurückkam. Nur Blätter, die an den Zweigen über ihm im Wind tanzten, und Grillen, die in der Sommerhitze zirpten. Ein Gefühl durchflutete ihn, das er bis dahin nicht gekannt hatte. Es begann in seinen Füßen, als würde es aus dem rissigen Asphalt heraufquellen. Ein Brennen, das durch seine Adern nach oben drang, durch seine Knie, seine Hüfte, bis in seinen Bauch, wo es alles durcheinanderwirbelte und immer stärker wurde, bis es sein Herz und seinen Verstand ausfüllte und schließlich auch seine Seele.

Erst als es ihn ganz erfüllte und jede Zelle seines Körpers erfasst hatte, begriff er, was in ihm vorging.

Luke wusste, was Hass war, denn in seiner Klasse war Billy Bloom. Billy war größer als alle anderen. Größer und gemeiner. Er stellte den Erstklässlern ein Bein, nahm den anderen in der Pause beim Spielen den Ball weg und lachte Luke aus, wenn er in Mathe eine falsche Antwort gab. Luke hasste Billy Bloom.

Aber was er jetzt fühlte, war etwas ganz Neues, etwas so Mächtiges, dass er sich ganz schwer und langsam fühlte, wie gefesselt. Jedes Mal, wenn Luke bisher von Hass gesprochen hatte, hatte er sich getäuscht. Denn *das hier* – das, was er jetzt für seinen Vater empfand – war Hass.

Luke erzählte niemandem, dass an jenem Morgen sein Herz zerbrochen und gestorben war, mit Ausnahme von dem Teil, der Carl Joseph gehörte. Sein kleiner Bruder hielt ihn für eine Art Supermann. Die Wochen vergingen und jeden Morgen spielte sich dieselbe Routine ab: Carl Joseph sauste den Flur entlang zu Lukes Zimmer, huschte hinein und stellte sich neben sein Bett.

„Bruder …", sagte er und tätschelte Lukes Schulter. „Ein neuer Tag."

Luke blinzelte und sah Carl Joseph neben sich stehen. „Ja, Kumpel. Ein ganz neuer Tag."

„Wird Papa heute zurückkommen?"

Dann knirschte Luke mit den Zähnen. „Nein, heute nicht, Kumpel. Ich glaube nicht."

Einen Augenblick lang sah man einen sorgenvollen Ausdruck auf Carl Josephs Gesicht. Aber dann machte sich ein Grinsen breit und er gab ein seltsam glucksendes Geräusch von sich. „Macht nichts. Weißt du, warum, Bruder?"

„Warum?"

„Weil ich dich habe, Bruder. Dich habe ich immer."

Dann umarmte Luke ihn. „Stimmt, Kumpel. Mich hast du immer."

Die beiden waren unzertrennlich. Im Haus lief Carl Joseph ihm wie ein Schatten hinterher, und wenn Luke in der Schule war, setzte Carl Joseph sich ans Fenster und wartete auf ihn. Er sprach nicht so deutlich wie andere Kinder und er hatte eine dicke Zunge und kleine Augen. Aber er war der fröhlichste kleine Junge, den Luke je gesehen hatte. Er liebte alle Menschen von ganzem Herzen.

Nach einigen Monaten kam er eines Morgens in Lukes Zimmer und fragte nicht mehr, wann ihr Vater zurückkommen würde. An diesem Tag schloss Luke seinen Bruder noch tiefer ins Herz. Er wusste immer noch nicht genau, was mit Carl Joseph nicht stimmte, aber was auch immer es sein mochte, Luke hatte das Gefühl, dass sein kleiner Bruder nicht viele Freunde haben würde. Wenn sein Vater ihn nicht wollte, dann würde ihn vielleicht niemand wollen.

Niemand außer Luke. Was auch immer passieren mochte, Luke würde Carl Joseph immer lieben, und vielleicht würde sein kleiner Bruder der einzige Mensch sein, den er je lieben konnte. Mit seiner Mutter konnte er nicht viel anfangen. Sie war erwachsen und die Einzige, die Lukes Vater hätte zurückhalten können. Aber stattdessen hatte sie nur dagestanden und ihm gesagt, er solle verschwinden und nie wiederkommen.

Abends wartete Luke, bis Carl Joseph eingeschlafen war, schlich sich dann in sein eigenes Zimmer und ging zu Bett, ohne seiner Mutter Gute Nacht zu sagen. Dann lag er im Bett und starrte die Wand an. Manchmal weinte er, manchmal auch nicht. Aber es fing immer wieder von vorne an – immer sah er diesen Tag wie einen Film vor sich.

Er hatte gehört, wie sein Vater zu seiner Mutter gesagt hatte, dass er weggehen und nicht mehr mit Carl Joseph leben wollte. Dann hatte er seinen Vater mit den Koffern gesehen, war ihm nach draußen hinterhergelaufen und hatte gesehen, wie er zum Taxi gegangen war.

„Leb wohl, mein Sohn. Leb wohl."

Seine Mutter kam dann immer ins Zimmer und fand ihn mit starrem Blick vor. Normalerweise fragte sie ihn nicht, warum er so früh ins Bett ging oder warum er dalag und die Wand anstarrte oder warum er ihr nicht Gute Nacht sagte oder wie er sich fühlte, seit sein Vater weggegangen war.

Aber hin und wieder versuchte sie es.

Luke konnte sich noch gut an einen Abend im vergangenen Frühjahr erinnern, als seine Mutter versucht hatte, mit ihm zu reden. Sie hatte die Tür aufgemacht und tief durchgeatmet. Dann war sie ein paar Schritte auf ihn zugekommen. „Ich mag es nicht, wenn du dich hier oben verkriechst, Luke. Du bist nicht der Einzige, der traurig ist."

„Doch, bin ich wohl!" Luke drehte sich um und setzte sich auf. Sein Herz klopfte wild. „Carl Joseph erinnert sich nicht mehr an Papa."

„Ich vermisse ihn auch." Sie setzte sich auf die Bettkante. Ihre Augen waren rot und geschwollen und ihre Stimme klang müde. „Ich liebe ihn, Luke. Es ist nicht meine Schuld, dass er gegangen ist."

„Doch, es ist auch deine Schuld!" Luke schloss die Augen und dachte daran, wie sein Vater gegangen war. Als er die Augen wieder öffnete, explodierte die Wut in ihm. „Du hast gesagt, er soll verschwinden!"

„Luke." Sie legte ihre Hand auf sein Bein. Ihre Finger zitterten. „Das habe ich nicht so gemeint."

„Hast du doch!" Er wurde immer lauter. „Du hast gesagt, er soll verschwinden und nie wiederkommen."

„Weil ich so wütend war. Ich wollte nicht wirklich, dass er geht."

Aber an diesem Abend und auch später konnte sie Luke nie davon überzeugen. Sie hatte seinem Vater gesagt, er solle verschwinden, und sie hatte auch nichts getan, um ihn zurückzuhalten. Wenn sie vielleicht lieber zu ihm gewesen wäre und ihm geholfen hätte, wieder einen Job zu finden … wenn sie besser gekocht hätte … wenn sie irgendetwas getan hätte, damit er nicht ging.

Auch als er schon längst kein Kind mehr war und es schon lange keinen Sinn mehr machte, gab er ihr immer noch die Schuld. Es war einfacher, anderen die Schuld zu geben, als sich mit dem Hass und der Bitterkeit in ihm selbst auseinanderzusetzen.

❖

Als Luke in der siebten Klasse war, kam der Footballtrainer der Schule auf ihn zu.

„Du bist doch Mike Gunners Sohn, oder? Der vor Jahren bei den ‚Atlanta Falcons' gespielt hat?"

Luke machte sich steif. „Ja, Sir."

„Nun." Der Trainer nickte langsam. „Ich habe dich beobachtet." Der Mann zögerte. „Du bist gut, Luke. Du spielst genau wie dein Vater. Der Trainer der Oberstufen-Mannschaft hätte dich gerne beim Training dabei. Was meinst du?"

Luke versuchte hastig, sich über seine Gefühle klar zu werden. *Genau wie mein Vater?* Er schluckte und wusste nicht, was er antworten sollte.

Der Trainer zog die Augenbrauen hoch, als hätte er

eine andere Reaktion erwartet. „Was soll ich ihm sagen, Gunner? Hast du Lust?“

„Ja, Sir.“ Er musste husten und die Worte blieben ihm im Hals stecken. Liebte er das Spiel deshalb so? Liebte er deshalb dieses Gefühl, den Ball eng an den Körper gedrückt zu halten und damit förmlich über das Spielfeld zu fliegen? War es, weil er der Sohn von Mike Gunner war? Die Wut, die tief in der dunkelsten Ecke seines Herzens weiterlebte, schrie so laut auf, dass er keine Luft mehr bekam.

Wenn Football das Erbe seines Vaters war, dann wollte er nichts mehr damit zu tun haben.

Der Trainer drehte sich um. „Schön. Ich sage ihm, dass du kommen wirst.“

„Sir?“ Luke spürte, wie er einen heißen Kopf bekam. Er wartete, bis der Trainer sich wieder umgedreht hatte. „Ich habe es mir anders überlegt – nein, Sir. Ich werde nicht hingehen. Ich möchte nicht spielen.“

Der Trainer sah ihn seltsam an. Dann lachte er. „Natürlich willst du, Gunner.“ Er verzog das Gesicht. „Du hast Football im Blut.“

„Nein, Sir.“ Lukes Gedanken drehten sich und er suchte verzweifelt nach einer passenden Antwort. „Ich ... ich werde in der Schulband mitspielen.“

„In der Schulband?“ Das passte dem Trainer offensichtlich gar nicht. „Das meinst du doch nicht ernst, oder?“

„Doch, Sir.“ Luke bemühte sich, überzeugend zu wirken. Dabei würde er genauso wenig in der Band mitspielen wie sich die Haare rosa färben.

Der Trainer sah ihn prüfend an und runzelte die Stirn. Dann zuckte er mit den Schultern und trat einen Schritt zurück. „Wie du willst, Gunner. Ich werde ihm ausrichten, dass du andere Pläne hast."

Als Luke dem Mann hinterherschaute, wurde ihm etwas klar: Solange er lebte, würde er keinen Football mehr anfassen. Ganz gleich, was er bei dem Spiel empfand – wenn es irgendwie mit seinem Vater zu tun hatte, dann wollte er nie wieder spielen.

Noch im gleichen Jahr suchte er sich einen Aushilfsjob auf einer Farm. Luke lernte schnell, und nach ein paar Monaten konnte er genauso gut mit Pferden umgehen wie die anderen, die schon von klein auf geritten waren.

❖

Eines Abends, kurz vor den Sommerferien, traf er sich mit einigen Mitschülern auf dem Rummelplatz, um der Rodeo-Schulmannschaft beim Training zuzusehen. Sie standen dicht am Zaun und Luke konnte den schweren Geruch der Rinder und Pferde einatmen. Luke hatte natürlich schon vom Bullenreiten gehört, aber an diesem Abend sah er zum ersten Mal einen Cowboy tatsächlich einen Bullen reiten. Der Junge war etwa fünfzehn, ein dürrer Kerl, den Luke schon so manches Mal in der Stadt gesehen hatte. Langsam und vorsichtig ließ er sich auf den Rücken des pechschwarzen Bullen herab, der noch in der engen Vorbereitungsbox stand, und als das Tor aufflog, stürmte das Tier hinaus in die Arena.

Der Bulle buckelte, drehte sich wild um seine eigene Achse und warf den Kopf zurück. Der Cowboy konnte sich nur mit Mühe oben halten und nach sechs Sekunden rutschte er zur Seite und fiel schließlich hart zu Boden.

„Nicht gut!“, rief ein älterer Cowboy von etwa Ende 20. Er musste wohl der Trainer sein. „Du musst acht Sekunden schaffen, Ronny. Acht Sekunden.“

Die Stimme des Trainers war auf eine Art und Weise Respekt einflößend, die Luke bewunderte. Der Junge rappelte sich hoch, schlug sich den Staub aus seiner schlackernden Jeans und setzte sich den Hut wieder auf. „Ja, Sir. Acht Sekunden.“

Fünf Bullen standen in einem Pferch. Der schwarze von eben, zwei braune, ein grau-weiß gescheckter und ein ganz breiter, hellbrauner mit einem hohen Buckel. Ronny und ein paar andere aus der Highschool nahmen sich die Tiere der Reihe nach vor und ihr Trainer rief ihnen Ratschläge zu.

„Setz dich richtig, Taylor, setz dich richtig und bleib so! Beweg deine Beine mehr, Ronny … Kevin, halt die Hand höher über deinen Kopf! Ja, gut so.“

Luke hörte kaum hin.

Er war ganz damit beschäftigt, die Bullen zu beobachten, ihre Bewegungen zu studieren. Er war von ihrer Wildheit und Kraft wie gefesselt. Diese acht Sekunden, die der Cowboy sich dort oben halten musste, waren das Abbild eines Kampfes, der ihm nur allzu vertraut war. Es war der Kampf gegen die Wut und den Zorn in ihm, den er jeden Tag kämpfte. Genau wie diese Jungs bei dem entfesselten Ritt mit der Urgewalt des Bullen kämpften und versuchten, das Gleichgewicht zu halten, so kämpfte auch er darum, bei all den Gefühlen, die in ihm tobten, obenauf zu bleiben.

Bevor er in Worte fassen konnte, was er empfand, und ohne seinen Kumpels ein Wort zu sagen, ging er am Zaun entlang auf den Mann zu, der seinen Cowboys immer noch Anweisungen zubrüllte.

„Besser, Ronny! Fühlst du es? Bleib im Schwerpunkt!"

„Sir?" Luke stand breitbeinig mit verschränkten Armen da.

Der Mann fasste sich an die Hutkrempe und sah über die Schulter. „Was willst du, Junge?"

Luke zögerte keinen Augenblick. „Ich will auch reiten."

„Ach?" Der Trainer lachte mit einem sarkastischen Unterton in sich hinein. „Wie alt bist du denn? Elf?"

„Dreizehn." Seine Wut wurde noch um ein paar Grad heißer. Er streckte sich. „Ich kann mich auf jedem Bullen halten, den Sie haben."

Der Mann lehnte sich an den Zaun und maß ihn mit seinen Blicken. „Welche Klasse? Siebte?"

„Ja, Sir."

„Noch ein Jahr, dann kannst du bei mir reiten." Er drehte sich wieder zur Arena um.

Luke starrte auf den Rücken des Mannes und biss die Zähne zusammen. Er brauchte von niemandem eine Erlaubnis, um einen Bullen zu reiten. Es war ganz alleine seine Sache; eine Sache zwischen ihm und dem Bullen. Er ging weiter um die Arena herum zu den Vorbereitungsboxen.

Einer der Cowboys sah ihn mürrisch an. „Hey, Kleiner, verpiss dich. Hier dürfen nur Cowboys hin."

„Ich bin ein Cowboy." Er nickte in Richtung des Trainers. „Er will sehen, was ich kann."

Der andere runzelte die Stirn, aber dann zuckte er mit einer Schulter. „Na gut. Nimm den nächsten."

Eigentlich hätte er zumindest ein bisschen Angst haben

müssen. Die Tiere hatten zwar gekappte Hörner, aber sie waren riesig und sehr schwer. Wenn man unter ihre Hufe kam, würde nicht viel von einem übrig bleiben. Luke spannte seine Kiefermuskeln an. Solange der Trainer ihn nicht entdeckte, war alles in Ordnung.

Als er an die Reihe kam, sah er in Richtung des Trainers und war beruhigt. Dieser sprach gerade mit drei Männern und hatte ihm den Rücken zugewandt. Luke hielt die Luft an. Er würde nicht von hier weggehen, ohne auf einem Bullen geritten zu sein.

„Leg los, Kleiner", rief ihm einer der größeren Cowboys zu. „Wir warten."

Luke biss die Zähne zusammen und machte sich bereit. Dann tat er, was er bei den anderen Bullenreitern gesehen hatte. Er kletterte über das Boxengitter, stellte sich über den Bullen, ein Bein auf jeder Seite des Tieres, und fummelte am Seil herum. Er musste seine Hand irgendwie an den Bullen binden. Er versuchte, eine Schlinge zu legen.

„Oh Mann. Hast du das noch nie gemacht?" Der Mann am Tor lehnte sich herüber. „Mit welcher Hand reitest du?"

Mit welcher Hand? Luke streckte ihm die Rechte hin.

„Na gut." Der Cowboy begann, Lukes Hand mit der Handfläche nach oben so lange zu umwickeln, bis sie fest an den Rücken des Bullen gebunden war. „Rutsch vor."

Luke tat, was man ihm sagte. Da sah er den Ausdruck in den Augen des Bullen.

Mit einem kalten Blick versuchte er zu sehen, welches sterbliche Wesen es da gewagt hatte, auf seinen Rücken zu steigen. Luke starrte das Vieh an. Nur seine eigene Wut war noch größer als die in den Augen des Bullen.

„Hörst du? Fertig?“

Luke blinzelte. Was machte er hier eigentlich? War er verrückt? Einen Augenblick lang wollte Angst in ihm aufsteigen, aber sofort wurde sie von seinem Zorn überwältigt. *Na los, du Mistvieh, leg dich ins Zeug. Meine Wut ist viel stärker als deine.* Er nickte. „Fertig.“

Die Boxentür ging auf.

Halt dich im Schwerpunkt, hatte der Trainer zu den anderen gesagt. *Bleib sitzen und halt dich im Schwerpunkt.* Er konzentrierte sich auf den Rücken des Tieres, und plötzlich kämpfte er nicht mehr mit einem bockenden Bullen, sondern mit seinem Vater, mit der Einsamkeit und der Ablehnung, mit dem Verlassenwerden. Er konzentrierte all seinen Zorn auf das Tier.

Wie oft schon war er in seiner Wut auf seinen Vater versucht gewesen, mit der Faust durch eine Holzwand zu schlagen oder eine Tür aus den Angeln zu reißen? Laufen half ein wenig, aber nichts linderte den Zorn in seinem Herzen wirklich.

Bis jetzt nicht.

Die Glocke ertönte. Luke zog seine Hand aus der Schlinge und schwang sich seitlich vom Bullen. Etwas pulsierte durch seine Adern. Aber er brauchte einen Moment, bis er merkte, was es war.

Erleichterung.

Zum ersten Mal, seit sein Vater sie verlassen hatte, war er nicht mehr wie gelähmt vor Wut. Der Grund dafür war offensichtlich: Er hatte all seine Gefühle an dem Bullen ausgelassen.

Erst jetzt bemerkte er, dass der Trainer wütend schrie. Einer der Cowboys trieb den Bullen zurück in die Box und es wurde ganz still in der Arena. Luke drehte sich um, stand wie angewurzelt da und sah den Mann an. Seine Kumpels waren näher gekommen. Sie standen mit weit aufgerissenen Augen außen am Zaun.

„Bleib da stehen. Rühr dich nicht vom Fleck!" Sogar im Zwielicht der schwachen Scheinwerfer in der Arena konnte man erkennen, dass das Gesicht des Trainers hochrot war. Er stürmte auf Luke zu, bis er wenige Zentimeter vor ihm stand. Seine Stimme war nur noch ein drohendes Zischen. „Ich hatte gesagt, du sollst verschwinden."

„Entschuldigen Sie, Sir." Luke schluckte, aber er wich seinem Blick nicht aus. „Ich … ich musste einfach reiten. Ich *musste*."

Der Mann sah ihn mit wutverzerrtem Gesicht an. Und dann, ganz langsam, entspannte sich sein Gesichtsausdruck, und er trat einen Schritt zurück. „Wo hast du das gelernt?"

Er konnte den Mann jetzt nicht anlügen; nicht, wenn er wieder reiten wollte. „Es war das erste Mal, Sir."

„Das erste …" Der Trainer kniff die Augen zusammen. „Du hast zum ersten Mal auf einem Bullen gesessen?"

„Ja, Sir." Luke riss sich zusammen und richtete sich etwas auf. „Tut mir leid, Sir."

Der Mann hakte seine Daumen am Gürtel ein. „Wie heißt du, Junge?"

„Luke. Luke Gunner."

„Gehst du auf die ‚Jefferson', Gunner?"

„Ja, Sir." Einen Augenblick sah er zu Boden.

„Und du willst Rodeoreiter werden?"

Rodeoreiter? Darüber hatte Luke noch nicht nachgedacht. Aber mehr als alles andere wollte er wieder auf einen Bullen. Luke stieß die Luft aus – er war immer noch außer Atem – und sah den Trainer wieder an. Der Rausch des Rittes ließ allmählich nach. „Ja, Sir, das möchte ich."

Der Trainer zögerte. Jetzt würde er Luke gleich aus der Arena werfen und ihm sagen, dass er niemals im Team der Jefferson-Highschool reiten würde. Niemals. Luke stand wartend da und konnte seinen Blick nicht von dem Mann abwenden.

Aber statt ihm zu befehlen, nach Hause zu gehen, oder ihm Vorwürfe zu machen, nickte dieser nur kurz. Der Anflug eines Lächelns war auf seinem Mund zu erkennen. „Weißt du was, Luke Gunner? Ich glaube, du wirst mal ziemlich gut werden."

Jetzt gab es kein Zurück mehr.

❖

Drei Wochen später hatte Luke Geburtstag. Er wünschte sich nur eines: die Teilnahmegebühren und die Fahrkarte zu einem Rodeokurs in Colorado.

„Rodeo?", fragte seine Mutter stirnrunzelnd. „Luke, das ist ja die verrückteste und gefährlichste Sportart überhaupt." Sie verschränkte die Arme. „Alles, nur nicht das." Damit wandte sie sich wieder den Tellern zu, die sie gerade abspülte. „Spiel Football, wie dein Vater. Dann hast du wenigstens Gegner, die nur ein paar Kilo mehr wiegen als du – und keine Zwei-Tonnen-Bullen."

Football, wie sein Vater? Luke merkte, wie sein Blick starr wurde. Er fühlte nur Verachtung für seine Mutter. Nach all den Jahren hatte sie es immer noch nicht verstanden. Natürlich war sie nicht sehr streng mit ihm. Sie stellte nicht so viele Regeln auf wie in anderen Familien. Stattdessen gab sie ihm alles, was er wollte, und bombardierte ihn mit Fragen: „Luke, wie geht's dir?", „Luke, was meinst du?", „Luke, wie fühlst du dich?", „Luke, was ist denn?".

Er hatte ihre Fragen satt. Er hatte es satt, dass sie ständig versuchte, ihm den fehlenden Vater zu ersetzen. Sie wies ihn wegen seines Verhaltens oder seiner Unfreundlichkeit nie zurecht, obwohl er sich manchmal wünschte, sie würde es tun.

Aber wenn sie ihm vorschlug, Football zu spielen, dann kannte sie ihn überhaupt nicht.

Carl Joseph musste ihre Unterhaltung mit angehört haben, denn er schob sich zwischen sie. Er war inzwischen acht und immer noch so liebenswert und naiv wie mit zwei. „Luke, mein Bruder, komm!"

Lukes Wut kühlte ein wenig ab. Carl Joseph war sein bester Freund, der Einzige, dem er vertraute. So oft hatte er sich schon gewünscht, dass er an Carl Josephs Stelle mit Down-Syndrom auf die Welt gekommen wäre. Denn Carl Joseph war wenigstens immer gut drauf und verstand nicht, dass ihr Vater sie verlassen hatte, geschweige denn, warum. Carl Josephs Blick war ehrlich und strahlend und seine Begeisterung kannte keine Grenzen.

Carl Joseph nahm seine Hand und zog daran. „Komm schon, Bruder, rede mit mir."

„Einen Moment, Kumpel." Luke starrte seine Mutter wütend an. „Erst ist Mama dran."

„Nein, Luke!" Carl Joseph grinste ihn an und zog etwas stärker.

Diesmal konnte Luke sich ihm nicht widersetzen. Er warf seiner Mutter noch einen wütenden Blick zu und ließ sich in das angrenzende Zimmer ziehen. Als Carl Joseph dachte, sie seien alleine, sah er ihn strahlend an. „Wirst du auf einem Bullen reiten, Luke?"

Bei dem bewundernden Blick seines Bruders fühlte sich Luke stolz. In Carl Josephs Augen waren Freude, Stolz und Erwartung zu lesen. „Ja, Kumpel. Ich werde Rodeoreiter."

„Weißt du noch, Bruder? Wir haben mal ein Rodeo im Fernsehen gesehen." Er wiegte sich vor Aufregung vor und zurück.

„Ja, haben wir, Kumpel." Luke legte seinen Arm um Carl Josephs Schultern und drückte ihn.

Carl Joseph stieß einen Triumphschrei aus. Er befreite sich aus Lukes Umarmung und vollführte in einem engen Kreis einen Siegesmarsch um Luke. Mit den Fäusten stieß er nach unsichtbaren Widerständen. „Rodeoreiter! Mein Bruder wird Rodeoreiter!"

Luke sah Carl Joseph zu und spürte in sich wieder dieses brennende Verlangen, ihn zu beschützen. Ein paar Jahre nachdem ihr Vater sie verlassen hatte, hatte einmal ein Junge aus Lukes Klasse mit dem Finger auf ihn gezeigt und gelacht. „Sein Bruder ist geistig behindert. Er wohnt in unserer Straße."

Obwohl die Klasse gerade ein Diktat schrieb, hatte Luke den Jungen zu Boden geschlagen, bevor dieser um Hilfe schreien konnte. Der Lehrer und eine weitere Aufsichtsperson konnten Luke nur mit vereinten Kräften von ihm wegzerren. Das war das letzte Mal gewesen, dass irgendjemand an der Grundschule etwas Gemeines über Carl Joseph sagte.

Als er ihn jetzt ansah, wuchs Lukes Entschlossenheit.

Es sollte nur ja niemals jemand wagen, Carl Joseph etwas anzutun. Sein Bruder hielt keuchend inne. „Ich bin fix und fertig, Bruder."

Luke lächelte. „Ja, das sieht man."

Was, wenn seine Mutter ihm Steine in den Weg legte? Er hatte seine Entscheidung bereits getroffen und Carl Josephs Begeisterung machte ihn nur noch entschlossener.

Luke rubbelte dem Kleinen über die Haare. „Wir unterhalten uns später weiter, okay?" Er verzog das Gesicht. „Mama wartet auf mich."

„Gut." Carl Joseph nickte und versuchte, Lukes Grimasse nachzuahmen. „Mama wartet auf dich."

Luke grinste. Gab es irgendetwas an Carl Joseph, das nicht liebenswert war? Er ging zu seiner Mutter, die in der Küche wartete.

„Was sollte denn das?"

„Carl freut sich für mich." Luke streckte trotzig das Kinn vor. „In ein paar Wochen bin ich vierzehn, Mama. Ich will zum Rodeokurs gehen. Etwas anderes will ich nicht."

Ihr Blick sagte alles.

Sie wollte wütend sein und ihm das an den Kopf werfen, was jede Mutter ihrem Sohn sagen würde, wenn er ihr mitteilte, er wolle Rodeoreiter werden. Beim Bullenreiten kamen Menschen ums Leben, sie wurden zertrampelt, zerquetscht und verkrüppelt. Bei einem Ritt auf so einem unberechenbaren Muskelberg konnte ein Mensch innerhalb von vier Sekunden um vier Jahrzehnte altern. Aber sie musste Lukes Entschlossenheit erkannt haben, denn sie blinzelte nur. Und dieses Blinzeln verriet Luke, dass er gewonnen hatte.

Der Rest war schnell organisiert, und als Luke von dem Kurs zurückkam, dachte er nur an eines: möglichst schnell wieder auf einen Bullen zu kommen.

❖

Luke lernte rasch so einiges über Rodeoreiter. Die besten unter ihnen taten es, weil sie den Sport liebten, weil sie ihn schon geliebt hatten, sobald sie alt genug gewesen waren, um auf ein Schaf zu steigen. Für sie war jeder Ritt ein unvergleichlicher Adrenalinrausch, der sie high machte wie sonst nichts.

Luke war nicht im Entferntesten wie sie.

Während der gesamten Mittelstufe, auf der Highschool und als er an seinem 18. Geburtstag die Zulassung als Profirodeoreiter bekam; während aller Wettkämpfe, bei denen die blanke Wut ihn auf den Bullen hielt, die sonst keiner knacken konnte; während der ersten beiden Jahre, als er Jessie Daniels bemerkte und als die Leute anfingen zu munkeln, dass es keinen besseren Bullenreiter gab als den Einzelgänger Luke Gunner und keine bessere Barrel-Racerin als die unnahbare Jessie Daniels; bei allen Reisen, allen Frauen und allen Punkten, die er machte, ging ihm immer nur eines durch den Kopf: dass sein Vater Carl Joseph verlassen hatte, weil er Down-Syndrom hatte. Das hatte Luke ihn sagen hören. Aber was war mit dem anderen Sohn? Was war mit *ihm*? Sein Vater hatte auch ihn verlassen und eines konnte Luke niemals wirklich verstehen: Was war mit ihm nicht in Ordnung?

Diese Frage ließ die Wut in ihm weiter lodern, selbst als er seine Vergangenheit schon längst hinter sich gelassen zu haben schien. Nein, Luke ritt nicht wegen des Nervenkitzels. Luke ritt, weil der acht Sekunden dauernde Kampf mit einem tonnenschweren Bullen der einzige Weg war, wie er mit seiner Wut leben konnte.

Aber dieses Geheimnis behielt er für sich, auch als er immer mehr im Rampenlicht stand und als der „unbesiegbare Bullenreiter“ das Gesprächsthema Nummer 1 in der Profiliga wurde.

Das Geheimnis, dass er nicht aus Liebe zum Sport ritt, sondern weil er es brauchte.

Kapitel 3

Jessie Daniels saß in ihrem Wohnwagen und starrte zum Fenster hinaus.

„Das wird mein Jahr", sagte sie und umklammerte die Armlehnen des Drehstuhls.

„Ja", entgegnete ihre Mutter und erhob sich. „Ich spüre es auch." Sie öffnete einen Schrank neben der kleinen Spüle, holte eine unförmige Weste heraus und gab sie ihr. „Da. Komm, Jessie, es ist Zeit."

Jessie atmete langsam und schwer aus. „Gut." Sie nahm die Weste, schlüpfte durch die Armlöcher und machte den Reißverschluss zu. Noch ein paar Schnallen, und sie war bereit. Sie schaute wieder nach draußen und sah eine Gruppe warm angezogener Cowboys, die über den schneebedeckten Parkplatz auf die Stadionarena zugingen. Sie lachten über irgendeine Geschichte, die der kleinste von ihnen gerade erzählte. Ein Stück dahinter kamen drei Pärchen.

Es war Ende Januar in Denver – der Saisonstart. Das Rodeo war ein riesiges Volksfest, das wie ein Jahrmarkt durchs Land tingelte und in rund 700 Städten gastierte. Außer dem ganzen Drumherum mit Ständen und Würstchenbuden gab es jede Menge Wettbewerbe, die auf traditionelle Arbeiten eines Cowboys zurückzuführen waren, beispielsweise das Einreiten eines wilden Pferdes oder das

Einfangen von Rindern. Die spektakulärsten Disziplinen waren sicherlich das Reiten auf halbwilden Pferden und natürlich das Bullenreiten, bei dem sich der Reiter möglichst lange auf dem wild bockenden Tier halten musste, ohne abgeworfen zu werden. Beim *Steer Wrestling* oder *Bull Dogging* musste der Rodeoreiter einen Stier zu Boden werfen. Das Einfangen von Kälbern mit einem Lasso, bei dem es auf Geschicklichkeit ankam, wurde *Calf Roping* genannt.

Jessies Disziplin war das *Barrel Racing,* bei dem ein Reiter so schnell wie möglich kleeblattförmig um drei auf einem Dreieckskurs angeordnete Fässer rasen musste. Es erforderte eine lange, sorgfältige Ausbildung des Pferdes, unendliche Stunden harten Trainings und großes reiterliches Geschick, auf der kurzen Strecke noch ein paar Sekundenbruchteile herauszuschinden, ohne eines der Fässer umzuwerfen. Jessie und ihr Pferd *Golden Sun* waren ein beinahe unschlagbares Team.

Sie saß auf der Stuhlkante und beobachtete die Menschen; es waren viele. Gut, dass sie kamen und die Rodeoreiter und Cowboys anfeuerten. Aber Jessie brauchte sie nicht. Sie würde auch in einem leeren Stadion reiten.

Sie wollte nur über den Sand fliegen, die Kraft und Anmut des Pferdes spüren, das sie jahrelang ausgebildet hatte. Manchmal war sie sich nicht sicher, wer von ihnen beiden das Rennen mehr liebte, sie oder der muskulöse Palomino, den sie von klein auf großgezogen hatte.

„Jessie?“ Ihre Mutter berührte ihre Schulter. „Alles in Ordnung?“

„Ja“, gab sie kurz angebunden zurück. Ihr Brustkorb schmerzte und war steifer als sonst. Jeder Atemzug fiel ihr schwer und brauchte ihre ganze Willenskraft. Aber was sollte sie sonst sagen? Wie sie sich fühlte, spielte keine Rolle – hatte noch nie eine Rolle gespielt. „Mir geht's gut."

„In Ordnung." Ihre Mutter zögerte. „Ich mache mich fertig."

Jessie schwirrten die vertrauten Gedanken durch den Kopf.

Sie wurde immer beliebter, und nicht nur, weil sie Wettkämpfe gewann. Sie war geheimnisvoll; man nannte sie die „Schöne und Unnahbare". Jessie beugte sich vor und stöhnte leise; die Weste war enger als gewöhnlich. Ja, die Öffentlichkeit, die Medien, alle wollten sie im Rampenlicht genau untersuchen. Aber sie zeigte ihnen nur sehr wenig von sich.

Die junge Frau zog sich in ihren Wohnwagen zurück und hielt sich nur gerade lange genug im Umkleideraum auf, um ihre Reitsachen anzuziehen. Es wäre schön gewesen, Freunde zu haben, aber je weniger Zeit sie in der Arena verbrachte, umso besser. Sie kam erst unmittelbar, bevor sie dran war, in den Durchgang, und nach dem Rennen sammelte sie schnell ihre Sachen ein und ließ ihr Pferd noch ein wenig abkühlen. Dann zog sie sich um und verschwand wieder. Die anderen Reiter beim *Barrel Racing* hielten sie für distanziert und arrogant.

So war es nicht, aber sie konnte es ihnen nicht erklären. Sonst hätte sie ihr Geheimnis preisgeben müssen.

Diese Routine, ihre Ankunft unmittelbar vor dem Rennen und ihr schnelles Verschwinden danach, bedeutete auch, dass sie keine Zeit hatte für Männer. In den vergangenen beiden Jahren hatte fast jeder Junggeselle unter den Rodeoreitern – und auch ein paar von den Verheirateten – versucht, sie anzumachen. Ab und zu fing sie ein Lächeln oder einen Blick von einem Cowboy auf, der ganz nett aussah. Aber es hatte keinen Sinn.

Nicht, solange sie nur zwei Ziele hatte: fit zu bleiben und die beste Barrel-Racerin der Welt zu werden.

Aber was sie wirklich von den anderen unterschied, würde keiner jemals erfahren; jedenfalls nicht, solange sie noch ritt. Die Leute würden das nicht verstehen. Sie würden ihr nur Fragen stellen und ihr Urteil über das Risiko abgeben, das sie einging. Es würde nicht lange dauern, und dann käme die Sache ans Licht, und aus wäre es mit ihrem aufgehenden Stern am Himmel des Tonnenrennens. Stattdessen würden alle nur noch von ihrem Kampf reden.

Dazu würde es niemals kommen; das hatte Jessie sich fest vorgenommen. Die Profirodeo-Liga würde niemals von ihrem eigentlichen Kampf, ihrem Geheimnis erfahren. Sie würden nie herausfinden, dass sie etwas tat, was kein anderer Barrel-Reiter tat: Sie hielt während des Rennens die Luft an.

Vom Start aus dem Tunnel, um alle drei Fässer herum und wieder zurück holte sie kein einziges Mal Luft. Der Hufschlag ihres Pferdes hämmerte im Gleichklang mit ihrem Herzschlag, während die Sekunden vergingen. Und wenn sie in den Tunnel zurückkam, schrien ihre Lungen nach Luft.

Kein Wunder, dass sie meist unter achtzehn Sekunden blieb. Ganz gleich, ob sie zu Hause ritt oder bei einem Wettkampf, jedes bisschen Kraft – sogar die, die sie zum Atmen brauchte – ging in den Ritt. Dass Jessie beim Reiten die Luft anhielt, wussten nur ihre Eltern. Sie pflichteten ihr bei, dass es unter ihren Umständen das Beste war, um weiter im Rennen zu bleiben.

Das war ihr Geheimnis.

Und so blieb Jessie Daniels auch nach zwei Jahren beim Rodeo ein Mysterium: die Blauäugige mit dem dicken hellblonden Pferdeschwanz, dem schwarzen Hut und der schwarzen Jeans, die auf ihrem ebenso blonden Pferd um die Fässer raste. Nach einem Sieg stellten die Reporter ihr Fragen, aber sie antwortete immer nur mit knappen Sätzen. Niemand wusste Näheres über sie.

Und so sollte es auch bleiben.

❖

Jessie atmete langsam ein und rückte die Weste zurecht. Es war nie angenehm, ganz besonders nicht kurz vor dem Rennen, wenn sie eigentlich nur nach draußen rennen, *Golden Sun* satteln und wie der Wind um das Stadion reiten wollte. Sie biss sich auf die Lippe. Geduld. Ohne Geduld konnte man nicht reiten.

Eigentlich sollte sie gar nicht hier sein – weder sie noch *Golden Sun*. *Golden Sun* war ein Quarter Horse, das bei seiner Geburt so klein gewesen war, dass sein Besitzer meinte, es lohne sich nicht, es großzuziehen. Jessie hatte sein Potenzial erkannt, es mit der Flasche großgezogen und aufgepäppelt, bis es so groß und kräftig geworden war wie jedes andere Quarter Horse.

Das allein war für Jessies Eltern, die nie im Leben etwas mit Pferden zu tun haben wollten, schon ein Schock gewesen.

Jessie und ihre jüngere Schwester Anna waren auf einer Viehfarm in Colorado aufgewachsen. Ihr Vater fuhr immer mit einem Quad über die Farm. Pferde waren tabu, sie verbreiteten zu viel Haare und Staub und zu viele Allergene, die Jessie und Anna gefährdeten. Wegen ihrer Allergien hatten die Schwestern Hausunterricht in Zimmern mit Luftreinigern. Sie lernten Lesen, Nähen und Klavier spielen. Nach draußen gingen sie so wenig wie möglich.

Aber abends, wenn ihre Eltern zu tun hatten, saßen Jessie und Anna am Fenster und träumten von einem anderen Leben. An eine Gelegenheit konnte Jessie sich ganz besonders erinnern.

„Weißt du, was ich gerne tun würde?", hatte Anna an jenem Abend mit leuchtenden Augen gesagt. „Ich möchte über die Heuwiesen rennen, bei den großen Pinien Verstecken spielen und auf dem Palomino von nebenan reiten." Damals war Anna acht Jahre alt gewesen und Jessie neun. Der Gedanke erschien ihnen wild, unerhört und schrecklich aufregend. „Wäre das nicht wunderbar?"

„Ja." Jessie schaute in die Welt hinaus, die außerhalb ihres sterilen Reiches lag. „Eines Tages werden wir das tun, ja, Anna? Eines Tages."

Aber der Tag kam nie.

Als Anna zehn war, erkältete sie sich eines Tages. Irgendetwas musste vom Garten ins Haus geweht sein. Aus der Erkältung wurde rasch eine Bronchitis. Nach einem Asthmaanfall musste sie ins Krankenhaus und am nächsten Tag hatte sie einen Atemwegsinfekt. Innerhalb von achtundvierzig Stunden geriet das Fieber außer Kontrolle. Sie bekam eine Lungenentzündung und wegen ihres Zustands konnte kein Arzt oder Antibiotikum ihr helfen. All ihre Bemühungen, die Kinder zu schützen, all die Jahre, in denen sie das Leben nur vom Fenster aus beobachtet hatten, konnten Anna nicht retten. Drei Tage später war sie gestorben.

Annas Tod veränderte alles und Jessie kam zu einem Entschluss: Sie würde das Leben nicht draußen vorbeiziehen lassen; sie würde es in seiner ganzen Fülle leben und all das tun, wovon Anna nur geträumt hatte.

Die Erinnerungen zogen vorüber und Jessie rückte die Weste erneut zurecht. Sie versuchte, tief einzuatmen, aber es ging nicht, nicht richtig. Es waren noch ein paar Stunden bis zum Rennen und die Erinnerungen vertrieben die Zeit. Der Saisonbeginn brachte immer wieder die Vergangenheit in ihr hoch und erinnerte sie daran, wie viel Glück sie gehabt hatte, wie sehr sie gegen all die widrigen Umstände angekämpft hatte und wie schnell diese Saison oder jede andere … ihre letzte sein konnte.

Das schöne goldene Pferd von nebenan bekam ein Fohlen und das Fohlen wurde Jessies bester Freund. Sein Fell glänzte wie eine frisch geprägte Münze und es hatte eine genauso hellblonde Mähne wie Jessie. Sie nannte den kleinen Hengst *Golden Sun* und trotz der Warnungen des Arztes verbrachte sie jede freie Minute bei ihm und wurde dadurch sogar kräftiger. Der Nachbar half ihr, ihn zuzureiten, und sie trainierte ihn und raste mit ihm über die Felder hinter dem Haus ihrer Eltern.

Schließlich entdeckte sie das *Barrel Racing*, und ihr Vater baute ihr einen Übungsparcours und einen Stall mit Luftfiltersystem, um die Allergene durch Heu und Staub in der Luft zu reduzieren. Jessie erinnerte sich noch gut daran, wie ihre Tante und ihr Onkel ihre Eltern einmal gefragt hatten, wie sie sie nur bei etwas unterstützen konnten, das ihr Leben verkürzen würde.

Jessie hatte die Antwort ihres Vaters nie vergessen. „Reiten *ist* Jessies Leben“, hatte er gesagt. „So einfach ist das.“

Und so war es.

Wenn sie auf *Golden Sun* saß, hatte sie nicht nur ein Ziel – die Tonnen schneller zu umrunden als alle anderen –, sondern sie fühlte sich lebendig und voller Energie. Dieses Gefühl spottete jeder Vernunft, denn Ärzte, Erfahrungen und Statistiken besagten, dass sie dadurch früher sterben würde.

Das Geheimnis war, dass Jessie Daniels Mukoviszidose hatte. Mukoviszidose, die heimtückische Krankheit, bei der durch einen Gendefekt der Stoffwechsel so gestört war, dass Jessies Lunge immer neu mit zähem Schleim verstopft wurde. Mukoviszidose mit allem, was damit einherging – auch dass sie sich jeden Tag zwei Stunden den Rücken abklopfen lassen musste, damit sie den Schleim heraushusten konnte, an dem sie sonst ersticken würde und der einen idealen Nährboden für Bakterien bot. Es war dieselbe Krankheit, mit der auch Anna auf die Welt gekommen war. Eine Krankheit, bei der jede Erkältung sich zu einer Lungenentzündung entwickeln und jede Lungenentzündung den Tod bedeuten konnte.

Ihre Eltern hatten Jessie nie etwas über die Lebenserwartung von Menschen mit Mukoviszidose erzählt. Sie hatte es selbst herausgefunden – im Internet. Menschen, die an Mukoviszidose litten, starben im günstigsten Fall als junge Erwachsene, und obwohl die Lebenserwartung inzwischen gestiegen war, war Jessie ein früher Tod sicher.

Eines Tages in nicht allzu ferner Zukunft würde diese Krankheit sie umbringen.

❖

Jessie rückte die Weste noch einmal zurecht. Sie war sehr eng um die Rippen, eng und unbequem. Sie war nicht zum Schutz gedacht, so wie die Sturzwesten der Rodeoreiter, obwohl sie extra so geschnitten war, dass sie so aussah wie diese. Es war eine Kompressionsweste. Die Weste hatte eine Reihe elektrisch gesteuerter Luftkammern, die Jessies Lungenflügel in gleichmäßigem Rhythmus zusammendrückten. Die Weste machte das, was früher nur ihre Eltern getan hatten, indem sie ihren Rücken von oben nach unten abgeklopft hatten.

Irgendwie mussten ihre Lungen frei werden von den Sekreten.

Sie beugte sich vor und ließ die Weste ihr Werk verrichten. Noch zehn Minuten, dann war sie fertig. Sie musste einige Male husten – das war gut, weil es weniger Schleim in ihren Lungen bedeutete. Als sie damit fertig war, schloss sie die Augen und hing noch einmal ihren Erinnerungen nach.

Ihr erstes Tonnenrennen hatte sie noch vor ihrem vierzehnten Geburtstag gewonnen. Sie und *Golden Sun* waren um die Fässer gerast wie entfesselt. Drei Jahre später kam sie zu den Profis und war seither nur schwer zu schlagen gewesen.

Genau wie Luke Gunner.

Sie waren sich sehr ähnlich, beide sehr still und distanziert. Mysteriös.

Jessie wunderte es nicht mehr, wie die Zuschauer auf Luke reagierten, wie die Frauen scharenweise winkten und im Chor seinen Namen riefen, wenn er wieder einmal einen Sattel oder eine Gürtelschnalle gewonnen hatte. Der Anblick eines 1,90 Meter großen Hünen mit schwarzem Haar und blauen Augen, der so voller Selbstvertrauen war, ließ niemanden kalt.

Jessie war nicht blind; auch sie fand ihn attraktiv. Aber mehr nicht. Mehr würde es niemals sein. Sie war schon häufiger gemeinsam mit Luke bei Siegerehrungen dabei gewesen, als sie zählen konnte, und doch hatten sie nie mehr als ein höfliches Hallo gewechselt. Die anderen Cowboys zogen den Hut oder lächelten ihr zu. Viele hatten versucht, eine Unterhaltung mit ihr anzufangen.

Nur Luke Gunner hatte das nie probiert und das gefiel Jessie. Luke war wie eine einsame Insel, ein Einzelgänger, genau wie sie. Er flirtete nicht mit den anderen Barrel-Racerinnen und grinste die Mädchen nicht an, die sich bei den Boxen rumtrieben. Es zog ihn nicht zu den Frauen, die nach dem Rodeo auf ihn warteten.

Je länger sie gemeinsam mit ihm bei Wettkämpfen war, desto mehr hatte Jessie das Gefühl, ihn zu verstehen. Dass er auf Abstand ging, hieß nicht, dass er unfreundlich war, genauso wenig wie sie selbst. Wenn sich ihre Blicke gelegentlich trafen, dachte Jessie, sie würde etwas Vertrautes darin sehen. Vielleicht Achtung. Ein Gleichklang. Jessie hatte das Gefühl, was auch immer Luke Gunner dazu trieb, Bullen zu reiten, war ihren eigenen Beweggründen nicht unähnlich. Es musste eine Leidenschaft sein, die aus sehr persönlichen Gründen erwachsen war.

Sie bekam zwar in seiner Nähe keine weichen Knie,

aber sie bewunderte heimlich seine Unabhängigkeit und die Tatsache, dass er weder die Menschen noch das Drumherum noch den Erfolg zu brauchen schien. Er brauchte nur den Ritt. Vergangenes Jahr war er Zweiter geworden, genau wie sie.

Dieses Jahr – zumindest diese eine Saison – würden sie nur aus einem einzigen Grund noch einmal zusammen von Wettkampf zu Wettkampf ziehen und gemeinsam im Rampenlicht stehen: wegen der Meisterschaft. Es gab Gerüchte, dass Luke Gunner sich danach der neuen Profiorganisation PBR um den Weltmeister Tuff Hedeman anschließen wolle, wo es bessere Bullen und mehr Geld gab. Wenn Luke tatsächlich ging, dann war das hier vielleicht ihre letzte gemeinsame Tour. Nicht, dass das irgendetwas bedeutete.

An diesem kalten Januartag, dem Saisonstart ihrer dritten Runde in der PRCA, hatte Jessie Daniels Wichtigeres, über das sie nachdenken musste. Es war *ihr* Jahr – das Jahr, in dem sie gesund und stark bleiben und auf ihrer Jagd nach dem Meistertitel einen Rekord nach dem anderen brechen würde.

Jessie und *Golden Sun* würden Rodeogeschichte schreiben.

In ihrem Herzen war für nichts anderes Platz.

Kapitel 4

Die Saison lief seit drei Wochen und Luke Gunner war besser als je zuvor. Dieses Wochenende waren sie in San Antonio und er hatte einen guten Bullen gezogen – er hieß *Monster Mash* und war bei zweiundzwanzig Versuchen erst ein einziges Mal von einem Reiter über die vorgeschriebene Zeit geritten worden. Wer sich auf dem Bullen halten konnte, konnte mit einer Punktzahl knapp unter neunzig rechnen. Mit einer guten Haltungsnote war dann alles möglich.

Luke scherte sich nicht um die Punktrichter. Die Bewertung war ihm nicht so wichtig, er wollte seine acht Sekunden oben bleiben. Wenn er abgeworfen wurde, wuchs Lukes Zorn, und er musste diesen irgendwie rauslassen. Aber wenn er acht Sekunden durchhielt, dann konnte er die Wut in seinem Bauch besiegen – zumindest für diesen einen Abend. Dann hatte die Sache natürlich auch noch eine ganz praktische Seite: Wenn er gewann, hatte er genug Geld, um weiterzumachen.

Luke hängte den Haltestrick in seinen Spind, schob die Tasche mit seiner Ausrüstung hinein und ging den Gang hinunter. Wie die meisten Wettkämpfe im Winter fand auch dieser in einer geschlossenen Halle statt. Es war schon seine fünfte Saison in der PRCA und inzwischen kannte er die meisten Veranstaltungsorte. Im Gehen steckte er sein Hemd in die Hose und achtete darauf, dass die Knöpfe sich in einer Linie mit der Gürtelschnalle befanden.

Bevor er seine Dehnungs- und Aufwärmübungen machen und sich auf den Ritt konzentrieren konnte, musste er herausfinden, welche Startnummer er hatte. Er steuerte auf die Meldestelle in der Vorhalle zu.

Da zog etwas seine Aufmerksamkeit auf sich.

Nur ein paar Meter entfernt lehnte ein anderer Rodeoreiter an der Wand, ein Brasilianer, der ihm im vergangenen Jahr dreimal den ersten Platz weggeschnappt hatte. Neben dem Cowboy stand ein älterer Mann mit genau den gleichen Augen und den gleichen Wangenknochen, wohl der Vater des Jüngeren. Er hatte die beiden auch bei anderen Wettkämpfen schon zusammen gesehen.

Luke beobachtete sie und sah, wie der Ältere dem Rodeoreiter die Hand auf die Schulter legte und ihm etwas ins Ohr flüsterte, was den Jungen zum Lächeln brachte. Wahrscheinlich hatte er ihm einen Rat gegeben oder ihm Mut gemacht, ihm etwas gesagt, das eben ein Vater seinem Sohn kurz vor dem Wettkampf sagte.

Genau so war auch sein Vater gewesen, bevor er sie verlassen hatte. Er war liebevoll und interessiert gewesen und hatte Luke immer Mut zugesprochen, wenn er bei einem Baseballspiel dabei war oder eine Schularbeit anstand.

Luke ballte die Fäuste und wandte sich ab. Eine junge Frau am Infotisch lächelte ihn an. „Was kann ich für Sie tun, Mr Gunner?“

Das Bild des brasilianischen Cowboys und seines Vaters hatte sich in seine Gedanken gebrannt. Luke versuchte, sich auf die Frau zu konzentrieren. „Welche Startnummer habe ich?“

Die Frau sah in ihre Liste, nahm einen Notizzettel und kritzelte etwas darauf. „Bitte.“ Sie gab ihm den Zettel. „Viel Glück heute Abend.“

Luke nahm den Zettel, nickte ihr zu und ging zurück zum Gang. Auf halbem Weg zur Umkleidekabine sah er auf den Zettel. Er würde als Vorletzter starten. Ganz unten hatte die junge Frau ihre Telefonnummer aufgeschrieben.

Er zerriss den Zettel und ging zu seinem Spind. Es war Zeit, sich warm zu machen, auch wenn er erst gegen Ende drankam. Aber er konnte sich noch nicht konzentrieren, konnte das Bild in seinem Kopf nicht loswerden, das Bild von dem Reiter und seinem Vater.

Wie es wohl wäre, wenn *sein* Vater bei den Wettkämpfen dabei wäre? Wenn er ihm vor jedem Ritt noch ein paar Ratschläge geben und ihm Mut machen würde?

Luke öffnete seinen Spind, zog seine abgewetzten Hirschlederhandschuhe heraus und knallte die Tür wieder zu. Natürlich würde ihn dieser Gedanke heute Abend verfolgen. Das ließ sich nicht vermeiden, nicht nach dem Anruf seiner Mutter heute Morgen. Sie wusste, dass sie ihn an Wettkampftagen nicht anrufen sollte, aber sie hatte es trotzdem getan. Von dem, was sie ihm erzählt hatte, war ihm ganz übel geworden, und er hatte den ganzen Tag über nicht mehr als eine Scheibe Toast und einen Apfel essen können. Jetzt kam ihm ihr Anruf wieder in den Sinn.

„Er hat uns gefunden.“ Ihre Stimme klang nervös, aber auch voller Hoffnung.

„Wer?“ Luke hatte noch im Bett gelegen, die Bettlaken waren völlig zerwühlt von der Nacht. Er blinzelte und versuchte, sich zu konzentrieren. Er war allein, obwohl das vor ein paar Stunden noch anders ausgesehen hatte. Was redete seine Mutter da? Jemand hatte sie gefunden? War Carl Joseph davongelaufen? „Erzähl's mir später. Ich bin müde.“

„Luke, du musst es wissen!“ Ihre Stimme wurde stärker und fröhlicher. „Dein Vater hat uns gefunden, Luke. Er hat vor ein paar Minuten angerufen; er will dich und Carl Joseph sehen.“

Luke hatte sich abrupt aufgesetzt. Sein Herz hämmerte so stark, dass er jeden Schlag in der Brust spürte. Das war nicht möglich. „Mein Vater hat angerufen? Nach dreizehn Jahren findet er unsere Telefonnummer heraus und du freust dich auch noch darüber?“

Einen Moment lang war es totenstill.

„Luke, es tut ihm leid. Er hat seither auch kein leichtes Leben gehabt.“ Sie zögerte. „Wir haben uns lange unterhalten. Er möchte dich sehen.“

Ihre Worte waren wie eine Ladung aus einer Schrotflinte und bohrten sich genau in die Tiefen seines Herzens, wo er seinen Vater immer noch liebte, sich immer noch nach ihm sehnte, ganz gleich, wie sehr er auch versuchte, sich das Gegenteil einzureden. Ein Geräusch, das halb wie ein Lachen, halb wie ein Stöhnen klang, kam aus seinem Mund. Meinte sie das ernst? Wie konnte sie ihn wieder in ihr Leben lassen, nach allem, was er ihnen angetan hatte?

„Ich habe keinen Vater mehr.“

„Luke, so fühlst du nicht wirklich, und …“

„Ich will ihn nicht sehen", entgegnete er kurz angebunden. „Ich muss jetzt los." Er knallte den Hörer auf die Gabel, ließ sich aufs Kopfkissen zurücksinken und starrte an die Decke. Ihm war schlecht. Wie konnte sein Vater es nur wagen, einfach wieder aufzutauchen? Wie konnte er es wagen, zu behaupten, er hätte ein schweres Leben gehabt, wo die ganze Sache doch seine Schuld gewesen war?

Luke ballte die Hände zu Fäusten und zwang sich aufzustehen. Und wenn schon. Er hatte die Wahrheit gesagt; er hatte keinen Vater mehr.

Aber das Gespräch vermieste ihm den ganzen Tag.

Normalerweise nutzte er den Nachmittag vor einem Wettkampf, um sich in Ruhe vorzubereiten und sich auf den Ritt einzustimmen. Aber jetzt hatte er sowohl einen Kater als auch den Anruf seiner Mutter im Kopf. Er wärmte sich fahrig auf und kämpfte die ganze Zeit gegen heftige Kopfschmerzen an.

Vor dem Umkleideraum ertönten Stimmen, und Luke ließ sich auf der Bank nieder, immer noch mit geschlossenen Augen. Die anderen würden annehmen, dass er versuchte, sich vor seinem Ritt zu konzentrieren, und ihn in Ruhe lassen. Er sah seinen Vater vor sich – wie auch immer er dreizehn Jahre älter aussehen mochte. Mike Gunner hatte mehr als ein Jahrzehnt lang Football gespielt, sich der Verantwortung für seine Familie entzogen, und jetzt wollte er zurückkehren – vielleicht weil sein Sohn ein berühmter Rodeoreiter geworden war.

Und was noch schlimmer war: Seine Mutter schien sich darüber zu freuen!

Ein Gemisch aus Adrenalin und Wut schoss durch Lukes Adern. Am liebsten hätte er mit der Faust die Tür seines Spinds eingeschlagen, aber er beherrschte sich. *Spar's dir für den Bullen auf, Gunner.* Er stand auf, nahm ein Seil und ging den Gang entlang.

Die Barrel-Racer waren an der Reihe. Er kletterte auf den Zaun, damit er ihnen zusehen konnte, während er seine Muskeln dehnte. Der Sprecher kündigte über den Lautsprecher gerade den nächsten Starter an.

„Als Nächstes kommt Jessie Daniels mit ihrem Pferd ‚Golden Sun'. Jessie war diese Saison immer unter den ersten drei und könnte heute Abend gewinnen. Wenn sie unter 14,5 Sekunden bleibt, sollte das reichen, meine Damen und Herren."

Er leierte Jessies Rittstatistik herunter und ließ sich darüber aus, dass sie so attraktiv und geheimnisvoll sei. Luke spreizte seine Beine, bis es an der Innenseite seiner Oberschenkel zu ziehen begann. Jessie Daniels brauchte wirklich keine solche Vorstellung mehr. Neben ihm war sie die bekannteste Teilnehmerin an den Wettkämpfen. Schön, eigenwillig und mysteriös. Sie ritt mit einer wilden Hingabe, die Luke nur zu gut verstand und die er bewunderte.

Schon als er sie zum ersten Mal bei einem Wettkampf reiten sehen hatte, wollte er zu ihr gehen, bei ihr sein und alles über sie herausfinden. Sie war sehr introvertiert, selbstbewusst und meisterhaft in ihrer Disziplin. Und sie würdigte ihn keines Blickes. Bei all den Mädchen, die sich ihm an den Hals warfen, war Jessie die Herausforderung schlechthin.

Aber er konnte eigentlich keine Ablenkung gebrauchen; er war einundzwanzig und zu jung, um sich ernsthaft zu verlieben. Auch wenn es um ein Mädchen wie

Jessie Daniels ging. Und so ignorierte er sie ebenso wie sie ihn – außer wenn sie ritt.

Er lehnte sich nach rechts, um sein rechtes Bein zu dehnen. In diesem Augenblick schoss Jessie aus dem Durchgang, das Gesicht dicht über der Mähne ihres Pferdes, die die gleiche Farbe hatte wie ihre Haare, die wiederum in einem Pferdeschwanz hinter ihr herflatterten. Sie wirkte konzentriert, aber nicht verkniffen. Schwarzer Hut, schwarze Jeans, weiße, gestärkte Bluse, den Blick ausschließlich auf die nächste Wende gerichtet. Sie ritt eng um das erste Fass, schoss quer durch die Arena und dann um das zweite.

Die Zuschauer riss es bereits aus den Stühlen.

Jedes Mal, wenn Jessie ritt, war es möglich, dass sie einen neuen Rekord aufstellte. Das war heute nicht anders. Sie umrundete das dritte Fass und beugte sich nach vorn. In 14,35 Sekunden hatte sie die Tonnen hinter sich gelassen.

„Meine Damen und Herren, das ist ein neuer Stadionrekord! Jessie Daniels hat die bisherige Bestzeit beim ‚Barrel Racing' in dieser Arena noch um zwei Zehntelsekunden unterboten. Damit dürfte ihr der erste Platz heute sicher sein. Darf ich um einen Applaus bitten."

Und wieder jubelten die Zuschauer.

Luke wollte um die Ecke in den Gang schauen, wie sämtliche anderen Cowboys auch, um zu sehen, wie sie ihr Pferd anhielt und abstieg. Aber er tat es nicht. In Augenblicken wie diesem war er froh, dass er Abstand gehalten hatte. Er konnte jetzt keine Ablenkung gebrauchen.

Er verlagerte das Gewicht auf das linke Bein und spürte das Ziehen noch stärker als zuvor. Vierzig Minuten vergingen. Vierzig Minuten lang sah er immer wieder Carl Josephs Gesichtsausdruck, als ihre Mutter ihnen erklärte, dass ihr Vater sie verlassen hatte. Vierzig Minuten lang hasste er diesen dafür, dass er einfach gegangen war, ohne Luke zu erklären, was er falsch gemacht hatte. Vierzig Minuten lang war Jessie Daniels nur irgendeine Reiterin. Vierzig Minuten lang hätten seine Mutter und sogar sein Bruder genauso gut eine Million Meilen weg sein können. Vierzig Minuten lang gab es nichts in seinem Leben außer dem Kampf mit einem Bullen namens *Monster Mash* – und die Wut in seinem Inneren, die er mit jedem Gedanken nährte und anfachte.

„Du hast heute Abend den besten Bullen gezogen, Gunner." Einer der anderen Bullenreiter klopfte ihm auf die Schulter und ging zu der Box neben der von Luke. „Startklar?"

„Startklar."

„Dann zeigen wir's ihnen." Der Cowboy nickte in Richtung der Zuschauer. „Gutes Publikum heute Abend. Sie haben eine gute Show verdient."

„Wie immer – acht Sekunden."

Einer nach dem anderen flogen die Männer regelrecht auf den Bullen durch die Arena. Die Hälfte von ihnen konnte sich acht Sekunden halten, die andere Hälfte wurde abgeworfen. Luke feuerte sie an, weil alle das taten. Sie feuerten sich immer gegenseitig an. Beim Bullenreiten kämpfte man nicht gegen die anderen Männer, sondern gegen den Bullen. Nur gegen den Bullen.

Aber sogar während er die anderen anfeuerte, stand er in Gedanken als Kind an dieser Straßenecke und schaute dem gelben Taxi nach.

Luke zog den Reißverschluss an seiner Schutzweste zu und überprüfte seinen Körper. Dehnen war extrem wichtig; er hatte sich schon eine Stunde lang warm gemacht. Er beugte sich mit der Nase zum rechten Knie … zwei, drei, vier, fünf. Noch ein bisschen weiter, und dann die andere Seite … Nase zum linken Knie, zwei, drei, vier, fünf. Dann zur Mitte, Rücken gerade, Handflächen auf den Boden, zwei, drei, vier … Die ganze Zeit über behielt er den Bullen im Blick.

Ein Sprecher kündigte das nächste Paar an.

„‚Monster Mash' ist ein texanischer Brahma-Bulle aus bester Zucht. Üble Hörner und dazu Drehungen, die man als Reiter nur erahnen kann."

Der zweite Sprecher unterbrach ihn. „Denken Sie daran, dass dieser Bulle noch nie bezwungen wurde. Kein einziges Mal. Ein mörderisches Biest mit einem Punktedurchschnitt von 48,9. Dreiundzwanzig Männer saßen schon auf ihm und dreiundzwanzig sind runtergeflogen."

„Und Luke Gunner will dem nun ein Ende machen."

Luke überhörte es.

Er spürte, wie er an den Punkt kam, an dem er die Enttäuschung des kleinen Jungen in ihm und seine ungezügelte Wut hinauslassen konnte. Und wenn es nur für acht Sekunden war.

Endlich war er dran.

Er drückte sich den Cowboyhut fester in die Stirn, ging zur Box und kletterte über das Gatter. Erst ein Bein, dann das andere über die Seitenwände der Box. Er stützte sich ab, bis er breitbeinig über dem Bullen stand. *Monster Mash* war ein hässliches Tier mit ungleichmäßig grau gesprenkeltem Fell und bösartigen, rotgeränderten Augen.

Seine Hörner waren keine wirkliche Bedrohung, aber der Buckel auf den Schultern, der für seine Rasse typisch war, hatte schon den einen oder anderen Cowboy k. o. geschlagen. Luke wusste das, dachte aber nicht viel darüber nach; ebenso wenig wie über die Eigenheiten des Bullen oder über die anderen Dinge, über die die meisten Rodeoreiter sich Gedanken machten.

Alles, worauf es ankam, war die Tatsache, dass der Bulle ihn töten wollte.

Das erkannte Luke an der Art und Weise, wie ihn diese kleinen, verschlagenen Augen beobachteten. Das Tier drückte mit den Schultern gegen das Gatter und stampfte mit den Beinen. Die schrecklichen Augen wandten sich nie ab und blinzelten nicht. Wenn es eine Möglichkeit gegeben hätte, das Gitter zu durchbrechen, hätte der Bulle es getan.

Der *Van Halen*-Song „Jump" gab den pulsierenden Rhythmus vor, der jeden einzelnen der 15.000 Zuschauer mit fieberhafter Erwartung erfasste. Das Bullenreiten war der letzte und aufregendste Wettkampf am Abend, der Höhepunkt für die Fans. Sie genossen die Kraft und Intensität und die Möglichkeit, dass es zu schlimmen Unfällen kommen konnte. Die Vorstellung, dass gewöhnliche Menschen einen Kampf mit einem ungezähmten Tier aufnahmen, faszinierte sie.

„Nur zu", sagte Luke und starrte das Tier an. „Versuch es ruhig."

Der Bulle riss den Kopf hoch und verdrehte die Augen, bis man das Weiße sah. Luke wusste, was in dem Moment, in dem sie das Gatter öffneten, geschehen würde. Der 1.000-Kilo-Bulle würde wie ein schnaubendes, schwitzendes Katapult durch die warme Sommernacht fliegen – nur eines im Sinn: dieses Ding auf seinem Rücken loswerden und in den Staub trampeln.

Die Bullenreiter brauchten keine Sprecher, die ihnen das erklärten; sie wussten, was auf dem Spiel stand. *Monster Mash* würde keinen Reiter vier Sekunden auf seinem Rücken dulden, geschweige denn acht. Fünf Männer standen außen auf dem Gatter, zwei davon hielten Luke an der Jacke fest und waren jeden Moment bereit, ihn herauszuziehen, sollte der Bulle durchdrehen.

Luke war bereit. Mit den Füßen immer noch auf dem seitlichen Gitter ließ er sich langsam hinunter, bis er sich dicht über dem Rücken des Tieres befand.

„Na, willst du mich plattmachen?", sagte Luke zähneknirschend. Der Hass in ihm wuchs und erfüllte ihn mit einem brennenden Verlangen und einer glühenden Wut. Jetzt gab es nur noch den Bullen – den Bullen und ein schemenhaftes Gesicht.

Das Gesicht seines Vaters.

Wie konnte er uns einfach verlassen?

Der Hass kochte in ihm, mischte sich mit der Anspannung und strömte durch seine Adern.

„Alles klar, Gunner." Der Cowboy am Gatter schlug ihm auf die Schulter.

Es war Zeit.

Luke ließ sich auf den Rücken des Bullen sinken, genau hinter die gewaltigen Schulterblätter des Tieres. Die Muskeln des Bullen zitterten vor Wut, sein Fell war heiß und verschwitzt. *Monster Mash* war dafür bekannt, dass er schon in der Box Unheil anrichtete, und so war es auch heute. Das Tier lehnte sich mit seinem ganzen Gewicht auf die linke Seite, und Luke biss auf seinen Mundschutz, als es sein Bein an das Gitter quetschte.

Er schlug dem Bullen auf die Schulter. Ein brennender Schmerz schoss ihm durchs Knie. Es war dasselbe Knie, das ihm diese Viecher diese Saison schon sechsmal in der Box eingequetscht hatten. Er konnte nicht starten, bevor er sein Handgelenk umwickelt hatte; und er konnte sein Handgelenk nicht umwickeln, solange der Bulle nicht aufhörte mit dem Randalieren. Noch ein Schlag und noch einer. Wie Feuer fuhr es durch seinen Oberschenkel – gut! Je größer der Schmerz, desto größer sein Hass.

Er war ein kleiner Junge, acht Jahre alt, voller Lachen und Liebe, und sein kleiner Bruder …

Sein kleiner Bruder.

Der Zorn verdreifachte sich.

Er schlug dem Bullen auf das linke Ohr und das Auge. „Weg da mit dir!" Das Tier wich ein paar Zentimeter zur Seite und Luke konnte sein Bein befreien. Er schob seine rechte Hand mit der Handfläche nach oben durch die Schlaufe. Dann gab ihm jemand den Strick und er wickelte ihn sich eng ums Handgelenk.

Luke wusste nicht, ob *Monster Mash* sich zuerst drehen oder direkt losbuckeln würde oder beides auf einmal. Es gab zu jedem Bullen Filmaufnahmen und die meisten Reiter studierten das Verhalten der Tiere sehr genau. Luke nicht. Er wollte, dass die Bullen für ihn unberechenbar blieben, denn auch Wut und Hass und Zorn waren unberechenbar.

Der Bulle warf sich noch einmal gegen das Gitter, legte den Kopf zurück, schnaubte wild und besprühte dabei die

Hosenbeine der beiden Cowboys, die am nächsten standen. Luke rutschte nach vorn und überprüfte noch einmal den Strick. Dann starrte er auf den Rücken des Tieres und gab das Zeichen – ein kurzes Nicken. Der Riegel klickte und das Tor sprang auf.

„Zeig's ihm, Gunner!“, schrie einer der Umstehenden.

Monster Mash sprang mit allen vier Hufen gleichzeitig in die Luft, buckelte, schnaubte und drehte sich dabei und wirbelte in alle Richtungen Staub und Mist auf. Eineinhalb Sekunden ... zwei ... zweieinhalb. Der Bulle landete auf den Vorderbeinen, und schon verdrehte sich sein Körper in eine andere Richtung, um den Cowboy von seinem Rücken abzuschütteln. Luke blieb bis auf den Zentimeter genau im Schwerpunkt und hatte seine Beine eng an den Bullen gelegt.

Jede Nacht, in der er wach gelegen und sich gefragt hatte, wo sein Vater war und warum er nicht angerufen hatte; jeder Geburtstag, jedes Weihnachtsfest und jeder Sommerurlaub ohne Geschenk oder Karte oder wenigstens einen Anruf von ihm; jede dieser Enttäuschungen manifestierte sich im eisernen Druck seiner Knie und befreite ihn von einem Stück der Wut, die ihm sonst die Luft zum Atmen nahm.

Monster Mash war wieder in der Luft, drehte sich im Kreis und schlug mit der Hinterhand in hohem Bogen aus, aber Luke blieb oben. Er lehnte sich zurück und machte die Bewegung mit, immer im Schwerpunkt. Die Glocke ertönte und plötzlich war alles vorüber.

Er schwang beide Beine auf eine Seite und wollte wie immer mit einer schnellen Handbewegung seine rechte Hand aus der Schlaufe lösen. Aber irgendetwas stimmte nicht. Seine Hand hing fest und beim nächsten Sprung des Bullen wurde Luke wie eine Lumpenpuppe seitlich am Bauch des Tieres mitgerissen.

Das war ihm früher schon einmal passiert, kein Grund zur Panik. Ganz gleich, was der Bulle jetzt mit ihm anstellte, er hatte den Kampf bereits gewonnen. Er sah, wie von beiden Seiten die Helfer gelaufen kamen und einer von ihnen das Ende des Strickes packte, um seine Hand zu befreien. Der andere wedelte mit irgendetwas, um den Bullen abzulenken. Diese Männer waren zwar als Clowns verkleidet, aber sie riskierten ihre eigene Gesundheit, um die Bullenreiter außer Gefahr zu bringen.

Luke vernahm ein ungesundes Knacken in seiner rechten Hand. In diesem Augenblick warf *Monster Mash* den Kopf weit zurück und erwischte Luke am Unterkiefer.

Als er wieder zu sich kam, lag er auf einer Bank, und der Rodeoarzt starrte ihm ins Gesicht.

„Luke …“ Der Mann war Mitte 30 und der Erste, der zur Stelle war, wenn es bei einem Profiwettkampf Verletzte gab. „Können Sie mich hören, Luke?“

„W-was?“ Sein Kopf schmerzte, aber sein Herz und seine Seele waren zutiefst erleichtert. Er hatte durchgehalten und *Monster Mash* acht Sekunden lang geritten und nichts konnte ihm dieses Gefühl nehmen. Er rieb sich über das Gesicht. „Wie ist mein Punktestand?“

Der Arzt lachte leise. „Für den Knock-out oder Ihren kleinen Ritt?“

Luke schüttelte leicht den Kopf. „Vergessen Sie den Knock-out. Mir ist nichts passiert.“

„Sie haben 98 Punkte.“ Der Arzt leuchtete ihm mit einer kleinen Lampe in die Augen. „Wie fühlen Sie sich?“

„Ganz gut." Luke fuhr sich mit der Zunge über die Lippen. „98?"

„Ja." Der Arzt runzelte die Stirn. „Heben Sie mal die Hand."

Luke versuchte, sie zu bewegen, und dann wusste er, warum der Arzt die Stirn gerunzelt hatte.

Er stöhnte auf. „Ist bestimmt nur verstaucht."

„Das wird sich auf dem Röntgenbild zeigen."

Eine halbe Stunde später hatte Luke seine Sachen gepackt, um für zwei Wochen zu seiner Mutter zu fahren. Ein kleiner Knochen in seiner Hand war gebrochen und er hatte eine leichte Gehirnerschütterung. Der Arzt hatte ihn zu zwei Wochen Reitverbot verdonnert. Luke bekam eine Schiene an die Hand und die Anweisung, sich zu schonen.

Er kam gerade aus dem Umkleideraum, als er Jessie Daniels entdeckte.

Wenn sie sich sonst über den Weg gelaufen waren, hatten sie sich kaum angesehen – und das geschlagene zwei Jahre lang. Aber heute blieb Jessie stehen.

„Darf ich dir einen Rat geben?" Sie hatte ein Zaumzeug über der Schulter baumeln und kam noch einen Schritt auf ihn zu.

Luke war zu verblüfft, um ihr zu antworten, und so blieb er stehen und sah sie prüfend an. Sie war nicht groß, 1,65 Meter, vielleicht 1,68, und aus der Nähe strahlten ihre Augen wie zwei klare Seen in der Sommersonne.

Er lehnte sich an die nächstgelegene Wand und grinste sie an. „Lass hören."

„Wenn du dich acht Sekunden halten kannst, dann bleib auch noch die neunte oben." Sie lächelte und ging weiter. „Zumindest so lange, bis deine Hand frei ist."

Sie war weg, bevor er wieder zu sich kam und irgendeine Antwort auf den Lippen hatte. Machte sie sich über ihn lustig? Dachte sie allen Ernstes, sie wüsste etwas, das Luke Gunner beim Bullenreiten helfen konnte? Und warum hatte sie ihn jetzt angesprochen, nachdem sie die ganzen Jahre nie miteinander geredet hatten?

Vielleicht war es nur Einbildung gewesen; bei einer Gehirnerschütterung konnte das passieren. Er blickte ihr nach und zuckte die Achseln. Er hatte keine Zeit für Jessie Daniels oder eines der anderen Mädchen, die jetzt draußen vor dem Stadion auf ihn warteten. Vor ihm lag etwas viel Wichtigeres: Er musste in diesen zwei Wochen seine Mutter wieder zur Vernunft bringen, damit sie, wenn sein Vater das nächste Mal anrief, das tun würde, was sie schon am Vortag hätte tun sollen: auflegen.

Kapitel 5

Mary Gunner freute sich immer sehr, wenn ihr Ältester nach Hause kam.

Wenn er unterwegs war und Bullen ritt, bedeutete das, dass jederzeit schlechte Nachrichten kommen konnten. Mary war gut genug mit diesem Sport vertraut, um sich der Gefahren bewusst zu sein, und das machte ihr Angst. Als Luke mit seiner geschienten Hand ankam und zwei Wochen Pause machen sollte, war sie froh.

Aber nur im Stillen.

Etwas anderes würde Luke nicht zulassen. Er war immer noch genauso wütend auf sie wie damals, als Mike gegangen war, auch wenn es Unsinn war, dass er ihr die Schuld gab.

Als er zur Tür hereinkam, schaute er sich mit angespannter Miene um. „Wo ist er?"

Mary sah ihm einen Augenblick lang in die Augen, dann drehte sie sich zur Treppe um, hielt die Hände an den Mund und rief: „Carl Joseph! Dein Bruder ist da!"

Als Antwort hörte man jemanden rennen. „Bruder!!!", brüllte eine Stimme von oben.

„Ich bin hier unten, Kumpel!" Luke ging zur Treppe und blickte hinauf.

„Ich komme, Bruder!" Carl Joseph war jetzt 15 und besuchte eine Sonderschule, in der ihm auch praktische

Fertigkeiten beigebracht wurden. Meist war Mary dankbar, dass Carl Joseph das Down-Syndrom hatte, denn das hieß, dass zumindest einer ihrer Söhne in ihrer Nähe bleiben würde.

Carl Joseph kam die Treppe heruntergepoltert und umarmte Luke fest. Als er ihn wieder losließ, funkelten seine Augen. „Was machen die Bullen, Bruder?"

„Nun ..." Luke hielt seine geschiente Hand hoch. „Dieses Wochenende lief es nicht so gut."

„Ooooh!" Carl berührte den Gipsverband und schüttelte den Kopf. „Sei bloß vorsichtig, Bruder. Sei vorsichtig."

Luke lachte leise. „Ja, bin ich." Er legte Carl Joseph den Arm um die Schulter und ging mit ihm ins Wohnzimmer.

Für die nächsten zwei Wochen waren die beiden unzertrennlich. Sie spielten „Dame" und „Backgammon" miteinander und sahen sich Videoaufzeichnungen von Rodeos an. Am Morgen nachdem Luke wieder auf Tour gegangen war, kam Carl Joseph ins Wohnzimmer, wo Mary ein Buch las.

„Mama, ich muss dich was fragen." Er kam ein paar Schritte auf sie zu.

Mary streckte ihm ihre Hand entgegen. „Was gibt's, mein Schatz?"

„Warum mag Luke dich nicht?" Carl Joseph legte den Kopf zur Seite und sah sie mit offenem Mund an. „Warum denn, Mama?"

Die Frage zerriss Mary das Herz, aber sie war ehrlich gemeint und bewies, dass sie sich Lukes ablehnendes Verhalten nicht nur einbildete. Sie räusperte sich und suchte nach einer passenden Erklärung. Sie konnte nichts von

Mike erzählen. Carl Joseph erinnerte sich nicht an seinen Vater, und wenn Mike tatsächlich zurückkommen würde – wie er gesagt hatte –, wollte sie Carl Josephs Bild von ihm nicht beeinflussen.

„Luke …“ Mary biss sich auf die Lippe und kämpfte mit den Tränen. „Manchmal funktioniert sein Herz nicht so gut wie deins.“

„Das Herz von meinem Bruder funktioniert nicht richtig?“ Carl Joseph dachte einen Moment nach. „Weißt du was?“

Mary setzte sich auf die Kante des Sessels. Sie hatte feuchte Augen. Carl Joseph hatte so viel Mitgefühl wie Luke Wut und Hass. „Was denn, mein Schatz?“

„Ich hoffe, dass Lukes Herz wieder gesund wird, genauso wie seine Hand.“

Mary nahm ihren Sohn in die Arme. „Das hoffe ich auch, mein Schatz.“ Er konnte nicht wissen, dass sie schon seit Jahren dafür betete, dass Lukes Herz geheilt wurde, dass ihm jemand begegnete, der ihm beibrachte, dass es noch Wichtigeres gab als Rodeo, Bullen und Wettkämpfe … jemand, der ihn lehrte, was es hieß zu lieben.

❖

Luke war wieder auf Tournee und ritt, als hätte er sich nie verletzt. Er wickelte sich die Hand und den Unterarm zwar fester als früher, aber ein bisschen Schmerz machte ihm nichts aus; es machte den Kampf nur noch intensiver.

Er war auf Platz 2 der Gesamtliste, nur zehn Punkte hinter dem Führenden, obwohl er zwei Rodeos verpasst hatte. Dass er die Führung wieder übernehmen würde, war so sicher wie das Amen in der Kirche. Seine Nächte waren jetzt auch erholsamer – weniger Bier und weniger Frauen, so wie es immer war, wenn er eine Zeit lang mit Carl Joseph zusammen gewesen war. Carl Joseph hatte etwas an sich, das Luke zu einem anständigeren Menschen machte.

Seine Mutter rief ihn in den darauffolgenden Wochen zweimal an. „Dein Vater hat uns besucht“, erzählte sie ihm bei ihrem ersten Anruf. „Carl Joseph mag ihn. Sie haben im Garten zusammen Football gespielt.“

Football? Der Gedanke verursachte Luke richtiggehende Magenschmerzen. Mike Gunner, der große ehemalige Profifootballspieler, verpasste dreizehn Jahre im Leben seiner Kinder, tauchte dann plötzlich wieder auf und spielte Football, als sei nichts geschehen?!

„Er hat nach dir gefragt, Luke“, erzählte sie ihm bei ihrem zweiten Anruf. „Er würde dich gern reiten sehen.“

„Sag ihm, er soll bloß wegbleiben.“ Luke war im Umkleideraum. Er ließ sich auf die Bank sinken und hielt sich daran fest. Er sprach leise, damit die anderen ihn nicht hören konnten. Im Hintergrund erklang *Lynyrd Skynyrds* „Sweet Home Alabama“ aus den Lautsprechern des Stadions.

„Das werde ich nicht tun, Luke.“ Seine Mutter klang ungeduldig.

Luke kniff die Augen zusammen. Was war das für ein Gefühl, das da in ihm aufkam? Es war Hass, oder? Noch mehr Wut und Zorn? Aber es fühlte sich nicht nur wie Wut und Zorn an. Es fühlt sich auch an wie ein kleiner, trauriger Junge. Aber diese Traurigkeit hatte er eigentlich an dem Tag aus seinem Herzen verbannt, als das gelbe Taxi davonfuhr.

„Luke, wann kann er dich sehen?" Seine Mutter klang müde, so als wüsste sie die Antwort schon, bevor er sie aussprach.

„Überhaupt nicht." Er kniff die Lippen zusammen. „Ich habe ihm nichts zu sagen."

❖

Was auch immer seine Mutter mit ihren Anrufen erreichen wollte, sie erreichte etwas sehr Gutes: An diesem und am darauffolgenden Wochenende belegte er Platz 1 und 2 und lag damit bis zum nächsten Rodeo in Houston in Führung. Gerade lief das *Barrel Race* und Luke ging wie immer zu seinen Dehnübungen an den Zaun.

Wie immer sah er Jessie bei ihrem Rennen zu. Sie war so schnell wie eh und je, aber diesmal stimmte irgendetwas nicht. Ihr Gesicht war rot und wirkte geschwollen. Er sah sich um, aber keiner von den anderen, die das Rennen am Zaun verfolgten, sah besorgt aus. Vielleicht war er der Einzige, der bemerkte, dass sie Probleme hatte.

Er lief zum Durchgang, noch bevor sie durchs Ziel preschte, und kam gerade rechtzeitig, um zu sehen, wie sie vom Pferd sprang und sich vornüberbeugte.

Sie hustete so sehr, dass sie fast zu ersticken schien. Luke starrte sie einen Moment lang verwirrt an. War sie krank? Hatte sie Asthma? Vielleicht hatte sie sich verschluckt. Er holte einen Becher Wasser von einem der Wasserspender. Es war niemand in der Nähe, und Luke wusste nicht, was er tun sollte. Er ging vorsichtig einige Schritte auf sie zu und räusperte sich, bis sie aufsah.

„Jessie?" Er hielt ihr den Wasserbecher hin.

Sie hustete noch einmal. „Danke." Sie nahm ihn und leerte ihn in einem Zug. Langsam ließ die Rötung in ihrem Gesicht nach. Sie lehnte sich an ihr Pferd, offensichtlich erschöpft von dem Hustenanfall. „Es geht schon. Ich ... ich hab mich wohl verschluckt."

„Wahrscheinlich." Er trat einen Schritt zurück. „Ich habe noch nie jemanden so husten gehört."

Sie verschränkte ihre Arme und starrte ihn eindringlich an. Dann nickte sie in Richtung der Arena. „Du bist gleich dran."

„Ja", erwiderte er. „Gute Besserung." Er lüftete leicht den Hut und ging zu den Boxen.

Von einer Sache war er überrascht: Jessie Daniels war nicht übermenschlich; er hatte ihre schwache Seite gesehen. Er konnte ihren Anblick während seines Ritts nur mit Mühe ausblenden. Sein erster Bulle an diesem Abend stolperte und ging in die Knie, sodass er noch einmal reiten durfte. Auf dem zweiten Bullen hielt er sich acht Sekunden. Seine Punktezahl war nicht besonders hoch, aber hoch genug, um zu gewinnen.

Weniger als eine halbe Stunde nach ihrem erschreckenden Hustenanfall stand Jessie Daniels wieder einmal bei der Siegerehrung neben ihm in der Arena, als sie beide ihren Siegergürtel erhielten.

Sie gingen den Gang entlang zurück, als Luke neben sie trat. „Hey, hast du Lust auszugehen? Wollen wir essen gehen?"

Jessie zögerte. Sie sah ihm in die Augen, aber nur für einen Augenblick, dann starrte sie wieder nach vorne. „Ich kann nicht, ich habe schon was vor."

„Du hast was vor?" Luke konnte ein leichtes Lächeln

nicht verbergen. Nicht, dass er ihr nicht glaubte, aber sie reiste mit ihrer Mutter, und jeder wusste, dass die beiden jeden Abend früh in ihrem Wohnwagen verschwanden. Was konnte sie wohl vorhaben?

„Ja, Luke Gunner." Sie sah ihn schräg von der Seite an. Ihre Augen waren immer noch gerötet; vielleicht eine Nachwirkung des Hustenanfalls. „Ich habe noch eine ganz heiße Verabredung, klar?"

Luke wollte laut lachen, aber er konnte nicht. Er kannte sie nicht gut genug, um zu wissen, ob sie nur einen Scherz gemacht hatte. Also zuckte er mit den Achseln und zwinkerte ihr zu. „Wie du willst."

Er hielt ihr die Tür auf und sie gingen zusammen in die Nacht hinaus – sie zum Wohnwagen ihrer Mutter und zu ihrer „heißen Verabredung" und Luke zur nächsten Kneipe, um sich mit den anderen Cowboys zu treffen.

Aber er ging auch an diesem Abend wieder früh ins Bett. Das Essen war gut, das Bier floss reichlich und ein halbes Dutzend Mädchen boten sich an. Aber er hatte keine Lust. Ganz gleich, wie hübsch sie aussahen oder was sie ihm versprachen: Er verglich sie unweigerlich mit Jessie Daniels. Und da keine mit ihr mithalten konnte, traf er die richtige Entscheidung.

Als er an diesem Abend die Tür seines Hotelzimmers aufschloss, war er ganz allein, bis auf das Bild von der blonden, blauäugigen Reiterin in seinen Gedanken. Ein Mädchen, das mit einer einzigen kurzen Unterhaltung für ihn noch interessanter geworden war.

Kapitel 6

Die „heiße Verabredung“ war ein ganz privater Flug zum Krankenhaus in Denver.

Jessie war frustriert. In diesem Jahr wollte sie keinen einzigen Wettkampf verpassen. Sie hatte sich felsenfest vorgenommen, diese Saison kein Krankenhaus von innen zu sehen.

Aber ihr Körper war anderer Meinung.

Es war Montagabend und ihre Mutter saß auf dem Stuhl neben ihrem Bett. Dr. Cleary würde jeden Augenblick kommen. Er hatte Jessie behandelt, seit sie mit dem Reiten angefangen hatte. Der Krankenhausaufenthalt kam nicht überraschend. Schon zu Beginn der Saison waren ihre Hustenanfälle heftiger und häufiger gewesen.

Das Leben von Mukoviszidose-Patienten wurde von Testergebnissen bestimmt. Analysen von Keimen, Lungenfunktionstests, Mangelerscheinungen, Enzymspiegel. Alles stand unter ständiger Beobachtung. Wenn einer oder mehrere dieser Tests bei Jessie in den gefährlichen Bereich kamen, war es Zeit, Dr. Cleary einen Besuch abzustatten.

Im Krankenhaus bekam sie Sauerstoff und Antibiotika. So konnte ihr Körper sich ausruhen, die Infektion ging zurück und nach einer Woche konnte das Leben wieder normal weitergehen. Zumindest war es bisher immer so gewesen.

Jessie drehte sich auf die Seite und sah ihre Mutter an. „Du siehst besorgt aus."

„Ich mag Krankenhäuser nicht besonders, das weißt du doch." Sie nahm Jessies Hand.

„Ich auch nicht."

Sie schwiegen eine Weile. Jessie wusste, was ihre Mutter dachte – das Gleiche wie sie. Anna war in einem solchen Zimmer gestorben. Sie wussten beide, dass Patienten mit Mukoviszidose nur dann stationär behandelt wurden, wenn ihr Zustand kritisch war. Es gab keinerlei Garantie dafür, dass sie nur neu eingestellt und wieder entlassen werden würde – so eine Art kurzer Boxenstopp zwischen zwei Rodeowettkämpfen.

Ihre Mutter lehnte sich in ihrem Stuhl zurück. Ihre Blicke trafen sich. „Warum hat Luke Gunner dich heute nach deinem Sieg angesprochen?"

Jessie hatte ein Lächeln auf dem Gesicht, bevor sie es unterdrücken konnte. „Er wollte mit mir ausgehen."

„*Luke Gunner*?" Ihre Mutter zog die Augenbrauen hoch. Sie hielt immer noch Jessies Hand, aber jetzt ließ sie sie lockerer. „Warum hast du mir nichts davon erzählt?"

„Ich hatte so üble Atemprobleme. Ich glaube, ich habe es einfach vergessen." Ihr Lächeln erlosch. Einen Augenblick lang sah sie Lukes Gesicht vor sich, wie er neben ihr herging. „Ist schon in Ordnung, Mama. Er interessiert mich nicht."

Ihre Mutter zögerte. „Du weißt, dass ich dir von Herzen wünsche, dass du erfährst, wie es ist, wenn man jemanden bedingungslos liebt. Ich wünsche dir jemanden, der dich in seine Arme nehmen und von all dem Pferdehaar, den staubigen Arenen und dem feuchten Stroh wegholen wird." Sie blickte zur Decke hinauf. „Aber Herr im Himmel, lass es niemanden wie Luke Gunner sein!"

Jessie lachte und davon musste sie wieder husten. „Mama! Ich habe dir doch gesagt, dass er mich nicht interessiert." Sie schluckte und kam wieder zu Atem. „Wünsche mir Gesundheit, aber wünsche mir nicht, dass ich jemanden kennenlerne." Sie strich mit dem Daumen über die Hand ihrer Mutter. „Ich werde doch schon geliebt – von dir und Papa. Ich lebe meinen Traum – mit ‚Golden Sun' die Rodeomeisterschaft zu gewinnen, mit ihm in jeder Stadt auf der Tournee durch die Arena zu fliegen." Sie spürte, wie ihr Gesichtsausdruck sanfter wurde. „Mehr brauche ich nicht."

Ihre Mutter sah sie mit einem Blick an, der bis in ihr Innerstes drang. „Jessie, ich wünsche es dir trotzdem – dass du das erlebst, was ich mit deinem Vater erlebt habe. Dass dich ein Mann liebt, der alles für dich geben würde." Sie lächelte. „Da kann das tollste Pferd nicht mithalten."

Jessie antwortete nicht. Natürlich hatte ihre Mutter unrecht. Pferde genügten voll und ganz. Aber ihre Mutter verstand das nicht. Die Diskussion über dieses Thema führten sie mindestens einmal im Monat. Jessie glaubte, dass es ihrer Mutter nicht so sehr darum ging, dass sie einen Mann kennenlernte, als vielmehr darum, dass sie mit den Tonnenrennen aufhörte.

Sie biss sich auf die Lippe. Sie würde sich nicht verlieben! Einmal hatte sie einen Freund gehabt, in dem Jahr, bevor sie Profireiter wurde. Nachdem sie ein paar Mal ins Krankenhaus gemusst hatte, hatte der Junge ihr erklärt, dass er nicht damit umgehen könne, dass sie so oft krank war. Und dabei wusste er noch nichts von der Mukoviszidose!

Diese Erfahrung hatte sie zu der Erkenntnis gebracht, dass Männergeschichten reine Zeitverschwendung waren. Sie wollte nicht jedes Mal auch noch ein schlechtes Gewissen haben, wenn es ihr schlecht ging.

Golden Sun zu reiten genügte ihr; mehr wollte sie nicht. Ihre Mutter konnte ruhig weiterträumen, aber an Jessies Entschluss würde sich nichts ändern. Sie würde so lange die Tonnen umkreisen, wie ihr Körper es zuließ. Es würde keine traurigen Abschiedsszenen geben, wenn es zu Ende ging, außer mit ihren Eltern und *Golden Sun*.

Es klopfte an der Tür und Dr. Cleary kam herein. „Hallo." Er hatte eine braune Mappe in der Hand. „Wie fühlst du dich, Jessie?"

„Besser." Sie drehte sich auf den Rücken und ließ die Hand ihrer Mutter los. „Aber meine Lungen sind immer noch zu. Ich spüre es."

„Ja." Der Arzt trat ans Fußende ihres Bettes und sah sie an. „Deine Werte könnten besser sein. Du hast abgenommen, deshalb werde ich dir mehr Enzyme geben."

„Das hat die Schwester auch schon gesagt." Jessie zwang sich zu einem Lächeln. Es war jedes Mal der gleiche Ablauf. Mehr essen, die Enzyme nehmen, die Medikamentendosis anpassen. Sie wollte, dass er ihr einfach sagte, wann sie wieder entlassen werden würde und wieder aufs Pferd konnte.

„Ist es diesmal schlimmer?" Die Lippen ihrer Mutter waren blass und zusammengepresst. Man konnte spüren, dass sie Angst hatte. „Sie kennen Jessie. Sie denkt, bei diesen Krankenhausaufenthalten wird sie nur einfach neu eingestellt." Sie zögerte. „Ist es so?"

„Nun ja ..." Der Arzt schlug Jessies Akte auf und

blätterte darin herum. Dann blickte er auf und sah Jessie nachdenklich in die Augen. „Diesmal ist es anders, denn nach den zwei Tagen Behandlung reagieren ihre Lungen nicht so, wie ich es gerne hätte."

Jessies Herz stockte. Sie war mit Ärzten und Krankenhäusern aufgewachsen; hier gab es nichts, was ihr Angst einjagen konnte. Aber was hatte Dr. Cleary da gerade gesagt? Sie stützte sich auf ihre Ellbogen. „Also werden Sie die Dosis erhöhen, oder? Ist das der nächste Schritt?"

Der Arzt schlug den Aktendeckel zu und ließ seine Arme sinken. „Jessie, dein Lungengewebe verliert an Elastizität. Du wusstest, dass das kommen würde."

Ihre Mutter saß kerzengerade mit erhobenem Kopf da. „Was heißt das? Wird sie diesmal länger im Krankenhaus bleiben müssen?"

„Wir werden die Dosis erhöhen und sie eine Woche hierbehalten." Er schürzte die Lippen. „Das Problem ist nur, dass ihre Lungen sich nicht mehr so vollständig erholen werden wie bisher. Jedes Mal, wenn ihre Werte schlechter werden, wird sie dauerhaft ein bisschen von ihrer Lungenkapazität verlieren. Und einige der Keime werden nie verschwinden. Das ist der Stand der Dinge."

Jessie versuchte, den Kloß in ihrem Hals hinunterzuschlucken. Der Arzt täuschte sich; er musste sich irren. Ihre Lungen waren nicht in einem schlechteren Zustand; es fühlte sich genauso an wie immer. „Gibt es nichts ... Können Sie mir nicht irgendetwas geben, damit sie sich wieder ganz erholen?"

„Doch." Die Stimme des Arztes war freundlich, aber bestimmt. „Ich kann dir etwas verordnen, Jessie: Wenn du diesmal aus dem Krankenhaus entlassen wirst, geh nach

Hause und bleib dort. Verkauf dein Pferd und spiel wieder Klavier. Du musst dich von allen Reizstoffen fernhalten, wenn du diesen Prozess aufhalten willst."

Jessie schüttelte den Kopf. Ihre Gedanken fuhren Karussell. Das kam überhaupt nicht infrage. Ausgeschlossen. Sie blickte zu ihrer Mutter hinüber. Sah sie etwa Erleichterung auf deren Gesicht? *Bezahlte* sie den Arzt dafür, dass er ihr solche verrückten Vorschläge machte? Sie setzte sich auf und sah dem Arzt direkt in die Augen. „Herr Doktor, ich bin mitten in der Saison. Ich werde nicht aufhören."

Der Arzt hielt sich die Mappe vor die Brust und sah sie schweigend an. Etwas in seinem Gesicht verriet Jessie, dass er ehrlich zu ihr war. Jetzt kamen zu all den Emotionen, die auf sie einstürmten, auch noch Schuldgefühle hinzu. Sie konnte Dr. Cleary nicht die Schuld an der Situation geben. Es war zweifellos auch für ihn nicht leicht, ihr diese Neuigkeiten zu überbringen.

Schließlich atmete er langsam ein und sah die beiden Frauen an. „Lassen Sie es mich noch klarer ausdrücken." Er schlug die Mappe wieder auf. „Der Staub, der Schimmel und die Allergene in den Rodeoarenen haben Jessies Lungen dauerhaften Schaden zugefügt. Wenn sie nicht aufhört, wird sie in spätestens einem Jahr eine Lungentransplantation benötigen."

Eine Lungentransplantation? So schlimm stand es also um sie?

Jessies Herz hämmerte und die Matratze unter ihr fühlte sich plötzlich wacklig und schief an. Patienten mit Mukoviszidose bekamen erst eine Lungentransplantation, wenn ihre Aussichten sehr schlecht standen. Es sei denn … Sie hielt die Luft an. Vielleicht hatte sich etwas geändert. Vielleicht konnte sie jetzt durch eine Lungentransplantation geheilt werden. „Würde ich dadurch gesund werden?"

Ihre Mutter ließ den Kopf hängen und hielt sich eine Hand über die Augen. Das waren die schlimmsten Nachrichten überhaupt, Nachrichten, vor denen sie sich alle gefürchtet hatten, seit Jessie mit dem Reiten angefangen hatte.

Der Arzt trat einen Schritt näher. „Nein, nichts hat sich verändert." Er tätschelte Jessies Hand. „Durch eine Transplantation gewinnst du drei, vielleicht vier Jahre. Oder weniger, wenn du nicht vorsichtig bist."

„Herr Doktor …" Ihre Mutter hob den Kopf. Sie hatte Tränen in den Augen. „Heißt das, wenn Jessie nicht mit dem Reiten aufhört, *könnte* sie eine Lungentransplantation brauchen oder *wird* sie ganz sicher eine brauchen?"

Der Arzt presste die Lippen zusammen und atmete hörbar aus. „Alles ist möglich, Mrs Daniels. Möglicherweise wird sie wieder reiten und ein ganzes Jahr lang keine Verschlechterung merken. Vielleicht sogar zwei oder drei Jahre lang. Aber eines Tages wird es sie einholen. Da bin ich mir ganz sicher."

Jessie zitterte. Wieso hatten sie überhaupt all diese Schläuche an sie angeschlossen? Am liebsten hätte sie sie alle herausgerissen und wäre aus dem Zimmer gerannt und vor diesen schrecklichen Neuigkeiten davongelaufen. Aber etwas, das der Arzt gesagt hatte, erregte ihre Aufmerksamkeit. „Sie könnten sich also auch täuschen? Ich meine damit, dass ich in spätestens einem Jahr eine Transplantation brauche?"

„Du kannst das heraushören, was du gerne hören möchtest." Sein Gesichtsausdruck war mitfühlend, aber in seiner Stimme schwang Resignation mit. „Ich rate dir, mit dem Reiten aufzuhören – je früher, desto besser."

Jessie starrte ihn an. Dann ließ sie sich wieder auf ihr Kissen sinken. „Ich werde nicht aufhören." Sie schloss die Augen. „Bitte tun Sie alles, was Sie können, damit es mir wieder besser geht. Diese Saison werde ich noch beenden und danach entscheide ich mich."

Der Arzt wusste, dass es nichts mehr zu diskutieren gab. Er hatte ihr schon seit ihrem elften Lebensjahr von den Pferden abgeraten. „Na schön." Er trat einige Schritte zurück. „Ich würde gern deine Eltern untersuchen, um zu sehen, ob sie als Spender infrage kämen. Inzwischen führen wir Lungentransplantationen auch mit Lebendspendern durch, aber man braucht dazu zwei Spender."

„Lebendspender?" Ihre Mutter sah voller Hoffnung auf und Jessie tat das Herz weh.

„Das ist eine sehr große Sache, Mrs Daniels. Ein Spender gibt den rechten, der andere den linken Lungenflügel. Jeder, der einen Lungenflügel spendet, büßt dauerhaft einen beträchtlichen Teil seiner Lungenfunktion ein."

„Das wäre kein Problem. Bitte untersuchen Sie uns sofort!"

Der Arzt nickte und ging hinaus. Jessie hätte am liebsten geschrien, geweint und ihr Gesicht im Kissen vergraben. Sie wollte nicht, dass sich ihre Eltern einem so drastischen und schwierigen Eingriff unterzogen und dabei einen Teil ihrer Lungenfunktion einbüßten. Es war immerhin ihre Entscheidung gewesen, zu reiten und damit ihre Gesundheit aufs Spiel zu setzen.

Sie öffnete ihre Augen und sah ihre Mutter an. „Es tut mir leid, Mama." Sie griff wieder nach ihrer Hand. Der Arzt konnte ihre Eltern untersuchen, solange er wollte, sie würde von ihnen keine Lungenspende annehmen. Es war nicht die Schuld ihrer Eltern, dass ihr Zustand sich verschlechtert hatte. Es war ihre eigene Schuld. Es war ihr Entschluss gewesen, weiter zu reiten.

„Jessie." Ihre Mutter sah sie mit flehenden Augen an. „Du bist die Beste beim ‚Barrel Racing' und jeder weiß es. Reicht dir das nicht?"

„Ich habe noch nicht den Meistertitel gewonnen, Mama. ‚Golden Sun' und ich schaffen es. Es könnte diese Saison noch passieren." Ihre Lungen brannten, weil sie so aufgewühlt war. „Ich kann jetzt nicht aufhören, das weißt du."

Anstatt sie anzuschreien oder sie zum Aufhören zwingen zu wollen, wischte ihre Mutter sich nur die Augen und starrte auf ihre gefalteten Hände. „Ich weiß nicht, wie wir das deinem Vater klarmachen sollen."

Jessie spürte, dass sie gewonnen hatte. „Er wird es verstehen."

Sie sah auf und beide blickten sich in die Augen. „Ich verstehe dich auch. Ich hätte dich nur gerne noch eine Weile bei mir."

„Ich weiß. Danke, Mama."

❖

Eine Woche später wurde sie mit einem Vorrat an stärkeren Medikamenten und Inhalationsmitteln und der strikten Anweisung, ihre Weste zwei bis drei Mal am Tag anzulegen – besonders bei Wettkämpfen –, aus dem Krankenhaus entlassen.

Während der gesamten darauffolgenden Woche, als sie bei ihren Eltern zu Hause war, mit ihrem Vater alte Filme ansah und ihrer Mutter in der Küche half, fiel kein einziges Mal Luke Gunners Name.

Außer in Jessies Gedanken.

Sie hatte ihrer Mutter die Wahrheit gesagt: Sie war nicht an ihm interessiert. Weder an Luke noch an irgendjemand anderem. Trotz der Gebete ihrer Mutter würde sie sich nicht mit einem Mann einlassen; dazu blieb ihr zu wenig Zeit und ihr Sport forderte ihre ganze Kraft.

Aber in der ersten Nacht, als ihre Eltern schon im Bett waren und sie nicht einschlafen konnte, weil die Zukunftsaussichten ihr so sehr Angst machten, konnte sie nur eine Sache trösten: Es war der Gedanke an Luke Gunner, der von seinem Platz am Zaun herübergekommen war, um ihr einen Becher Wasser zu bringen. Der Klang seiner Stimme, das Gefühl seines Körpers nur wenige Zentimeter von ihrem entfernt, seine zurückhaltende Freundlichkeit, als er sie zum Essen einlud.

Gegen Morgen schüttelte sie diese verrückten Gedanken ab und schwor sich, nie wieder daran zu denken. Luke Gunner? Jeder Gedanke an ihn war lächerlich und unerwünscht. Der Kerl interessierte sie nicht die Bohne. Er war ein Spielertyp, ein Außenseiter, der keinen anderen Menschen brauchte. Es war eine Sache, entgegen dem Rat ihres Arztes zu reiten. Aber sich zu Luke Gunner hingezogen zu fühlen? Nicht einmal sie war so verrückt.

Kapitel 7

Luke ärgerte sich darüber, dass er sich Sorgen machte, aber er konnte es nicht lassen.

Schon zwei Wettkämpfe hintereinander war Jessie Daniels nicht erschienen und das konnte nur eines heißen: Irgendetwas stimmte mit ihr nicht. Vielleicht hatte sie sich doch nicht nur verschluckt, sondern es war irgendetwas Schlimmeres? Vielleicht lag sie ja im Krankenhaus?

Die Gedanken an sie lenkten ihn so sehr ab, dass er bei beiden Wettkämpfen hinter seiner gewohnten Leistung zurückblieb. Einmal wurde er Vierter und einmal kam er nicht einmal in die Punkteränge. Am dritten Wochenende entdeckte er ihren Wohnwagen wieder auf dem Campingplatz und spürte Erleichterung. Was auch immer sie gehabt hatte, sie hatte sich wieder erholt.

An diesem Samstagmorgen, Stunden bevor die ersten Zuschauer erwartet wurden, sah er sie. Sie ritt mit ihrem Palomino auf der Wiese hinter der Arena, raste die eine Seite entlang, umrundete unsichtbare Fässer und ritt dann wie der Wind wieder zurück zum Rand des Parkplatzes.

Luke liebte Pferde, aber er besaß keines. Meistens flog er zu den Wettkämpfen und übernachtete in Hotels. Jessie und die anderen Teilnehmer, die ihre Pferde brauchten, reisten mit Wohnmobilen, mit denen sie ihre

Pferdeanhänger zogen. Er schlenderte zu den Ställen und lieh sich das Pferd eines Bekannten aus. Mit Leichtigkeit schwang er sich in den Sattel und ritt zu der Wiese, auf der Jessie war.

Sie sah gesund und gebräunt aus und auf ihren Wangen war nichts mehr von der kränklichen Röte zu sehen.

Er brachte sein Pferd neben dem ihren zum Stehen. Sie drehte zwei enge Kreise, hielt dann inne und sah ihn an. Er blickte ihr in die Augen. „Du warst weg."

„Ja." Ohne dass sie an den Zügeln zog, nahm ihr Pferd den Kopf hoch, und sie lehnte sich auf seinen Hals. Sie war außer Atem vom Training. „Hast du noch einmal versucht, dich umzubringen, während ich weg war?"

In Lukes Magengrube stieg ein seltsames Gefühl auf, das er nicht kannte. Er zeigte den Anflug eines Lächelns. „Das hätte durchaus passieren können." Er stützte sich auf den Sattelknauf und lehnte sich nach vorne. „Aber jemand hat mir einen ausgezeichneten Rat gegeben."

„Tatsächlich?" Sie hatte einen entspannten Gesichtsausdruck.

„Tatsächlich." Er ließ sein Pferd ein paar Schritte zur Seite treten.

„Und?" Sie lehnte sich im Sattel zurück. „Hat es funktioniert?"

„Es war wie Magie." Er zeigte ihr seine Hände. „Schau, kein Gips mehr."

„Hmmm." Sie zog eine Augenbraue hoch. „Was du nicht sagst." Sie drückte ihrem Pferd die Absätze in den Bauch, und schon flog sie davon, offensichtlich, um ihr Training zu beenden.

Luke blickte ihr nach. Diese Herausforderung war zu

groß, um sie sich entgehen zu lassen. Er ließ die Zügel lang und trieb sein Pferd an. „Jiii-ha!" Er holte sie erst ganz am anderen Ende der Wiese ein.

Sie strich sich die Haare aus dem Gesicht und hatte rote Wangen vor Anstrengung. „Bist du hinter mir her?"

Er hielt die Zügel locker in einer Hand. Mit der Sonne im Gesicht und erfrischt vom Ritt war sie mehr als nur schön. Sie war unwiderstehlich. Er wartete, bis er wieder zu Atem gekommen war. „Soll ich?"

„Nein." Sie lachte und es klang wie ein wunderschönes Windspiel. „Das wäre Zeitverschwendung."

„Warum?" Er hatte keine Eile. Sie waren weit genug von der Arena entfernt, um nicht gesehen zu werden, und niemand würde sich fragen, warum Luke Gunner sich mit Jessie Daniels unterhielt.

Sie lächelte sanft. „Weil ich nicht will, dass jemand hinter mir her ist." Und dann trieb sie ihr Pferd wieder an. „Bis später!"

In ihrer Stimme klang ein Lachen mit. Natürlich war das nur Spaß gewesen. Alle Mädchen wollten, dass ihnen ein Mann nachlief. Andererseits – vielleicht war Jessie auch an diesem Punkt anders. Er ritt ihr nicht hinterher, sondern brachte das Pferd zurück in den Stall und ging zum Frühstück ins Hotel.

Eine ganze Stunde lang konnte er ihre kurze Unterhaltung nicht aus seinem Kopf bekommen. Er schimpfte mit sich selbst, weil sie ihn so ablenkte. Wenn sie nicht wollte, dass ihr jemand nachlief, dann war das in Ordnung. Er würde es ganz bestimmt nicht tun.

Er musste sich konzentrieren, seine Wut wachhalten, seinen Zorn spüren. In seinem Tagesablauf war kein Platz für die seltsamen Gefühle, die sie in ihm wachgerufen hatte. Aber nach der Begegnung mit ihr an diesem Morgen konnte er einfach seinen gewohnten Rhythmus nicht finden, konnte den Schmerz nicht finden, der ihn acht wilde Sekunden lang auf dem Bullen hielt. Er wurde von einem ganz schwachen Bullen abgeworfen, einem Tier, auf dem sich fast jeder die vorgeschriebene Zeit halten konnte.

Voller Selbstvorwürfe ging er den Gang entlang, als er Jessie allein vor dem Umkleideraum sitzen sah. Sie hustete, hörte aber auf, als sie ihn sah.

„Willst du noch mehr Ratschläge?" Sie stand auf und lehnte sich an die Wand.

Normalerweise sprach er mit niemandem, wenn er abgeworfen worden war. Aber in ihrer Gegenwart hielt sich die schlechte Stimmung nicht lange. Er blieb stehen und verschränkte die Arme. „Lass mich raten, wie dein Tipp aussieht: Fall nicht runter. Hab ich recht?"

„Nein." Sie schaute auf ihre Stiefelspitzen. Ein Lächeln erschien auf ihrem Gesicht. „Das wäre zwar auch hilfreich, aber vor allem musst du mehr im Voraus erfühlen. So wie du reitest, reagierst du immer nur auf den Bullen. Aber da fehlt noch etwas. Konzentrier dich darauf, wie sich die Schultern des Bullen anfühlen, und ahne seine nächste Bewegung voraus. Zuerst Vorahnung, dann Reaktion." Sie zog eine Schulter hoch und trat neben ihn. „Kann nicht schaden."

Er blieb vor der Tür des Männerumkleideraums stehen. „Danke, Jessie." Seine Stimme klang trocken, leicht sarkastisch. Er war immer noch staubig, weil er vom einfachsten Bullen des ganzen Wettkampfes gefallen war. Sie konnte nicht ernsthaft erwarten, dass er freudig auf ihren altklugen Rat reagieren würde. „Wie habe ich es bisher nur ohne dich geschafft?"

„Diese Frage" – sie stieß die Tür zum Damenumkleideraum auf – „kann ich dir leider nicht beantworten."

Er war schon auf dem Weg zurück ins Hotel, als zwei Rodeoreiter und ein halbes Dutzend spärlich bekleideter Mädchen auf dem Parkplatz auf ihn zukamen und ihn einluden, noch mit ihnen etwas trinken zu gehen. Er nickte, aber kurz vor Mitternacht, als eines der Mädchen sich auf seinen Schoß setzen wollte, verabschiedete er sich.

Als er einschlief, schwor er sich, dass er keinen zweiten Wettkampf wegen Jessie Daniels verlieren würde. Sie hatte kein Interesse an ihm und er nicht an ihr. Das war Grund genug, sie zu vergessen.

Am nächsten Tag bereitete er sich gerade auf seinen nächsten Ritt vor, als ihm plötzlich das Herz stehen blieb. Keine zehn Meter von ihm entfernt standen seine Mutter und sein Bruder mit einem Mann, der aussah wie sein Vater. Luke starrte ihn wütend an. War er es wirklich? War er einfach gegen seinen Willen gekommen? Luke hatte gute Lust, auf ihn zuzugehen, ihm die Faust ins Gesicht zu schlagen und einen Bruchteil der Wut, die er in sich spürte, wenn er auf einen Bullen stieg, an dem Mann auszulassen. Aber nicht vor Carl Joseph. Er wollte sich gerade abwenden, als seine Mutter ihn entdeckte.

„Warte, Luke!" Sie trug Jeans und einen roten Pullover,

den er noch nie an ihr gesehen hatte. Sie rannte leichtfüßig auf ihn zu. „Geh nicht weg."

Er schüttelte den Kopf und trat einen Schritt zurück, aber es war zu spät. Carl Joseph hatte ihn gesehen. „Bruder! Hallo, Bruder!"

Luke blieb stehen. Zähneknirschend versuchte er, seinem Herzen zu befehlen, wieder in normaler Geschwindigkeit zu schlagen. Als seine Mutter nur noch wenige Zentimeter von ihm entfernt war, zischte er: „Warum hast du ihn hergebracht?"

„Er wollte so gern mitkommen." Sie trug eine Sonnenbrille, aber er konnte die Angst in ihren Augen trotzdem erkennen. „Du bist sein Sohn, Luke. Du musst mit ihm sprechen."

Carl Joseph kam herangehüpft. „Bruder! Rate mal, was passiert ist."

„Hallo, Kumpel." Luke wollte seinem Bruder nicht zeigen, dass er wütend war. „Wirst du mir heute Abend beim Reiten zuschauen?"

„Ja, und weißt du was?" Er hüpfte ein paar Mal auf der Stelle. „Ich habe meinen Papa kennengelernt! Er ist auch dein Papa!" Carl Joseph zeigte auf den Mann, der immer noch in einigen Metern Entfernung wartete. „Schau nur, Bruder! Das da ist er. Das ist dein Papa."

Carl Josephs freudige Erregung machte Luke rasend. Wie konnte dieser Mann es wagen, in ihr Leben einzudringen und in Carl Joseph Hoffnungen zu wecken? Wenn er dann das nächste Mal ging, würde er das Leben des Jungen für immer verändern, genau wie seines.

Carl Joseph zupfte ihn am Ärmel. „Komm, Bruder, du sollst ihn kennenlernen. Er will mit dir sprechen."

Glühender Hass strömte wie Feuer durch seine Adern. Er warf seiner Mutter noch einen wütenden Blick zu. Nur unter größter Anstrengung gelang es ihm, mit ruhiger Stimme zu antworten. „Hör zu, Kumpel, ich muss mich jetzt für den Ritt fertig machen. Ich werde hinterher mit ihm sprechen, okay?“

„Okay.“ Carl Joseph klatschte seine Hand ab. „Guten Ritt, Bruder.“

Ohne ein weiteres Wort zu seiner Mutter oder einen Blick zu seinem Vater drehte er sich um und ging rasch in die entgegengesetzte Richtung davon. An diesem Abend – in dem deutlichen Bewusstsein, dass irgendwo unter den Zuschauern auch sein Vater neben Carl Joseph stand – fiel es ihm leichter als je zuvor, auf dem Bullen zu bleiben. Luke ließ seine ganze Wut an dem Tier aus. Und so hielt er sich auf einem Bullen, der dafür bekannt war, dass er jeden abwarf und den Reitern dann am Boden schlimme Verletzungen zufügte.

An diesem Abend erhielt er dreiundneunzig Punkte – seine höchste Punktzahl in dieser Saison und genug für den Titelkampf.

Er blieb im Umkleideraum, bis er sicher war, dass seine Familie gegangen war. Danach begab er sich direkt ins Hotel; heute war ihm nicht nach Feiern zumute. Er musste mit einem ganzen Jahrzehnt aufgestauter Gefühle fertigwerden. Aber bevor er ins Bett ging, musste er noch etwas erledigen. Er ging über den Parkplatz zu Jessies Wohnmobil und klopfte leise an die Tür.

Sie hatte Jeans und einen Pullover an und sah umwerfend aus im Mondlicht. „Luke … was …“

„Jessie.“ Er zog seinen Hut und hatte den Hauch eines

Lächelns auf dem Gesicht. „Ich wollte mich nur für deinen Rat bedanken. Dass ich heute Abend gewonnen habe, verdanke ich nur dir."

Mit diesen Worten wandte er sich ab und ging auf das Hotel auf der anderen Straßenseite zu. Er war verschwunden, bevor sie antworten konnte.

Kapitel 8

Luke ging Jessie aus dem Weg, so gut er konnte.

Sie hatten die Hälfte der Saison hinter sich, und jeder Punkt war wichtig, wenn er mit einem Vorsprung in die Sommerpause gehen wollte. Nach dem Treffen mit seinem Vater fiel es ihm nicht mehr schwer, sich zu konzentrieren und die abgründigen Kräfte zu entfesseln, die er brauchte. Er gewann drei Wettkämpfe hintereinander und Anfang Juni hatte er einen großen Vorsprung.

Seine Mutter rief ihn immer wieder an, aber das störte ihn nicht. Jedes Gespräch über seinen Vater war wie Öl ins Feuer und gab ihm noch mehr Grund, es mit dem Bullen aufzunehmen und die volle Zeitspanne oben zu bleiben, ganz gleich, wie wild der Ritt war. Der Kerl wollte doch allen Ernstes zurückkommen! Er hatte eine Stelle als Trainer an einer kleinen Schule ganz in der Nähe ihres Hauses angenommen. Bei jedem Anruf erzählte seine Mutter die gleiche Geschichte: Seinem Vater täte es aufrichtig leid und er bitte ihn sehnsüchtig um eine zweite Chance.

„Jeder braucht Vergebung“, sagte seine Mutter eines Morgens zu ihm. „Ich bitte dich, Luke, gib ihm eine Chance.“

„Komisch.“ Luke wollte lachen. „Ich dachte, jeder braucht Liebe.“ Er hielt das Handy fester. „Wie wär's – erinnere ihn doch mal daran.“

Seine Mutter zögerte keinen Augenblick mit ihrer Antwort. „Was weißt du schon von Liebe, Luke? Du liebst nur Carl Joseph. Du lässt doch niemand anderen an dich ran."

„Ich brauche niemanden."

„Oh doch, Luke. Du wirst noch dein ganzes Leben damit verschwenden, gegen blöde Rindviecher zu kämpfen, wenn du dich nicht endlich der Realität stellst. Wir alle lieben dich, Luke. Carl Joseph, ich und sogar dein Vater."

Jetzt zitterte Luke am ganzen Körper. „Erwähne ihn nie wieder, sonst lege ich auf."

In ihm tobte ein Kampf.

Wie die Sache mit seinen Eltern ausgehen würde, konnte er nur erahnen. Aber über eine Sache war er sich im Klaren: Er würde nie wieder nach Hause kommen. Nicht, solange sein Vater nicht wieder von der Bildfläche verschwunden war. Dieser Mann hatte sein ganzes Leben ruiniert, hatte ihn dazu gebracht, jedes Wochenende seinen Hals zu riskieren. Eigentlich sollte er in irgendeiner College-Mannschaft Football spielen und stattdessen war er vor Wut wie gelähmt.

Es war schlimmer denn je, so schlimm, dass sogar das Bullenreiten kaum noch half.

❖

Jessie merkte, dass Luke ihr auswich.

Er gewann in einem fort, aber er wirkte wütend, wenn er durch die Arena stapfte, wütend und distanziert. Sie hatten schon seit Wochen nicht mehr miteinander gesprochen.

Das machte nichts; Jessie hatte mit ihren eigenen Problemen zu kämpfen.

Trotz ihres Vorrats an stärkeren Medikamenten und Inhalationsmitteln hatte sie immer mehr Probleme bei den Wettkämpfen. Während des Rennens konnte sie immer noch die Luft anhalten, aber wenn sie dann danach zum ersten Mal einatmete, bekam sie jedes Mal einen grauenvollen Hustenanfall, der manchmal bis zu fünf Minuten andauerte.

Die anderen Reiter waren schon darauf aufmerksam geworden. Normalerweise blieben sie auf Distanz, weil sie sie dort hielt. Aber nun zeigten einige ihre Besorgnis.

„Du solltest wegen dieses Hustens mal zum Arzt gehen", hatte eine Konkurrentin am Tag zuvor zu ihr gesagt. „Das hört sich an, als hättest du eine Lungenentzündung."

Wenn sie wüssten ...

An diesem Tag legte Jessie ihre Kompressionsweste drei Mal an. Das half, aber ein paar Stunden später ritt sie eine ihrer langsamsten Zeiten in dieser Saison und bekam anschließend eine ganze Reihe von Hustenanfällen, die nicht aufhören wollten.

Sie stand vornübergebeugt neben ihrem Pferd, als sie seine Hand auf ihrer Schulter spürte.

„Hier, Jessie." Diesmal hielt Luke ihr eine ganze Wasserflasche hin. „Vielleicht hast du eine Stauballergie oder so was?"

„Ja. Vielleicht." Jessie nahm einen langen Zug. Sie hatte selbst Wasser, aber es stand am Ende des Durchgangs. Es half tatsächlich. Sie meinte zu spüren, wie ihre Lungen sich beim Atmen wieder ausdehnten und bis in die letzten Winkel mit Luft füllten. „Mir geht's gut." Sie wischte sich über die Augen und sah ihn an. „Danke."

Er sah sie einen Moment lang prüfend an. „Ich muss gehen."

„Ja." Sie lächelte. „Mein Rat hilft immer noch, was?"

Luke grinste und blickte zu Boden. Als er wieder aufsah, war sein Blick verwundbar. „Darf ich dich etwas fragen?"

„Hast du doch gerade schon getan." Es machte Spaß, ihn ein bisschen zu ärgern.

„Ich meine es ernst, Jessie." Er sah über die Schulter zurück zur Arena. Die letzte Barrel-Racerin stand am Start. Er würde gleich dran sein.

„Schön." Sie nahm noch einen Schluck aus der Flasche. Jetzt konnte sie wieder atmen, aber sie musste so schnell wie möglich hier raus. Hier im Durchgang war es fast genauso staubig wie in der Arena. Sie blinzelte ihn an. „Schieß los."

„Warum reitest du, wenn du krank bist?", fragte er.

Sie hielt seinem Blick unbeirrt stand. „Und warum reitest du, wenn du wütend bist?"

Er dachte über ihre Frage nach und nickte schließlich langsam. „Die Antwort liegt wohl irgendwo tiefer."

„Wahrscheinlich."

„Lass uns heute Abend miteinander reden." Das Zwinkern war aus seinen Augen verschwunden. „Geht das, Jessie?"

Der Traktor fuhr schon durch die Arena und einige Cowboys standen auf der Ladefläche und luden die Fässer auf, um die Bahn für das Bullenreiten frei zu machen. Jessie wusste, was ihre Mutter davon halten würde. Jeden anderen, aber nicht Luke Gunner ... Sie schaute zur Arena. „Du musst gehen."

„Sag schon Ja, Jessie. Wir setzen uns irgendwohin und unterhalten uns ein bisschen. Mehr nicht."

Jessie biss sich auf die Lippe. Sie musste erst eine Stunde lang ihre Weste anlegen, bevor sie wieder irgendetwas anderes tun konnte. „Komm gegen elf zu meinem Wohnwagen. Klopf ein Mal. Ich werde auf dich warten."

Zum ersten Mal seit Wochen verschwand die Wut vollständig aus Lukes Gesicht. „Ich auch."

❖

Jessie blieb selten in der Arena, um sich die anderen Wettkämpfe anzusehen. Wenn ihre Lungen sich nach dem Rennen wieder erholen sollten, musste sie so schnell wie möglich aus dem Staub verschwinden und die Kompressionsweste anziehen. Ihre Mutter erwartete sie gewöhnlich schon im Wohnwagen.

Aber an diesem Abend wollte sie Luke reiten sehen. Also versorgte sie *Golden Sun* und ging dann zurück zur Arena. Bullenreiter waren Wahnsinnige. Es war eine Sache, auf einem Pferd so schnell wie möglich um ein paar Fässer zu preschen. Aber sich auf einen Bullen zu setzen, der vor Zorn rasend war, und auch nur einen Moment lang zu denken, man könne eine ganze Tonne wild gewordener Muskeln beherrschen, war total verrückt.

Verrückt und gefährlich.

An diesem Abend blieb einer der Reiter an den Hörnern des Bullen hängen. Als er sich schon beinahe wieder befreit hatte, warf das Tier seinen Kopf zurück und traf den Reiter mitten ins Gesicht. Es floss nicht viel Blut, aber der Reiter verlor das Bewusstsein.

Die Clowns rannten hinein und lenkten den Bullen ab und die Sanitäter eilten mit einer Bahre herbei. Sogar der Sprecher, der für gewöhnlich selbst bei Verletzungen noch optimistisch war, klang besorgt. Zwei Runden später wurde ein Cowboy abgeworfen und landete voll auf dem Kopf. Er lag fast eine ganze Minute lang reglos da, bevor er zuerst mit der Hand und dann mit den Beinen eine leichte Bewegung machte.

Noch zwei Reiter, dann war Luke dran.

Der Sprecher erzählte, dass Luke immer das Glück zu haben schien, die stärksten Bullen zu ziehen. Das war gut, denn die Bewertung eines Rittes hing davon ab, wie wüst der Bulle buckelte. Die besten Tiere konnten sich in verschiedene Richtungen verdrehen und mit allen vier Hufen gleichzeitig in die Luft gehen.

Luke hatte wirklich das Talent, bei jedem Wettbewerb mindestens einen dieser Bullen zu erwischen. Jessie beobachtete, wie er auf den Bullen stieg, und dann sah sie es. Sie hatte recht gehabt – er war wütend beim Reiten. Von dem Augenblick an, als er breitbeinig über dem Bullen stand, hatte er die Zähne zusammengebissen und die Augen zusammengekniffen. Sie zeigten sein Gesicht in Großaufnahme auf der Leinwand, und sein Gesichtsausdruck war so finster, dass es sie erschreckte.

Das Gatter ging auf und Lukes Bulle schoss heraus. Luke war konzentriert und entschlossen. Ganz gleich, was der Bulle auch tat, um ihn abzuwerfen, er hielt seinen Schwerpunkt exakt, mit der linken Hand in der Luft.

Sein Ritt brachte ihm achtundsechzig Punkte und

damit den zweiten Platz. Das war genug für den Endkampf am darauffolgenden Tag. Jessie hastete aus der Arena. Ihr Magen zog sich zusammen. Was war das für ein Gefühl in ihr? Was war dieses seltsame Herzflattern, als er den Ritt mit erhobener Faust beendet hatte? War es dieses Gefühl der Verbundenheit, das Jessie schon bemerkt hatte?

Die junge Frau rannte zwischen den Anhängern und Wohnwagen hindurch, aber sie fand keine Antwort. Als sie an ihrem Wohnwagen ankam, wartete ihre Mutter schon draußen auf sie. „Wo warst du?"

„Ich habe mich noch ein bisschen unterhalten." Jessie ging an ihr vorbei, die Stufen hinauf, in den Wohnwagen hinein. Sie nahm ihre Weste, schlüpfte hinein und machte den Reißverschluss zu.

„Jessie ..." Ihre Mutter war ihr in den Wohnwagen gefolgt. Sie klang eher müde als verärgert. „Du weißt, dass das nicht gut ist für deine Lungen."

„Mama ..." Jessie schaltete die Weste ein. Der Motor gab ein leises, surrendes Geräusch von sich und die Weste begann, sich aufzublasen. „Ich reite jetzt schon seit zwei Jahren bei diesen Wettkämpfen und habe keinen einzigen Freund." Sie sprach leise, sie wollte nicht streiten. „Ich denke, ein Mal kann ich auch noch ein bisschen bei den anderen bleiben und mich unterhalten, oder?"

Ihre Mutter zögerte. Dann küsste sie Jessies Scheitel. „Ich möchte nur, dass du gesund bleibst, Jessie. So lange wie möglich."

„Ich weiß." Sie sahen sich in die Augen. „Es tut mir leid."

Jessie war wütend auf sich selbst. Sie hätte Luke nicht erlauben sollen herzukommen. Es war falsch gewesen, ihm den Eindruck zu vermitteln, sie sei auch nur im Geringsten an ihm interessiert. Sich mit ihm anzufreunden würde doch zu nichts führen – nicht bei ihrer labilen Gesundheit. Sie hätte ihn da nicht hineinziehen sollen.

❖

Um Punkt elf Uhr klopfte es an der Tür.

Ihre Mutter schlief schon lange. Jessie zog eine Jacke über ihren Pullover, öffnete die Tür und ging zu ihm nach draußen. „Hey."

„Hey." Luke trat einen Schritt zurück, um ihr Platz zu machen. Er trug seine dunkelblaue Rodeojacke, Jeans und einen Cowboyhut. Es war unschwer zu erkennen, warum so viele Mädchen hinter ihm her waren.

„Meine Mutter schläft." Jessie schloss leise die Tür.

„Oh." Er schob seine Hände in die Hosentaschen.

Es war die wärmste Nacht der Woche und eine leichte Brise raschelte in den Bäumen. Das Flutlicht auf dem Parkplatz war schon aus. Der einzige Lichtschein kam vom Sternenhimmel und dem silbernen Mond, der über dem Horizont hing.

„Komm mit." Sie führte ihn um den Wohnwagen herum auf die andere Seite, wo zwei Klappstühle standen. Hier saß sie manchmal mit ihrer Mutter, während sie auf den Wettkampf warteten.

Sie setzte sich auf einen der Stühle und er rückte den anderen näher zu ihr. „Ich habe die acht Sekunden geschafft", flüsterte er ihr zu.

„Ich weiß." Sie setzte sich etwas schräg, damit sie ihn besser ansehen konnte.

„Aber du bist doch weggegangen."

„Ich bin zurückgekommen." Jessie sah ihn prüfend an. War er an ihr interessiert oder war er nur neugierig? Wie auch immer, sie sollte ihn nicht ermutigen. „Du warst gut."

Ein Lächeln lag in seinen Augen, das konnte sie sogar im Dunkeln erkennen. „Ich halte mich nur an Ihren Rat, Madam." Er zuckte mit den Achseln.

Sie grinste. „Bitte, gern geschehen." Ihre Lungen verlangten nach Luft, aber sie konnte nicht tief durchatmen. Nach einer Stunde mit der Weste hätte es ihr eigentlich besser gehen müssen. Ihr verging das Lächeln. Das erinnerte sie daran, dass diese Unterhaltung nicht allzu lange dauern sollte. „Also, du wolltest reden."

Er zögerte. „Du wolltest mir verraten, warum du reitest, obwohl du krank bist." Er lehnte sich zu ihr herüber. „Vielleicht solltest du inhalieren oder so?"

Sie lächelte. Drinnen in der Schublade lagen vier verschiedene Inhalatoren. „Ich reite, weil ich es liebe, Luke. Genau wie alle anderen." Ihr Haar wehte in einer leichten Brise und sie fing es ein und strich es glatt. Aus einem Wohnwagen in der Nähe erklang scheppernd ein Countrysong und der Geruch von Heu und Pferden lag in der Luft. „Ich bin nur häufiger krank als die anderen." Sie zögerte. Wie viel konnte, *sollte* sie ihm verraten?

Luke streckte seine Beine aus und seine Stiefel berührten beinahe die ihren. „Aber wird es nicht noch schlimmer, wenn du reitest?"

„Wenn du krank wärst, würdest du auch nicht aufhören." Einen Augenblick lang starrte sie den Mond an, dann sah sie wieder zu ihm hinüber. „Oder?"

Er lehnte sich zurück und faltete die Hände hinter dem Kopf. „Wahrscheinlich nicht." Er kniff die Augen zusammen, eher aus Sorge als aus Neugier. „Warum bist du so oft krank?"

Sie blinzelte und wartete. „Diese Frage beantworte ich nie."

„Ich weiß." Er drehte den Kopf zu ihr. „Deshalb bin ich hier."

„Hmmm." Sie drückte sich tiefer in den Stuhl. Einen verrückten Augenblick lang überlegte sie tatsächlich, es preiszugeben. Und wenn sie es ihm sagte? All diese Jahre war es ihr Geheimnis gewesen. Aber irgendwie – hier im Dunkeln mit Luke Gunner – wollte sie, dass er es erfuhr. Vielleicht würde er sie dann in Ruhe lassen. So wäre es leichter, als es ihm später zu erzählen.

Eines war klar: Ihr Geheimnis wäre bei ihm sicher. Luke sprach sowieso mit niemandem, genau wie sie. Wenn das Wissen über ihre Situation bei irgendjemandem gut aufgehoben war, dann bei ihm.

„Sag schon, Jessie."

Sein Geruch war betörend. Leder und Rasierwasser und etwas, das Jessie nicht definieren konnte. Selbstbewusstsein und Ausstrahlung. Das Undefinierbare, das jeden Rodeoreiter über die Normalsterblichen erhob. Sie stellte sich vor, wie sie es ihm sagte. Was konnte es schon schaden? Sie konnte doch einen Freund unter den Teilnehmern haben, oder? Jemand, der wusste, womit sie zu kämpfen hatte.

Ihre Hände zitterten und ihr Herz raste. Sie setzte sich etwas aufrechter und sah ihn an. „Ich habe Mukoviszidose." So. Sie hatte es gesagt. Sie zog die Knie an und schlang die Arme um ihre Beine, die Augen immer noch auf ihn gerichtet. „Das ist eine Lungenkrankheit."

Luke starrte sie mit großen Augen an. „Mukoviszidose?" Sein Gesichtsausdruck wandelte sich von schockiert zu wütend und wieder zu schockiert. „Ist das schlimm?"

Jessie war nicht überrascht von der Frage. Die meisten Menschen in ihrem Alter wussten nichts über Mukoviszidose, es sei denn, sie hatten einen Anlass dazu. „Ja." Sie umklammerte ihre Beine noch fester und stützte ihr Kinn auf die Knie, aber das half auch nicht gegen das Frösteln in ihrem Herzen. „Mukoviszidose ist sehr schlimm. Es ist eine Lungenkrankheit, die mich nach und nach umbringen wird. Und man kann nicht viel dagegen tun."

Sein Gesicht war wie erstarrt, als wartete er darauf, dass sie jeden Moment loslachte und ihm erklärte, dass alles nur ein Scherz gewesen sei. „Meinst du das ernst?"

„Sehr ernst." Sie spürte, wie sie sich entspannte. Erleichterung und ein neues Gefühl der Kameradschaft durchströmten sie. Es war ein wunderbares Gefühl, endlich jemandem die Wahrheit sagen zu können. „Deshalb muss ich so viel husten. Deshalb reite ich, obwohl ich krank bin." Sie lächelte. „Ich habe keine andere Wahl."

Er saß immer noch regungslos da. Sein Mund öffnete sich, aber es dauerte lange, bis die Worte herauskamen. „Wirst du sterben?"

„Wir sterben alle", erwiderte sie leichthin. Er musste ja nicht alles wissen.

„Ich meine es ernst, Jessie. Wie krank bist du wirklich?" Diesmal kam etwas Verwundbares in seinen Augen zum Vorschein, ein Gefühl, das für jemanden so Introvertierten und Beherrschten wie Luke Gunner bestimmt nicht leicht zu ertragen war.

Sie klammerte sich an ihre Knie und wusste nicht, was sie sagen sollte. War diese Unterhaltung real? Saß sie tatsächlich mit ihm in der Dunkelheit auf dem Parkplatz und verriet ihm Dinge über sich, die sie ihr ganzes Leben lang für sich behalten hatte? Sie biss sich auf die Innenseite der Wange. „Bei Mukoviszidose gibt es keinen einheitlichen Krankheitsverlauf. Ja, ich werde wohl früh sterben. Aber niemand kann sagen, wann."

Er starrte sie noch einige Augenblicke lang an. Dann stand er auf, ging einige Schritte weg und drehte sich mit dem Rücken zu ihr. Seine Silhouette war beeindruckend. Der Cowboyhut und die Jacke machten ihn noch eindrucksvoller. Er würde nicht bleiben, das wusste sie. Ihre Offenheit hatte ihn erschreckt. Wahrscheinlich würden sie nie wieder miteinander reden.

„Luke?"

Er drehte sich um, stand einen Moment mit gesenktem Kopf da, dann ging er zu seinem Stuhl zurück. Als er sie wieder ansah, stieß er einen langen Seufzer aus. „Tut mir sehr leid."

„Das muss es nicht." Sie sprach leiser. Wenn sie nicht aufpassten, würde ihre Mutter aufwachen. „Ich tue das, was ich am liebsten tue. Wie viele Menschen können das schon von sich behaupten?"

„Reiten." Er hob seinen Hut und strich sich mit den Fingern durch die Haare. In seiner Stimme mischten sich Schmerz und Niedergeschlagenheit. „Aber das ist bestimmt nicht gut für dich."

Der Wind frischte auf und es wurde kühler. „Alles, was

mir hilft, mich wirklich lebendig zu fühlen, ist gut für mich." Jessie stellte ihre Füße wieder auf den Boden. „Ab und zu geht es mir schlechter, aber die Ärzte wissen, wie sie mich behandeln müssen."

„Warst du deshalb vor ein paar Wochen weg?" Allmählich erfasste er die wahre Bedeutung ihrer Lage. Der Schreck war gewichen, jetzt waren Hilflosigkeit und Mitleid in seinem Blick zu lesen.

„Ja, ich war eine Woche im Krankenhaus. Sie haben mich neu eingestellt." Jessie drehte sich zu ihm, damit sie ihn besser sehen konnte. „Dreimal am Tag muss ich eine Kompressionsweste tragen, sonst werden meine Lungen immer schlechter."

„Deshalb ..." Er schluckte und sah sie mit großen Augen an. „Deshalb gehst du also immer direkt zu deinem Wohnwagen."

„Mm-hmm." Sie spürte einen großen inneren Frieden. Es war wunderbar, endlich einem anderen Rodeoteilnehmer die Wahrheit sagen zu können. Es fühlte sich besser an, als sie geahnt hatte. Dass sie ihre Krankheit verschwieg, hatte ihr erlaubt, genau wie alle anderen an den Wettkämpfen teilzunehmen. Aber es war nie leicht gewesen. Jeder hatte sich über sie gewundert. Es gab alle möglichen Vermutungen darüber, warum sie anders war.

Jetzt wusste Luke also Bescheid.

Sie erklärte ihm, dass sie beim Rennen die Luft anhielt, dass sie im Durchgang nur so wenig wie möglich einatmete, um nicht zu viel Staub abzubekommen, und dass sie ihre Qualen bisher für sich behalten hatte. „Ich wollte nicht, dass es die Presse von irgendjemandem erfährt. Ich wollte für mein Können bekannt sein und nicht wegen meiner Krankheit."

„Warum ich, Jessie?" Er blickte sie sanft an. „Warum hast du es mir anvertraut?"

„Du hast mich gefragt." Sie blickte zu den nahe gelegenen Bergen, die sich gegen den Nachthimmel abhoben. Dann sah sie ihn wieder an. „Du bist irgendwie wie ich, Luke. Du brauchst die Bullen so wie ich das Reiten."

„Ja." Luke nickte. „Kann ich dir irgendwie helfen? Gibt es irgendetwas, das dir das Leben erleichtern würde?"

Sie grinste. „Klar. Sprich mich im Durchgang nicht an." Dann zeigte sie auf eine freie Fläche in ein paar Metern Entfernung. „Und vielleicht kannst du deine Bullen hier draußen reiten, damit ich dir zuschauen kann."

Sein Lächeln durchbrach für einen Augenblick die Anspannung. „Wenn das erlaubt wäre, würde ich das sofort tun. Mir liegt nichts am Publikum. Sie sind nicht der Grund, warum ich Rodeo reite."

Eine Zeit lang herrschte Stille zwischen ihnen.

„Das bringt uns dann wohl zu dir, Luke Gunner." Sie lebte jeden Tag mit ihrer Krankheit. Für den Augenblick hatte sie genug darüber gesprochen. „Warum bist du so wütend? Ich habe dir heute Abend zugeschaut und habe all deinen Zorn gesehen. Er muss doch irgendwo herkommen!" Sie wartete. „Gegen wen oder was kämpfst du da draußen?"

Luke sah sie prüfend an. „Du solltest reingehen. Du hast eine Gänsehaut."

„Mir geht es gut." Sie wartete auf seine Antwort.

„Nein." Er streckte ihr seine Hand entgegen, um ihr aufzuhelfen. „Ich möchte nicht, dass du dich erkältest."

Als seine Finger ihre berührten, spürte sie es. Etwas Neues, Wildes und Aufregendes, das wie ein Stromschlag durch ihren Körper schoss. Etwas, das gleichzeitig ihr Herz, ihren Körper und ihre Seele berührte. Rasch ließ sie seine Hand los und das Gefühl verschwand. Ihre Wangen glühten, und sie war froh, dass es dunkel war.

„Gut." Sie schluckte. Machte er sich wirklich Sorgen wegen der kalten Luft oder wollte er nur nicht über sich reden? Wie auch immer, er hatte recht. Sie musste nach drinnen gehen. „Vielleicht ein andermal wieder."

„Wie wäre es mit morgen?"

„Morgen?" Ihr Herz machte einen Satz.

„Wenn es dir recht ist, komme ich um die gleiche Uhrzeit wieder her."

„Okay."

Sie standen sich gegenüber und sahen sich an. Sie versuchte, hinter seine Fassade zu blicken. Sie hatte sich vorhin getäuscht. Er hatte keine Angst vor ihrer Krankheit. Zwischen ihnen war etwas entstanden und sie fühlte sich wohl dabei. Er würde niemandem ihr Geheimnis verraten. Außerdem kam es jetzt nicht mehr so sehr darauf an. Dr. Cleary hatte recht: Sie würde nicht mehr lange im Rodeozirkus dabei sein.

Eines nicht allzu fernen Tages würden alle wissen, was mit Jessie Daniels war.

„Danke für die Unterhaltung." Er steckte seine Hände wieder in die Hosentaschen. „Geh rein und wärm dich auf."

Er zögerte, und sie überlegte, ob er sie jetzt umarmen würde. Aber dann machte er zwei Schritte zurück und tippte sich an den Hut. „Gute Nacht, Jessie."

„Gute Nacht."

Erst drinnen nahm sie den leichten Schmerz in der Brust wahr. Sie war außer Atem und hatte einen roten Kopf, so als brauchte sie ihren Inhalator. Aber diesmal fühlte es sich anders an, und Jessie wusste, warum. Sie war nicht wegen der kühlen Nachtluft oder dem langen Tag atemlos oder weil die Mukoviszidose ihr zu schaffen machte.

Ihr Herz schlug ihr bis zum Hals wegen Luke Gunner.

❖

Der ersten Nacht folgten zahllose weitere. Den ganzen Sommer über bis in den Herbst hinein wurde Luke von ganz neuen Gefühlen angetrieben. Er genoss die Bullenritte und den Adrenalinstoß und lächelte häufiger, wenn er die acht Sekunden geschafft hatte. Nach einem guten Ritt streckte er den Zuschauern die Faust entgegen und lachte unter ihrem Applaus, oder er warf seinen Hut nach dem Bullen, der ihm zum Sieg verholfen hatte. Zum ersten Mal konnte Luke sich mit den anderen Rodeoreitern identifizieren. Rodeo war wie ein Rausch, den Luke in den letzten Jahren nur allzu oft verpasst hatte, als er bei jedem Ritt von Gedanken an seinen Vater verzehrt wurde.

Wenn jetzt die vertraute Wut kam, während er in der Box auf den Bullen stieg, wenn sie in seinem Bauch rumorte, sodass er während der letzten Sekunden in der Box mit den Zähnen knirschte, dann steckte dahinter nicht so sehr sein Vater als vielmehr etwas anderes, etwas Neues: Der Zorn richtete sich auf eine Krankheit, die Mukoviszidose hieß.

❖

Jessie und er sprachen über alles. Ihre Gespräche waren für beide lebenswichtig geworden. Der Unterschied, den Jessie in seinem Leben machte, war unermesslich groß. Ihretwegen durchlebte er seine Tage nicht mehr im Zorn. Ihretwegen musste er seine Abende nicht mehr damit verschwenden, seinen Hass in Bier zu ertränken oder mit schnellem Sex zu betäuben. Stattdessen wartete er jeden Tag auf den einen Abend am Wochenende, an dem er mit Jessie zusammen sein konnte.

Er hatte schon immer gewusst, dass seine Tage als Rodeoreiter gezählt sein würden, wenn er sich verlieben sollte. Denn die Liebe war ein Licht, das die Dunkelheit aus seiner Seele vertreiben würde. Aber wenn es die Dunkelheit nicht mehr gab, gab es auch keinen Grund mehr, dagegen anzukämpfen. Dann musste er nicht mehr mit einem wutschnaubenden Bullen in der Arena um Leben und Tod kämpfen. Ohne den Zorn war Rodeo sinnlos.

Aber mit Jessie war es anders.

Seine Gefühle für sie waren reiner, aufrichtiger und tiefer. Und sie machten auch das Bullenreiten zu einer tieferen Erfahrung. Es waren die gleichen Gefühle, die er auch für Carl Joseph empfand. Er hätte Jessie Daniels vor allem beschützt, auch wenn er dazu vor einen Zug springen oder eine Kugel abfangen müsste.

So stark waren seine Gefühle.

Gegen Ende der Saison standen sie beide in ihrer jeweiligen Sparte auf den obersten Plätzen. Weil die Gerüchteküche unter den Teilnehmern immer brodelte, hielt sich Luke am Tag von ihr fern. Aber abends, wenn die Siegergürtel verteilt und die Zuschauer nach Hause gegangen waren, schlichen Jessie und Luke sich zu ihren Klappstühlen hinter dem Wohnwagen. Dort entdeckten sie eine Welt, die keiner von beiden vorher gekannt hatte: die Welt der Freundschaft.

Er erzählte ihr von seiner Kindheit – wie sein Vater die Familie verlassen hatte und dass er ihm das nie verzeihen würde. Ein paar Dinge behielt er aber für sich. So erzählte er ihr nichts von Carl Josephs Behinderung oder wie er dem Taxi mit seinem Vater darin nachgerannt war und dass er keinerlei Beziehung zu seiner Mutter hatte.

Aber selbst das, was er ihr erzählte, war mehr, als er jemals irgendjemandem erzählt hatte. Ganz gleich, wie lange sie flüsternd im Mondlicht dasaßen, die Gesprächsthemen gingen ihnen nie aus. Hin und wieder entstand ein angenehmes Schweigen und Jessie lächelte ihn mit blitzenden Augen an.

„Du bist doch nicht etwa hinter mir her, oder?"

Dann zog er die Augenbrauen hoch und gab vor, erstaunt zu sein. „Hinter *dir*?" Er hob den Kopf ein wenig. „Aber Jessie! Ich doch nicht. Das weißt du doch."

„Gut." Sie zog ihre Füße an und sagte mit einem neckenden Tonfall: „Ich will nicht gefangen werden, denk daran."

„Ja, Jessie, ich weiß." Dabei hielt er die Hände hoch, als wolle er sich ergeben. „Bei mir bist du da sicher. Ich will auch nicht gefangen werden."

Jessie Daniels war das ernsthafteste Mädchen, das er je kennengelernt hatte. Aber nach einigen Wochen konnte er sie zum Lachen bringen. Manchmal mussten sie einen Lachanfall krampfhaft unterdrücken, um Jessies Mutter nicht zu wecken.

❖

Am Ende der Saison hatten sich beide für den Endkampf um die Nationalmeisterschaft in Las Vegas qualifiziert. Normalerweise freute sich Luke nach einem langen Jahr auf den Titelkampf und darauf, danach nach Hause zu fahren. Aber dieses Jahr hatte er kein Zuhause, wo er hingehen konnte. Sein Vater war wieder eingezogen, und nach dem, was seine Mutter ihm erzählt hatte, schlief er in Lukes Zimmer. Er hatte sogar Gerüchte gehört, dass die beiden vielleicht wieder heiraten wollten. Carl Joseph war anscheinend begeistert.

Luke wollte nichts mit ihnen zu tun haben.

Und so graute ihm diesmal vor dem Saisonabschluss. Jessie hustete häufiger und sah oft müde aus. Sie wünschte sich nichts mehr als den Meistertitel, aber sie war in den vergangenen Wochen eine bis zwei Sekunden langsamer geworden. Der Titelkampf würde hart werden, und er hatte keine Ahnung, was er tun sollte, wenn die letzte Glocke verhallt war.

Doch am meisten fürchtete er sich vor dem Abschluss der Saison, weil er Jessie dann erst Ende Januar in Denver wiedersehen würde. Er hatte die Wahrheit längst erkannt: Er hielt es kaum eine Woche lang ohne sie aus.

Wie sollte er es da zwei Monate lang ertragen?

Kapitel 9

Für Jessie Daniels gab es keinen schlimmeren Austragungsort als Las Vegas.

Ein ständiger Wind kam von der Wüste her, der Staub aufwirbelte und den Smog von einer Seite des Tals auf die andere blies. Der Endkampf um die Meisterschaft wurde in einer riesigen, geschlossenen Arena ausgetragen, in der über 15.000 Zuschauer Platz hatten. Der eigens aufgeschüttete Boden war extraweich, sodass noch mehr Staub aufgewirbelt wurde, und außerdem gab es vor jedem Wettkampf ein Feuerwerk.

Die Meisterschaft dauerte auch nicht, wie andere Rodeowettkämpfe, nur eine Woche, sondern zehn Tage. Zehn Tage lang durch Staub und Feuerwerksrauch reiten, im Dunst eines der größten Stadien des Landes.

Kein Wunder, dass ihre ersten beiden Durchläufe nicht besonders gut gewesen waren. Dieses Jahr hatte sie jedoch einen Plan: Sie würde ihre Kompressionsweste dreimal am Tag jeweils neunzig Minuten lang tragen. Je länger sie die Weste anhatte, desto besser fühlte sie sich hinterher und umso länger hielt die Wirkung an.

Es war der erste Tag. Sie hatte mit ihrer Mutter einen schönen Stellplatz für ihren Wohnwagen mit Bäumen auf einer Seite gefunden. Jessie gefiel der Platz, weil er ihr und Luke für ihre nächtlichen Unterhaltungen etwas

Sichtschutz bot. Luke hatte sich im daneben gelegenen Hotel ein Zimmer genommen. Auf diese Weise konnten sie sich nach den abendlichen Wettkämpfen ohne Probleme treffen.

Jessie schlüpfte in ihre Weste und machte diese zu. Sie hatte die vergangenen beiden Wochen zu Hause verbracht, davon die ersten drei Tage im Krankenhaus. Die Warnungen ihres Arztes waren immer noch genauso eindringlich, aber er bedrängte sie nicht. Wenn die Saison vorüber war und sie ihren Meisterschaftsgürtel in der Hand hielt, würde sie darüber nachdenken aufzuhören.

Aber jetzt noch nicht.

Sie schaltete die Weste ein und spürte, wie diese sich aufblies. In diesem Augenblick ging die Tür auf und ihre Mutter kam mit einer Einkaufstüte im Arm herein.

„Schon wieder?“ Sie stellte die Tüte ab und fing an, sie auszupacken. „Hattest du sie nicht vorhin schon eine Stunde an?“

„Neunzig Minuten. Ich werde es die nächsten zehn Tage etwas länger machen.“

Ihre Mutter schwieg. Das war ungewöhnlich. Sie räumte ihre Einkäufe weg und setzte sich Jessie gegenüber auf einen Stuhl. „Schatz, wir müssen miteinander reden.“

Jessie spürte, wie ihr Herz stockte. Was auch immer das Rodeoreiten für Entbehrungen mit sich brachte, ganz gleich, wie lange sie von zu Hause weg war, ihre Mutter ließ sich nichts anmerken. Sie wollte, dass Jessie glücklich war. Aber die Sorge, die ihr jetzt ins Gesicht geschrieben stand, hatte Jessie nur ganz selten bei ihr gesehen.

„Was ist los, Mama?“

Sie seufzte müde. „Als ich im Laden an der Kasse in der Schlange stand, waren zwei Rodeoreiter vor mir."

Zwei Rodeoreiter? Jessie wusste nicht, was sie sagen sollte. So wartete sie, bis ihre Mutter fortfuhr.

„Sie unterhielten sich über Luke Gunner. Einer von ihnen machte sich darüber lustig, wie brav er geworden sei – keine Partys und Mädchen mehr."

Jessie ahnte, was kommen würde. Aber wie war es herausgekommen? Sie sprachen doch fast nie vor den anderen miteinander. Sie schluckte. „Na ja … Das ist doch gut, oder?"

„Sie haben noch mehr gesagt." Die Schultern ihrer Mutter sanken ein Stück tiefer. „Der andere Cowboy meinte daraufhin: ‚Du weißt doch, was mit Luke los ist, oder?' Und der erste nickte und sagte: ‚Jessie Daniels, das ist mit ihm los.'"

Jessie blinzelte und suchte in Gedanken nach einer passenden Antwort.

„Jessie, ich bin die ganze Zeit bei dir in der Arena. Seit der ersten Nacht, in der du dich mit Luke unterhalten hast, habe ich dich beobachtet und absolut nichts zwischen euch beiden bemerkt." Ihre Mutter hob in einer ratlosen Geste die Hände. „Ist mir irgendetwas entgangen? Bist du heimlich mit ihm zusammen?"

Von Anfang an hatte sie nach einer Gelegenheit gesucht, ihrer Mutter von ihren Treffen mit Luke zu erzählen. Jetzt hatte sie sie. Sie räusperte sich. „Wir sind nicht liiert, Mama. Das wüsstest du."

„Was ist es dann? Warum haben sie sich das erzählt?"

„Weil …" Mit der Weste fiel es ihr schwer, in vollständigen Sätzen zu sprechen. Sie wollte nicht, dass Luke zwischen ihnen stand. Jessie machte die Augen zu, öffnete sie wieder und entgegnete mit flacher Stimme: „Weil Luke manchmal abends zu unserem Wohnwagen kommt."

Es dauerte einen Moment, bis ihre Mutter begriffen hatte, was Jessie gesagt hatte. „Was?" Ihre Stimme klang angespannt. „Wenn ich schlafe?"

„Ja." Jessie stöhnte. Manchmal musste sie sich selbst daran erinnern, dass die Weste ihr nicht das Leben aus der Brust quetschte, sondern genau das Gegenteil. „Ja, wenn du schläfst, kommt er, und wir ... wir sitzen draußen auf den Klappstühlen und reden."

Der Gesichtsausdruck ihrer Mutter war mühsam beherrscht. Sie war nicht verärgert. Vielleicht verletzt, aber nicht verärgert. Eine Zeit lang war das einzige Geräusch das gleichmäßige Surren der Weste, die Jessies Lungen knetete. Was sie wohl dachte? War sie enttäuscht oder traurig?

Schließlich hielt Jessie es nicht länger aus. „Mama? Sag doch was."

Ihre Mutter stützte sich mit den Ellbogen auf die Armlehne des Stuhls und sah Jessie an. „Liebst du ihn?"

Jessie zögerte, und dieses Zögern erschreckte sie mehr als alles, was ihre Mutter sagen konnte. Liebte sie ihn? Natürlich nicht, oder? Der Gedanke, dass sie sich in einen Mann wie Luke Gunner verlieben könnte, war absurd.

Aber warum zögerte sie dann?

Jessie fuhr sich mit der Zunge über die Lippen. „Nein, Mama, das ist es nicht. Er ist nur ein Freund, nicht mehr."

Ihre Mutter sprach ruhig und mit Bedacht. „Warum besucht er dich dann heimlich? Hast du gedacht, ich wäre nicht damit einverstanden?"

„Bist du denn einverstanden?“ Jessies Antwort klang schärfer, als sie beabsichtigt hatte. Ihr Herz wurde weich, und sie spürte, wie ihr Gesichtsausdruck sanfter wurde. „Ich habe immer an das gedacht, was du gesagt hast: ‚Um Himmels willen, nur nicht so jemanden wie Luke Gunner.‘ Ich habe gedacht, du willst nicht, dass ich mit ihm rede.“

Ihre Mutter atmete langsam ein und sah Jessie prüfend in die Augen. „Was hast du ihm erzählt?“

Wenn sie ehrlich sein wollte, musste sie es jetzt erzählen. „Alles. Er weiß, dass ich Mukoviszidose habe.“

„Na gut …“ Ihre Mutter blickte demonstrativ aus dem Fenster. „Dann werden es bis Januar alle beim Rodeo wissen, wenn sie es nicht jetzt schon wissen. Wenn du das willst, dann ist es in Ordnung.“

„Mama!“ Jessie sollte sich entspannen, wenn sie die Weste anhatte, und mit dem Druck mitgehen, damit die Technik besser wirkte. Aber sie war zu aufgebracht. Sie schaltete die Maschine aus und das Gerät verstummte. „Dreh dich bitte um und sieh mich an!“

Ihre Mutter fuhr herum. „Sprich nicht in diesem Ton mit mir! Luke Gunners Ruf eilt ihm voraus. In der Arena genauso wie außerhalb. Er ist nicht der Richtige für dich.“

„Ach, Mama.“ Jessies Stimme war voller Leidenschaft. „Du kennst ihn gar nicht. Er wird keiner Menschenseele etwas von meiner Krankheit verraten.“ Sie drückte mit der Hand gegen ihre Brust. „Er würde alles für mich tun, einfach alles.“

Ihrer Mutter stand der Mund offen. „Meine Güte.“ Die Worte kamen nur als ein Hauch heraus. „Du hast dich in ihn verliebt und du merkst es nicht einmal.“

„Ich bin nicht in ihn verliebt. Er ist einfach nur ein Freund. Der erste Freund, den ich habe, seit ich bei den Profis bin.“ Jessies Hals war wie zugeschnürt und ihre Lungen fühlten sich zäher an als gewöhnlich. „Darf ich keine Freunde haben, Mama?“

Seit Jahren hatte ihre Mutter sich zurückgehalten und Jessie selbst entscheiden lassen, was sie mit ihrer Zeit anfing, auch wenn diese Entscheidungen sie womöglich Jahre ihres Lebens kosten konnten. Jetzt sah Jessie ihren inneren Kampf. Ihre Mutter wollte ihre Freundschaft mit Luke Gunner genauso wenig, wie sie wollte, dass Jessie ritt.

Sie ging zu Jessie und legte ihre Hand auf ihr Knie. „Es tut mir leid, mein Liebling. Ich wollte nicht, dass du dich aufregst.“

Jessie legte ihre Arme um den Hals ihrer Mutter. „Ich bin nicht in ihn verliebt, Mama. Wirklich nicht.“ Ihr standen selbst Tränen in den Augen. Es war nicht fair. Sie war zwanzig und würde ihren dreißigsten Geburtstag nicht erleben. Sie weinte, weil ihre Mutter so viel für sie opferte und jetzt Angst hatte, dass sie das, was von ihrem Leben noch übrig war, mit Luke Gunner teilen würde.

„Es ist dein Leben, Jessie“, flüsterte ihre Mutter ihr ins Ohr. „Ich habe dir schon vor langer Zeit versprochen, dass ich dir nicht vorschreiben werde, wie du es zu leben hast.“

Das war es. Der Grundsatz, den ihre Mutter immer erwähnte, wenn sie solche Diskussionen hatten: nach Annas Tod, als das Reiten selbstmörderisch schien, immer wieder, wenn Dr. Cleary darauf bestand, dass das *Barrel Racing* ihr Leben um Jahre verkürzen würde, und jetzt, als Jessie ihren Segen für eine Freundschaft mit Luke Gunner haben wollte.

Jessie schloss die Augen und heiße Tränen flossen über ihre Wangen. Die Worte ihrer Mutter hallten in ihren Gedanken wider. *Es ist dein Leben, Jessie ... Ich werde dir nicht vorschreiben, wie du es zu leben hast.* Das war genau, was sie jetzt brauchte.

„Ist schon in Ordnung, mein Schatz." Ihre Mutter nahm ihre Hand und drückte sie drei Mal. Das war ihre Art, sich die drei wichtigsten Worte zu sagen: *Ich liebe dich.* „Es ist in Ordnung."

Jessie schniefte und öffnete blinzelnd die Augen. „Soll er heute Abend früher kommen? Bevor du ins Bett gehst?"

„Ja." Ihre Mutter streckte die Hand aus und wischte ihr die Wangen trocken. „Das wäre schön."

An diesem Abend wurde Jessie Zweite, was sie für den Titelkampf qualifizierte.

Sie hatte danach nur eine Minute Zeit, um Luke zur Seite zu nehmen und ihm von der Unterhaltung mit ihrer Mutter zu erzählen.

„Sie hasst mich bestimmt, weil du wegen mir immer so lange draußen bleibst", mutmaßte Luke.

„Nein." Jessie schüttelte den Kopf. „Gib ihr eine Chance. Sie ist auf unserer Seite, Luke. Wirklich. Komm heute früher. Du wirst schon sehen."

Um 22:30 Uhr klopfte er an die Wohnwagentür, und Jessie bat ihre Mutter, ihm zu öffnen.

„Luke." Ihre Mutter zögerte fast unmerklich, aber ihre Stimme klang warm. „Kommen Sie herein."

Jessie saß am hinteren Ende des Tisches und spürte,

wie sie sich entspannte. Alles würde in Ordnung kommen, wenn ihre Mutter ihn erst einmal kennengelernt hatte.

„Ja, Madam", erwiderte Luke mit respektvoller Cowboystimme. „Danke."

Jessies Mutter trat zur Seite und deutete auf den kleinen Tisch, an dem Jessie saß. „Wie sind Sie heute Abend geritten, Luke?"

„Ich bin Dritter geworden, Madam. Der Bulle war nicht so gut."

„Wir werden Ihnen morgen die Daumen drücken, damit Sie einen besseren ziehen." Sie lächelte ihn an und nahm ihm damit etwas die Anspannung. „Eistee?"

„Ja, sehr gerne." Luke warf Jessie einen nervösen Blick zu. „Schön, dass ich kommen durfte."

Jessies Mutter stand an dem kleinen Kühlschrank und goss drei Gläser Eistee ein. „Na ja …" Sie warf ihm über die Schulter hinweg einen Blick zu. „Es wird wohl allmählich Zeit, dass Sie unseren Wohnwagen auch einmal von innen sehen."

Jessie musste grinsen und kurz darauf lachten auch ihre Mutter und Luke mit. Damit war das Eis gebrochen.

In dieser Woche kam er jeden Abend. Jessies Mutter verabschiedete sich gegen elf. Dann zog Jessie einen Pullover an und ging mit Luke nach draußen.

❖

In den nächsten Tagen drehten sich ihre Unterhaltungen meistens um den Wettkampf. Luke hielt einen guten zweiten Platz, aber Jessie war wegen ihrer Zeiten ausgesprochen frustriert. Sie ritt nicht mehr so schnell wie früher, und sie konnte sich nicht erklären, warum. Im Moment lag sie in der Gesamtklassifizierung nur auf Platz 4.

„Hältst du immer noch die Luft an?“ Luke saß näher bei ihr als bei ihren ersten Treffen.

„Klar.“ Sie runzelte die Stirn und starrte vor sich hin. „Im Kopf gehe ich den Parcours jeden Tag hundert Mal durch. Ich weiß einfach nicht, wie ich noch Zeit schinden kann.“

„Hmm.“ Luke streckte die Beine aus und faltete die Hände hinter dem Kopf, wie sie es von ihm kannte. Ein Grinsen wanderte von seinen Augen bis zu seinem Mund. „Mir hat einmal jemand gesagt, das Geheimnis sei Voraussicht und Vorahnung.“ Er stieß sie mit dem Ellbogen an. „Kommt dir das irgendwie bekannt vor?“

Sie kicherte und war bemüht, leise zu sein. „Die Betreffende muss ganz schön schlau gewesen sein.“

„Ja.“ Er tippte ihr an den Kopf und strich ihr mit den Fingern durch die Haare. „Und habe ich auch die Konzentration erwähnt? Sie ist der Meinung, dass Konzentration auch hilft.“

„Ach ja, Konzentration.“ Jessie runzelte übertrieben die Stirn. Früher war es einfacher gewesen, sich zu konzentrieren, damals, als ihre Gedanken noch nicht geteilt waren zwischen dem Rennen und den Unterhaltungen mit Luke Gunner.

An den meisten Rodeowochenenden unterhielten sie sich ein paar Stunden. Aber bei diesem Wettbewerb waren sie jeden Abend lange zusammen. Am sechsten Tag traf sie ihn vor der Arena.

„Du hast recht.“ Sie stemmte die Hände in die Hüften

und blinzelte ihn an. Der Himmel war strahlend blau und der Dezembertag war so sonnig wie im Juli.

„Mit was habe ich recht?“ Er lächelte sie an und betrachtete sie prüfend.

„Es liegt an der Konzentration. Sie ist nicht mehr so gut.“ Sie trat nervös von einem Bein aufs andere und hoffte, er würde sie jetzt nicht missverstehen. „Lass uns ein paar Abende Pause machen und früh zu Bett gehen. Wir können uns wieder unterhalten, wenn alles vorbei ist. Vielleicht kann ich mich dann besser konzentrieren.“

„Ich bin wohl zu viel Ablenkung, was?“ Er lachte kurz, aber in seinen Augen war Enttäuschung zu lesen. Er sprach mit fröhlicher Stimme. „Klar, Jessie. Was immer dir hilft.“

„Du verstehst es doch, oder?“ Sie kam sich komisch vor, als sie versuchte, es ihm zu erklären. Keiner von beiden schuldete dem anderen irgendetwas. „Diese Meisterschaft ... sie bedeutet mir so viel. Darauf habe ich mein ganzes Leben lang gewartet. Und ich habe vermutlich nur diese eine Chance.“

❖

Die nächsten vier Ritte waren für beide die besten der Saison. Aber die Konkurrenz war hart. Vor den letzten Wettkämpfen lag Jessie auf dem dritten Platz und Luke ein paar Punkte hinter dem Erstplatzierten. Er war Titelverteidiger, aber für ihn hing jetzt alles davon ab, welchen Bullen er zog.

Wenige Minuten vor ihrem Rennen stieg Jessie auf *Golden Suns* Rücken und strich dem Pferd mit der Hand über die blonde Mähne. Sie sprach ihm mit leiser, sanfter

Stimme ins Ohr, wie sie es immer vor einem Rennen tat. „Auf geht's, mein Junge. Heute kommt's drauf an."

Tausend Gedanken schossen ihr gleichzeitig durch den Kopf. Sie dachte an Anna, die immer am Fenster gesessen und sehnsüchtig zum Hof des Nachbarn geblickt hatte. *Ich möchte durch die Heuwiesen rennen, bei den großen Pinien Verstecken spielen und auf dem Palomino von nebenan reiten.* Nach Annas Tod hatte sie alle Warnungen in den Wind geschlagen und war hinaus zu der Palominostute des Nachbarn gegangen. Und ihre Mutter hatte schließlich zugestimmt, dass Jessie das Fohlen der Stute haben durfte. *Es ist dein Leben, Jessie. Ich werde dich nicht zurückhalten ... nicht zurückhalten.* Und Luke Gunner mit seinen wahnsinnig blauen Augen. *Sag mir, warum du das machst. Warum reitest du, obwohl du krank bist?*

Sie schob die Gedanken beiseite.

Erfolgreiche Menschen sprachen oft davon, dass sie Opfer bringen mussten und was sie alles aufgegeben hatten, um dorthin zu kommen, wo sie jetzt waren. Für Jessie war es mehr als nur eine verpasste Kindheit oder viele Stunden harten Trainings. Bei ihr kam das Opfer erst noch – wenn sie sterben würde, weil sie sich entschlossen hatte, diese Meisterschaft mitzumachen.

Schon beim ersten Mal, als sie einen Reiter um die Fässer preschen sah, war sie überzeugt gewesen, dass sie das besser und schneller konnte. Sie war überzeugt, dass sie eines Tages die Meisterschaft gewinnen würde. Und jetzt war sie nur noch Minuten davon entfernt, den Titel zu gewinnen. Das würde der schnellste Ritt ihres Lebens werden; sie spürte es in ihren Knochen, in ihrem tiefsten Inneren.

Sie war an der Reihe, an den Start zu gehen.

Golden Sun war wie immer voller Temperament und wartete ungeduldig auf das Startzeichen, um aus dem Durchgang heraus und über den Parcours zu preschen, den er so liebte. Er warf den Kopf und tänzelte seitwärts. „Alles liegt an dir, ‚Golden Sun'", flüsterte sie. „Gib alles, mein Junge."

Jessie holte tief Luft und hielt den Atem an, als sie aus dem Durchgang heraus in die Arena preschten. Die beiden flogen förmlich um das erste Fass, sauberer und schneller als je zuvor. Da wusste Jessie, dass es heute passieren würde. Das, wovon sie seit ihrem elften Lebensjahr geträumt hatte, geschah hier und jetzt, und niemand würde sie aufhalten.

Golden Sun gab alles, seine Hufe schienen kaum noch den Boden zu berühren, als er um das zweite Fass kam. *Eins noch, nur noch eins.* Jessie legte sich mit ihrem Pferd in die Kurve. Sie waren schon fast um das dritte Fass herum, als es passierte. *Golden Sun* stieß mit dem Huf gegen das Fass.

„Nein!", schrie Jessie auf und atmete die staubige Luft ein. Verzweifelt versuchte sie, nach dem Fass zu greifen, um es festzuhalten. Aber es war zu spät.

Aus dem Augenwinkel heraus sah sie, wie das Fass umstürzte und mit ihm ihre einzige Gelegenheit, den Meistertitel zu gewinnen.

Es kam fast nie vor, dass bei Jessies Rennen ein Fass umstürzte, vor allem nicht bei einem Titelwettkampf. Dieser Fehler wurde mit einer Zeitstrafe von fünf Sekunden bestraft und einer Punktzahl, mit der sie in dieser Runde sicher nicht unter den ersten sechs war.

Als sie in den Tunnel geprescht kam, fühlte sie sich seltsam körperlos. Es war alles nur ein Albtraum, nicht wahr? Jeden Augenblick würde sie aufwachen und alles wäre gut. Sie schloss die Augen, bevor sie anhielt. *Nein ... nein, so etwas durfte einfach nicht passieren. Das konnte nicht das Ende sein!*

Da bemerkte sie, dass noch etwas nicht stimmte. Sie bekam kaum noch Luft! Das Rennen und der verlorene Meistertitel waren plötzlich vergessen, und sie konnte an nichts anderes mehr denken, als den Sauerstoff in ihre Lungen zu bekommen, den ihr Körper so dringend brauchte. Sie hatte wohl zu viel Staub eingeatmet, als sie im Parcours Luft geholt hatte, und jetzt war alles wie blockiert.

Sie stieg ab und griff nach ihrer Wasserflasche. Ihre Knie gaben nach, und sie musste sich zusammenreißen, um sich auf den Beinen zu halten. Vor ihren Augen tanzten dunkle Punkte, und sie klammerte sich an *Golden Sun* und hustete wie im Wahn, ohne dass es irgendeine Erleichterung brachte. Jeden Moment würde sie ohnmächtig werden, und sie wusste nicht, ob es wegen ihrer Enttäuschung oder dem Sauerstoffmangel geschah.

Sie nahm noch einen großen Schluck Wasser und zwang sich, nicht zu atmen. *Ruhig, Jessie. Bleib ruhig.* Doch der Hustenreiz ließ nicht nach und sie spuckte das Wasser auf den Boden. Eine solche Situation war bislang erst ein Mal vorgekommen, und der Arzt hatte ihr geraten, sie dürfe vor allem keine Panik bekommen.

Aber sogar *Golden Sun* wurde nervös, tänzelte hin und her und sah sie unruhig an.

Sie war zu weit hinten im Gang, als dass irgendjemand

sie bemerken konnte, aber sie brauchte dringend Hilfe. Der Husten hatte sich zu einem regelrechten Asthmaanfall gesteigert. Sie brauchte ihren Inhalator, den sie für Notfälle in der Tasche mit ihrer Ausrüstung hatte. Aber das war das erste Mal, dass sie ihn nach einem Rennen brauchte, und sie wusste nicht einmal genau, wo ihre Tasche war.

Ihr wurde übel und sie machte einen verzweifelten, flachen Atemzug. Noch mehr Husten; sie krümmte sich zusammen und sank in die Knie, als sie seine Stimme hörte.

„Jessie!"

Ihr Gesicht brannte und war feuerrot von der Anstrengung. Sie blickte auf und sah den Inhalator in seiner Hand. Sie konnte nicht sprechen, konnte gar nichts mehr tun. Sie griff nur danach und schob ihn sich in den Mund.

Bei den ersten beiden Stößen konnte sie das Mittel nur eine Sekunde in ihren Lungen halten. Aber dann spürte sie, wie sich ihre Atemwege langsam wieder weiteten. Der dritte Stoß hielt schon länger, und als sie den vierten nahm, ließ der Hustenreiz nach. Ihr tat alles bis in die Knochen weh. Als sie schwankte, packte Luke sie am Arm und führte sie zu einer Bank, die in der Nähe stand.

Er setzte sich neben sie, rieb ihr über den Rücken und streichelte ihre heißen Backen mit seinen kühlen Fingern. „Du hast mich zu Tode erschreckt, Jessie."

Sie war zu erschöpft, um ihren Kopf zu halten, und so legte sie ihn an seine Schulter. Bei all ihren nächtlichen Gesprächen waren sie sich körperlich noch nie so nahe gekommen. Jessie fühlte sich wieder so seltsam. Sie hatte soeben das wichtigste Rennen ihres Lebens verloren und dennoch pochte ihr Herz vor Vorfreude.

„Ich … ich habe verloren."

„Ich weiß. Ist nicht so schlimm. Du kannst dir den Titel nächstes Jahr holen, Jessie." Er schluckte, und sie sah einen seltsamen Ausdruck in seinen Augen, etwas, das sie noch nie zuvor gesehen hatte. „Geht's dir wieder besser?"

Jessie atmete langsam ein. „Ich konnte … Ich konnte einfach nicht aufhören zu husten."

„Ich habe es gesehen." Er strich ihr eine Haarsträhne aus der Stirn. „Das Fass fiel um und du hast eingeatmet, oder?"

Erstaunen mischte sich mit den Gefühlen, die sich ohnehin schon in ihrem Herzen breitmachten. Sie richtete sich auf und sah ihn an. „Das hast du gesehen?"

„Ja." Jetzt merkte sie, dass er zitterte. „Ich wusste, dass du Probleme bekommen würdest, da bin ich zu deiner Tasche gerannt. Deine Mutter war schon dort. Sie gab mir deinen Inhalator, weil ich schneller bei dir sein konnte als sie." Er strich ihr wieder mit der Hand über den Rücken. „Bist du sicher, dass es dir wieder gut geht?"

„Ja." Ihr Puls raste noch, aber ihre Atmung war so wie immer in der Arena. „Danke."

Er warf einen Blick in Richtung Arena. Sie hatten die Tonnen schon entfernt und die Bullenreiter machten sich bereit. Er sprach mit zusammengebissenen Zähnen. „Ich hasse es, wenn du so leiden musst. Es ist einfach nicht gerecht."

Tränen brannten ihr in den Augen, aber sie hielt sie zurück. Rodeoreiter waren nicht zimperlich. Das gehörte zu ihrem Lebensstil. Sie stieß ihn sanft an. „Geh schon. Wenigstens einer von uns kann noch Meister werden."

Luke zögerte und sah ihr in die Augen. „Sehen wir uns später?"

„Ja." Sie waren sich die vergangenen vier Tage aus dem Weg gegangen und letztendlich hatte es ihr nicht geholfen. Sie hatte die Meisterschaft nicht gewonnen, aber das war plötzlich nicht mehr so wichtig. Sie hatte einen Freund gewonnen.

Er warf ihr einen letzten Blick zu und schnitt dann eine wild entschlossene Grimasse, drückte seinen Hut fest auf den Kopf und ging den Gang entlang davon.

Im gleichen Augenblick kam ihre Mutter mit besorgter Miene aus der Tür der Umkleidekabine. „Ich habe Luke deinen Inhalator gegeben, weil er schneller bei dir sein konnte."

„Ja." Jessie erhob sich langsam und sah ihre Mutter an. Das Gefühl, das ihr jetzt den Hals zuschnürte, war viel schlimmer als der Husten, aber sie musste nichts sagen. „Danke."

Sie drückte sich, aber die Täuschung konnte nicht ewig halten. Ihre Mutter wusste besser als jeder andere Mensch, wie viel ihr diese Meisterschaft bedeutet hatte. Ihr Körper machte nicht mehr so mit, wie sie es sich erhofft hatte, und wenn sie nicht irgendwie wieder stärker werden konnte, würde sie keine zweite Chance haben.

Ihrer Mutter standen die Tränen in den Augen. Sie streckte ihr die Arme entgegen und sagte: „Komm her, Jessie."

Jessie war hart im Nehmen. Aber in diesem Augenblick fühlte sie sich schwach und klein. Sie ging einige Schritte auf ihre Mutter zu und lehnte sich an diese. Aber selbst dann unterdrückte sie ihr Schluchzen noch.

Sie wollte in die Arena gehen, sich einen guten Platz suchen und Luke zusehen. Er hatte einen schwierigen

Bullen gezogen, der ihm die nötigen Punkte für den Sieg verschaffen würde, wenn er die acht Sekunden schaffte. Aber in diesem Moment, unter der Last ihrer Niederlage, brauchte sie nur eines auf der Welt: die Arme ihrer Mutter, die sie hielten, bis alles wieder in Ordnung war.

Kapitel 10

Sling Shot war der beste Bulle, den Luke in dieser Woche erwischt hatte. Er war der größte und gefährlichste Bocker in der Liga der Rodeoreiter. Er hatte dicke, gekrümmte Hörner und muskelbepackte Schultern, mit denen er einen Cowboy mit einer einzigen heftigen Bewegung quer durch die Arena schleudern konnte.

Genau darauf hatte Luke gehofft.

Die Wut, die er in sich spürte, wenn er an Jessie dachte, war beinahe beängstigend. Sie war so anmutig und stark auf ihrem Pferd, dass es jedem, der Augen im Kopf hatte, den Atem verschlagen musste. Niemand wusste, dass sie krank war. Sie hatte eine sommerliche Bräune und wirkte vollkommen gesund. Wie konnte irgendjemand ahnen, dass ihr Husten nicht von einer Erkältung oder Allergie herrührte, sondern dass eine furchtbare Krankheit die Ursache war?

Jessie Daniels hätte keine Mukoviszidose haben dürfen. Sie sollte noch viele Jahre Rodeoreiten vor sich haben und danach ein Leben unter blauem Himmel führen. Es war einfach nicht fair, dass sie krank war. Dieser Ritt hatte für Luke nichts mehr mit dem Hass auf seinen Vater zu tun, sondern war gegen die Mukoviszidose gerichtet und gegen all das gnadenlose Leid, das sie Jessie zufügte.

Luke stellte sich über den Bullen und starrte auf den

Rücken des Tieres. Wenn er doch nur ihre Krankheit so besiegen könnte, wie er gleich diesen Bullen bekämpfen würde!

„Fertig, Gunner?“

„Fertig.“ Luke spannte seine Backenmuskeln an und schob den Mundschutz zurecht. Er spürte, wie ihm Schweißtropfen den Nacken hinunterliefen. Langsam ließ er sich auf den Bullen nieder, umwickelte seine Hand fest und rasch und rutschte nach vorne. *Sling Shot* warf den Kopf hin und her und erhob sich halb auf die Hinterbeine.

Luke schlug ihn auf den Nacken und das Tier ließ sich verblüfft wieder auf alle viere fallen. „So ist's recht“, zischte Luke. Diese Krankheit durfte Jessie Daniels nichts anhaben, solange er noch ein Wörtchen mitzureden hatte. Diesmal wartete er nicht. Er setzte sich zurecht und nickte dem Starter zu.

Der Riegel sprang auf, und der Bulle hob ab und machte eine halbe Drehung in der Luft, ohne überhaupt den Boden zu berühren. Doch Luke saß so sicher und hatte ein so perfektes Gleichgewicht, dass er gar nicht das Gefühl hatte, auf dem Bullen zu reiten, sondern über ihm zu schweben.

Der Bulle riss den Kopf herum und war wieder mit allen vieren in der Luft. Adrenalin schoss durch Lukes Körper, und in diesem Augenblick glaubte er, dass er tatsächlich stärker sei als der Bulle. Stärker und klüger.

Na los, kämpf mit mir, Bulle. Versuch's doch. Jessie würde in der nächsten Saison wieder reiten. Nichts würde sie davon abhalten, nicht einmal die Mukoviszidose. Noch zweimal drehte sich der Bulle und buckelte in der Luft, und plötzlich wusste Luke, er hatte ihn gepackt, der Ritt gehörte ihm. Er hörte den Gong. Er hatte es geschafft, er hatte den Bullen bezwungen, der den Profireitern einige der schwersten Verletzungen zugefügt hatte, und es hatte sich ganz einfach angefühlt.

Er lehnte sich nach vorn, um abzuspringen, aber im gleichen Moment warf der Bulle den Kopf zurück und erwischte Luke mit seinen Hörnern an der Stirn.

Einige Sekunden lang tanzten schwarze Punkte vor Lukes Augen. Dann spürte er einen der Clowns neben sich, der ihm aus der Arena half. Der zweite hatte wohl den Bullen abgelenkt. Luke blinzelte und schüttelte den Kopf und die schwarzen Punkte verschwanden allmählich. Blut lief ihm über das Gesicht, noch bevor er das Tor erreichte.

Innerhalb von wenigen Augenblicken war auch der Arzt da. Er gab Luke ein sauberes Tuch und half ihm, es auf die Stirn zu pressen. „Schöne Platzwunde." Er führte ihn den Gang entlang zur Umkleidekabine. „Geht's dir gut?"

„Ja." Luke war sich nicht ganz im Klaren darüber, was er empfand. Sein Kopf schmerzte, aber das war gar nichts im Vergleich zu dem, was in ihm drin ablief. Sicher, er hatte den Meistertitel gewonnen, und er hatte es verdient. Aber was war mit Jessie? Sie hatte sich diesen Titel so gewünscht. Vielleicht hatte sie ihn sogar gebraucht. War das fair?

Der Arzt nahm Luke das blutige Tuch aus der Hand und untersuchte seinen Kopf. „Die Wunde ist tief, aber nicht sehr groß. Sie sitzt zum größten Teil im Haaransatz. Da werden wir dein hübsches Gesicht nicht verschandeln müssen – dieses Mal noch nicht", meinte er lachend.

„Hm."

Der Arzt machte sich an die Arbeit, und Luke zuckte kein einziges Mal, während er nähte. „Du bist ein härterer Kerl als alle anderen, Gunner." Ein letztes Mal wischte er Luke mit einem sterilen Tuch über die Stirn. Es war blutrot. „Bei so einem Schlag hättest du eigentlich k. o. gehen müssen."

„Mir geht es gut." Luke ließ sich die Worte des Arztes noch einmal durch den Kopf gehen. Ein „harter Kerl" zu sein war das Credo aller Bullenreiter und Rodeoleute. Ganz gleich, wie hart ein Schlag war oder wie schwer die Verletzung – ein echter Cowboy blieb nicht am Boden liegen, sondern stand auf und machte weiter.

Luke war sogar schon mit gebrochenen Rippen und einer ausgerenkten Schulter geritten. Er hatte gesehen, dass Männer bewusstlos geschlagen und wieder zusammengeflickt wurden und eine Stunde später für die nächste Runde wieder auf ein Wildpferd oder einen Bullen stiegen. Die Jungs lachten über ihre Verletzungen, schlugen sich gegenseitig auf die Schulter und empfahlen: „Immer hart bleiben, Cowboy." Es gab nur zwei Möglichkeiten: hart sein oder einpacken. Wenn die Cowboys nicht über ihre Verletzungen hinweggesehen hätten, gäbe es schon längst kein Rodeo mehr. Jeder wurde verletzt, das gehörte einfach dazu.

Aber der Arzt hatte nicht recht: Luke war nicht der Härteste, bei Weitem nicht. Auch keiner der anderen Bullenreiter.

Es war Jessie Daniels.

Wer sonst wäre in ihrem Zustand im Rodeozirkus unterwegs, wohl wissend, dass jeder Tag auf dem Pferd ihr Leben um Tage verkürzte? Wer sonst ritt den Parcours, ohne ein Mal Luft zu holen, und verbrachte Stunden in der stählernen Umklammerung einer Kompressionsweste, damit ihre Lungen die fünfzehn Sekunden des Rennens überstanden?

Der Arzt hatte seine Untersuchung beendet und Luke ging zurück in die Arena. Dort wurde ihm feierlich der Landesmeistertitel im Bullenreiten verliehen, und die Zuschauer erhoben sich von ihren Sitzen, als ihm der Gürtel überreicht wurde. Er grinste, hielt ihn hoch und winkte dabei erst in die eine und dann in die andere Richtung, ganz wie die Leute es erwarteten – wie sie es verdient hatten.

Aber die ganze Zeit konnte er an nichts anderes denken als an Jessie. Wie es ihr wohl ging? Ob sie wieder normal atmen konnte? Was sie wohl jetzt gerade machte? Er suchte mit seinem Blick die Menge nach ihr ab, aber er sah sie nirgends.

Eine Stunde lang lächelte er vor zwei Dutzend Kameras, gab einige Interviews und unzählige Autogramme. Die Fragen waren jedes Mal die gleichen. Nein, seine Verletzung war nicht weiter schlimm. Ja, *Sling Shot* war ein Glücksgriff gewesen. Ja, natürlich würde er in der nächsten Saison wieder dabei sein. Nein, es gab kein Geheimrezept, wie er sich so lange auf beinahe jedem Bullen halten konnte – jedenfalls keines, das er verraten würde.

Seine Antworten waren wenig ergiebig und auch nicht ganz wahr. Aber es waren die Antworten, die er immer gab. Die ganze Zeit über dachte er dabei an Jessie. Er hätte mit Freuden seinen Gürtel, das Preisgeld und den

Titel hergegeben, wenn sie noch einmal hätte reiten dürfen. Doch andererseits – so hatte sie vielleicht einen Ansporn, durchzuhalten und es im nächsten Jahr noch einmal zu versuchen. Er würde ihr helfen, sie ermutigen und unterstützen …

❖

Es war schon spät, als Luke endlich zu ihrem Wohnwagen ging. Die Luft war warm an diesem Abend, wärmer als die gesamte vergangene Woche. Er wollte Jessie zum Abendessen einladen oder mit ihr einen Spaziergang machen. Aber die Lokale waren schrecklich verraucht und voller Menschen. Und es war zu spät für einen Spaziergang.

Er hörte schrille Stimmen hinter sich. „Luke … Luke, warte!"

Mädchen. Er warf einen Blick zurück. Vier junge Frauen kamen auf ihn zugerannt, drei Blondinen und eine Brünette, alle knapp zwanzig. Eine von ihnen hatte etwas in der Hand, das aussah wie der Schlüssel eines Hotelzimmers. Ihn überkam Abscheu. Wie oft hatte er in der Vergangenheit solche Situationen weidlich ausgenutzt?

„Meine Damen." Er zog den Hut und ging so schnell weiter, wie ihn seine langen Beine trugen. Schließlich gaben sie auf. Fans, die ihm zu Jessies Wohnwagen folgten, waren das Allerletzte, was er jetzt brauchte.

Bitte sei noch wach, Jessie. Er kniff die Augen zusammen und sah, dass sie das Licht angelassen hatte – das Zeichen für ihn, dass sie noch wach war. Er rannte die letzten Meter und klopfte ein Mal an die Wohnwagentür.

Sie streckte den Kopf heraus und kam auf Zehenspitzen die Stufen hinunter. Lange Zeit sah sie ihn nur an. „Gut." Ihre Augen strahlten im Mondlicht. Die Enttäuschung von vor ein paar Stunden war verschwunden. „Ich hatte also nicht recht."

Er lehnte sich grinsend an den Wohnwagen. „Du meinst das mit den neun Sekunden?"

„Ja." Sie verzog das Gesicht, als sie seinen Hut hochhob und das Pflaster sah. „Vielleicht sind acht doch genug."

„Von jetzt an werde ich wohl lieber doch nicht mehr auf dich hören." Er grinste und rückte den Hut wieder zurecht. „Soll das heißen, du hast zugesehen?"

„Mama und ich haben von der Presseloge aus zugesehen." Sie legte den Kopf zur Seite und sah zu ihm auf. „Du hast den Sieg verdient, Luke. Du warst erstklassig heute."

„Danke." Er warf rasch einen Blick über die Schulter, um sicherzugehen, dass ihm niemand gefolgt war. Den ganzen Tag hatte er schon auf diesen Augenblick mit Jessie gewartet. „Lass uns auf die andere Seite gehen, dort ist es ruhiger."

Sie nahmen jeder einen Stuhl und stellten diese zwischen den Wohnwagen und die Bäume. Bevor sie sich setzten, drehte er sich zu ihr und spürte, wie sein Lächeln verschwand. „Was vorhin passiert ist, tut mir so leid. Du ..." Er sah einen Augenblick zu Boden und die Niedergeschlagenheit überkam ihn wieder. „Du hättest es verdient gehabt, Jessie. Was passiert ist, war einfach nicht richtig."

„Ich habe die ganze Zeit darüber nachgedacht." Ihre Stimme klang klar und ruhig im Nachtwind. „Ich war selbst schuld. Ich bin die letzte Kurve zu eng angegangen."

Er sah auf, blickte ihr in die Augen und konnte im Mondschein bis in ihre Seele sehen. „Du musst es noch einmal versuchen, ja?"

Sie schluckte und zögerte. „Das werde ich."

Plötzlich geschah etwas zwischen ihnen. Er war sich ihrer Gegenwart bewusster als je zuvor. Sie waren nur wenige Zentimeter voneinander entfernt und niemand sah sie. „Ich hatte dir so gewünscht, dass du gewinnst, Jessie", flüsterte er und sah sie an. „Du ahnst gar nicht, wie sehr ich dir das gewünscht hatte."

Sie nickte. „Ich auch." Diesmal konnte er sehen, wie sehr es sie getroffen hatte.

Von dem Moment an, als er hierhergekommen war, hatte er sich danach gesehnt, sie in den Arm zu nehmen. Jetzt konnte er es nicht mehr aushalten. „Jessie … gib nicht auf." Er umfasste ihre Schultern und zog sie an sich, legte die Arme um sie und hielt sie fest.

Bislang waren sie sehr darauf bedacht gewesen, die Grenze zwischen Freundschaft und mehr als Freundschaft nicht zu überschreiten. Für Luke war diese Grenze wie eine drei Meter hohe Mauer gewesen. Zu einer Umarmung wie dieser wäre es nie gekommen.

Aber jetzt wollte keiner von beiden loslassen.

Sekunden vergingen, und die Wärme ihres Körpers an seinem jagte ihm ein Feuer durch die Adern, das er nicht mehr kontrollieren konnte. Sie hatten Neuland betreten und es war für sie beide gefährlich. Doch er hatte einfach nicht die Kraft dazu, sie loszulassen.

„Mein ganzes Leben lang habe ich mir diesen Titel

gewünscht." Sie hatte ihre Arme immer noch fest um seine Taille geschlungen und lehnte sich gerade so weit zurück, dass sie in seine Augen sehen konnte. In ihren Augen lag eine Mischung aus Angst und Sehnsucht. „Aber weißt du was?"

„Was?" Er zog sie fester an sich.

„Das hier ist mir wichtiger."

„Jessie ..." Was machten sie hier nur? Sie hatten doch ausgemacht, dass das nicht passieren würde, niemals. Aber warum konnte er es dann nicht verhindern? Er strich ihr mit den Fingerspitzen über die Augenbrauen, die Wangen. „Jetzt müsstest du mich eigentlich fragen."

Ihre Augen verloren sich in seinen und sie nahm sein Gesicht in ihre Hände. „Was müsste ich dich fragen?"

„Ob ich etwa hinter dir her bin." Seine Knie wurden weich. Er wollte sie küssen; er musste sie küssen; er hielt es nicht mehr aus. Vielleicht sollte er sich schnell verabschieden und vergessen, dass sie sich so nahe gekommen waren. Vielleicht sollte er aber auch ...

„Außer ...", hauchte sie. „Rate mal."

„Was?" Luke schluckte und konnte immer noch nicht glauben, dass sie wirklich in seinen Armen lag. Er konnte den Blick nicht von ihr abwenden. Sie war so wunderschön, schöner als jede andere Frau, die er je gesehen hatte.

„Außer, es ist in Ordnung." Sie hob ihr Gesicht zu seinem. Irgendwo zwischen den Bäumen wuchs ein Flieder und die Nachtluft war erfüllt von seinem Duft. Und dann zog sie ihn einfach zu sich herunter und küsste ihn. Es war ein sanfter Kuss voller Fragen und Unsicherheit. Ein Kuss voller süßer Unschuld und leidenschaftlichem Verlangen. „Es ist nämlich in Ordnung." Sie wich ein

Stück zurück und sah ihn an. „Weil du mich schon eingefangen hast."

Er spürte ihren Kuss noch auf seinen Lippen und diesmal ergriff er die Initiative. Langsam und bestimmt beugte er sich vor und ließ den Kuss sich langsam entwickeln. Es dauerte eine Minute, dann drückte sie sich von ihm weg. „Luke ..." Sie starrte ihn mit großen, angsterfüllten Augen an. „Es tut mir leid. Ich kann nicht ..."

„Ist schon in Ordnung, Jessie." Er kam wieder näher.

„Nein." Sie machte eine abwehrende Geste. „Ich habe das nicht wirklich so gemeint." Ihr Pferdeschwanz hatte sich gelöst. „Ich kann nicht, Luke. Ich will nicht eingefangen werden."

„Jessie ..."

„Ich will nicht." Ihre Stimme war etwas zu laut. Sie erhob sich, lief einige Schritte hin und her und sah ihm dann wieder in die Augen. „Das ..." Sie machte eine Handbewegung. „So wie sich das angefühlt hat ... Das hat mir große Angst gemacht."

Luke zögerte. „Warum?" Genau deshalb hatte er die Grenze bis zu diesem Abend nie überschritten. Er konnte es ertragen, einfach nur mit ihr befreundet zu sein.

Tränen standen ihr in den Augen und sie schüttelte den Kopf. „Das verstehst du nicht."

„Tu ich doch." Er kam zu ihr. „Du willst niemanden brauchen, stimmt's?" Er sprach leise und ruhig. „Das ist es doch, oder, Jessie?"

„Nein." Sie senkte den Kopf und in ihrer Stimme klang nichts mehr von ihrem inneren Kampf mit. „Wir werden beide verlieren, Luke." Sie sah zu ihm auf. „Wenn wir das hier zulassen, werden wir beide verlieren."

„Du irrst dich." Er war jetzt näher bei ihr. „Wir werden beide gewinnen." Er strich ihr mit den Fingern durchs Haar und zog vorsichtig das Haargummi heraus. Ihr Haar fiel jetzt lose über ihre Schultern und sanft zog er sie wieder zu sich.

„Sei einfach nur mein Freund." Sie legte ihren Kopf an seine Brust und achtete dabei darauf, dass sie sich nicht zu eng an ihn schmiegte. Gleichzeitig hatte sie die Arme um ihn geschlungen. Ihr Herz und ihr Verstand kämpften gegeneinander.

„Okay, Jessie." Mit seinem Zeigefinger hob er ihr Kinn sanft an. „Ab morgen sind wir wieder einfach nur Freunde."

Mehr musste er nicht sagen. Entgegen allem, worum sie ihn gebeten hatte, küsste sie ihn wieder. Es war ein langer Kuss und intensiver als zuvor. Als sie wieder Luft bekam, sah sie ihm fragend in die Augen, und er verstand alles, was sie sagen wollte.

In dieser Nacht, nur an diesem einen Abend, würden sie so tun, als könnten sie mehr sein als nur gute Freunde, als wäre sie nicht krank und als wäre er nicht entschlossen, ein Einzelgänger zu bleiben. In der Ferne zirpten Zikaden und ein kühler Luftzug wehte vorüber. Er zog sie an sich und die nächste Stunde verbrachten sie mit sanften Küssen, zärtlichem Flüstern und Umarmungen, bis Luke es schließlich nicht mehr aushielt.

„Jessie ..." Er ließ sie los und ließ sich in einen der Klappstühle plumpsen. Sein Körper brannte mit einer Leidenschaft, die er noch nie zuvor erlebt hatte. Er atmete sehr langsam aus, lachte leise und versuchte, sich zu beruhigen. Ob sie wusste, was sie in ihm auslöste? „Ich gehe jetzt wohl lieber."

Sie sah zu Boden und wirkte verlegen. „Ich weiß … Es ist spät."

Sein Körper schrie danach, sie festzuhalten, aber er musste wirklich weg. Wenn er jetzt nicht aufhörte, würde er noch andere Grenzen überschreiten – Grenzen, die er nicht überschreiten wollte, jedenfalls nicht, solange er noch bei Verstand war. Er rieb sich den Nacken und grinste sie an. „Das war nicht schlecht, was?"

„Nein." Die Schüchternheit war verflogen und ein Grinsen zeigte sich in ihren Mundwinkeln. „Das war gar nicht schlecht." Sie leckte sich unwillkürlich die Lippen. „Wir haben noch nicht darüber gesprochen, was wir mit Weihnachten machen."

„Nein." Luke zwang sich, auf den Themenwechsel einzugehen. „Diesmal werde ich nicht nach Hause fahren."

„Und was machst du stattdessen?"

Er zuckte mit den Schultern. „Einer von den Jungs hat ein paar Leute auf seine Ranch eingeladen. Vielleicht fahre ich da hin."

„Hmmm." Sie setzte sich in den anderen Stuhl. „Ich habe da eine Idee."

Luke nahm ihre Hand und strich mit seinem Daumen über ihre Handfläche. Er wartete und sah sie an.

„Mein Vater sucht jemanden, der ihm über Weihnachten ein bisschen auf der Ranch hilft." In ihrer Stimme lag ein Zögern, aber sie fuhr fort. „Er würde gern etwas mehr Zeit mit mir verbringen, wenn ich zu Hause bin." Sie sah ihm in die Augen. „Wir haben ein Gästehaus. Was meinst du? Möchtest du Weihnachten mit uns verbringen, Luke?

Zwei Monate auf Jessies Ranch? Stundenlange Unterhaltungen, lange Spaziergänge und leises Lachen mit ihr? Luke ließ den Gedanken auf sich einwirken, und dabei überkam ihn wieder dieses seltsame Gefühl, das er nicht ganz beschreiben konnte. Er schob seinen Stiefel an ihren und stieß sie sanft an. „Meinst du das ernst?"

„Hm-hm. Ich habe schon mit Mama gesprochen. Sie ist einverstanden und Papa auch."

Luke lehnte sich in seinem Stuhl zurück, während er sie unverwandt ansah. „Was heute Abend passiert ist, soll nicht weitergehen, oder? Möchtest du es so?"

Einen Moment lang sah sie besorgt aus. „Es hat keinen Sinn, Luke. Ich wünschte, ich könnte dir das richtig erklären."

„Ich verstehe das schon." Er lächelte sie ein wenig an. „Zumindest versuche ich es." Zwei Monate mit Jessie zusammen auf ihrer Ranch – das würde seine Standhaftigkeit auf eine harte Probe stellen. Aber die Alternative war dagegen nicht einmal eine Überlegung wert. Er hatte keine Wahl, er musste nehmen, was sie ihm zugestand. „Wann fahren wir?"

Sie strahlte übers ganze Gesicht. Es war das schönste Lächeln, das er je an ihr gesehen hatte. „Morgen früh."

„Ich bin dabei." Er nahm ihre Hand und küsste sie so zärtlich, wie er nur konnte. Sein Herz schien Flügel zu bekommen und erhob sich über die düsteren Wolken des Zweifels und der Angst hinaus. Das hier war also kein Abschied auf unbestimmte Zeit. „Dann also bis morgen, Jessie."

Als er auf halbem Weg zum Hotel war, wurde Luke plötzlich etwas klar: Seit er Jessie kennengelernt hatte, empfand er etwas, das er nicht verstand. Sie nahm ihm schier den Atem oder seine Knie wurden weich. Bewunderung und Kameradschaft waren dabei. Doch dieses Gefühl war noch etwas anderes. Es war auch kein rein körperliches Begehren.

Nach diesem Abend wusste er, was dieses seltsame Gefühl war, und bei der Erkenntnis wurde ihm schwindelig. Er musste die Wahrheit vor ihr verbergen, sonst würde sie Angst bekommen und die Flucht ergreifen. Dieses Gefühl musste sie erschrecken, denn es erschreckte auch ihn. Immerhin war sie krank und würde früher sterben als andere Menschen. Aber die Angst davor konnte ihn nicht von ihr abhalten, nicht mit diesem neu entdeckten Gefühl in seinem Herzen.

Er hatte sich einmal geschworen, dass er so etwas für niemanden außer Carl Joseph empfinden würde. Aber dazu war es jetzt zu spät. Was er für Jessie empfand, ging noch tiefer als die Gefühle für seinen Bruder, tiefer als alles, was er je erlebt hatte. Er konnte es nicht unterdrücken. Und ganz gleich, wie oft er ihr in den nächsten Monaten erzählen würde, er sei vollkommen zufrieden, wenn sie nur einfach gute Freunde seien – es war gelogen. Die Wahrheit war, dass es hoffnungslos um ihn geschehen war.

Er liebte sie.

Kapitel 11

Jessie hatte von Anfang an geglaubt, dass es möglich sein könnte.

Sie glaubte, dass sie Luke mit nach Hause bringen, ihm bei der Arbeit mit dem Vieh auf den Weiden zusehen, sich abends mit ihm unterhalten und trotzdem auf Distanz bleiben konnte. Sie musste es tun. Denn die oberste Priorität in ihrem Leben hatte nicht sie selbst oder *Golden Sun* oder das Rodeoreiten. Auch nicht Luke.

Die oberste Priorität hatte die Mukoviszidose.

Die Krankheit bestimmte, wie lange sie noch leben und wie dieses Leben aussehen würde. Aber die Krankheit konnte nicht bestimmen, was sie tat. Luke wusste, dass sie nicht so alt werden würde wie andere, aber er ahnte nicht, wie wenig Zeit ihr noch blieb. Deshalb war es ihre Aufgabe, ihre Beziehung auf einer rein platonischen Ebene zu halten.

An ihrem dritten Tag zu Hause saß Jessie zwischen ihren Eltern in Dr. Clearys Büro. Er hatte ihnen am Telefon einen Krankenhausaufenthalt empfohlen – mindestens vier Tage. Aber Jessie hatte ihn davon überzeugt, dass es ihr zu Hause mindestens genauso gut ging. Sie konnte ja im Haus bleiben, wo die Luft gefiltert war, konnte ein tragbares Sauerstoffgerät benutzen und ihre Medikamentendosen erhöhen. Außerdem war sie dann bei Luke und ihrer Familie, und das war bestimmt besser für sie, als allein im Krankenhaus zu liegen.

Jetzt sprachen sie über die Möglichkeit einer Lungentransplantation.

„Wir haben die Testergebnisse. Dein Vater käme als Spender infrage." Er sah auf seine Tabelle. „Deine Mutter hat nicht die richtige Blutgruppe. Das Problem ist, dass wir zwei Spender brauchen."

„Könnten wir nicht nur einen Lungenflügel ersetzen?" Ihrer Mutter stand die Angst ins Gesicht geschrieben. Sie konnte kaum sprechen. „Würde das nicht auch helfen?"

„Nein. Der gesunde Lungenflügel würde im Nu wieder von dem kranken infiziert." Der Arzt schüttelte den Kopf. „Ich muss die Lunge vollständig entfernen. Sie braucht zwei Spender." Pause. „Und ich habe ihre Krankenversicherung überprüft. Die Transplantation wird eine fünfstellige Summe kosten, die Sie selbst bezahlen müssen."

„Das Geld kriegen wir schon zusammen." Ihr Vater nickte schroff. Er sprach nie darüber, wie viel sie die Krankheit kostete. Er wollte Jessie damit nicht belasten. „Es wird schon irgendwie gehen."

„Gut." Der Arzt sprach noch über einige Einzelheiten. Er hatte sie schon auf eine Warteliste gesetzt, die landesweit passende Spender ausfindig machte.

Diese Neuigkeiten waren schwer zu verkraften, aber ganz besonders traf es ihren Vater. Er war ein stiller Mensch, hochgewachsen und kräftig. Den größten Teil von Jessies Karriere im *Barrel Racing* hatte er nicht miterleben können, weil er die Ranch in Gang halten musste. Aber wenn Jessie zu Hause war, konnte ihn nichts davon abhalten, ganze Tage nur mit ihr zu verbringen.

Sie spielten endlos „Backgammon“ und „Scrabble“ und Jessie erzählte ihm all ihre Erlebnisse im Rodeozirkus.

Aber als Dr. Cleary ihnen nun eine Hiobsbotschaft nach der anderen überbrachte, begann ihr Vater, unruhig in seinem Stuhl herumzurutschen. Er lief rot an und sein Kinn zitterte. Jessie hatte ihn noch nie weinen sehen, aber als der Arzt von den Kosten sprach und vor allem davon, dass sie noch einen zweiten Spender brauchten, um eine Lebendtransplantation durchzuführen, liefen ihm zwei Tränen über seine sonnenverbrannten Wangen.

Er räusperte sich und verschränkte seine Hände sehr fest ineinander. „Wann ... wann wird sie diese Operation brauchen?“

Dr. Clearys Lippen waren zu einem schmalen Strich zusammengepresst. Sein Blick war fest, als er ihren Vater ansah. „Sie braucht sie *jetzt*, Mr Daniels. Ihre Lungen sind am Ende.“

„Vielleicht erholen sie sich doch noch.“ Ihre Mutter legte ihrem Vater die Hand aufs Knie. Sie versuchte, hoffnungsvoll zu klingen. „Wenn sie sich jetzt zu Hause gut ausruht.“

Jessie stimmte ihrer Mutter zu. Sie war eben noch zehn Tage in Folge beim *Barrel Racing* gestartet, also konnte es nicht allzu schlimm stehen.

„Um ehrlich zu sein, habe ich da keine große Hoffnung.“ Der Arzt runzelte die Stirn. „Sprechen wir einmal über die Chancen, mithilfe der Warteliste einen Spender zu finden.“ Er verschränkte die Arme vor der Brust. „Die Empfänger werden nach Dringlichkeit eingestuft. Jessie braucht zwar eine Lunge, aber sie wird auch noch eine Weile ohne eine Transplantation überleben. Das heißt, dass sie jetzt noch nicht ganz oben auf der Liste steht. Das Problem ist – wenn sie erst einmal ganz oben steht, bleibt ihr nicht mehr viel Zeit."

„Was können wir tun, Herr Doktor?" Jessies Vater griff nach ihrer Hand.

Dr. Cleary kniff die Augenbrauen zusammen. „Lebendspender müssen die richtige Blutgruppe haben und in guter körperlicher Verfassung sein. Eine gesunde Lunge hat fünf Lungenlappen, zwei große untere Lappen und drei kleinere. Der Spender sollte möglichst größer sein als der Empfänger, denn die zwei gespendeten Lungenlappen ersetzen ja fünf andere."

Ihr Vater fasste sich wieder an den Hals. „Aber wenn ihre Mutter nicht als Spender geeignet ist ..."

„Dann müssen wir noch einen anderen Spender finden." Er sah von ihrem Vater zu ihrer Mutter und wieder zurück. „Gibt es irgendjemanden in der Familie, einen Onkel oder einen Cousin, der vielleicht bereit für so eine Spende wäre?"

Jessie wurde ganz übel. Sie war der Grund, dass sie dieses Gespräch führen mussten. Sie schüttelte den Kopf. „Nein, das können wir von niemandem verlangen." Sie drückte die Hand ihres Vaters und sah ihm in die Augen. „Lasst uns einfach hoffen, dass sich über die Warteliste ein Spender findet."

Der Arzt gab ihnen noch einige andere Ratschläge und Warnungen, zum Beispiel, dass sie unbedingt im Haus bleiben und sich von ihrem Pferd fernhalten sollte, während sie zu Hause war, und so weiter.

Als das Gespräch beendet war, dankte Jessie dem Arzt. Aber auf der ganzen Heimfahrt sprach sie kein Wort. Das

Krankenhaus war etwa einhundert Kilometer von ihrer Ranch entfernt und sie hatten diese Strecke schon viel zu oft fahren müssen. Jessie hielt den Blick auf die Straße gerichtet. Sie musste auf der Warteliste weiter nach oben kommen, dann wäre alles in Ordnung.

Ihre Mutter drehte sich zu ihr um. „Was denkst du?"

„Nichts."

Eine Zeit lang schwieg ihre Mutter und sah sie nur an. Dann streckte sie eine Hand nach hinten und streichelte Jessie. „Gott hat immer noch alles im Griff."

Jessie nickte nur und sah wieder zum Fenster hinaus. Sie wusste nicht, was sie dazu sagen sollte. Wenn hinter ihrer Krankheit ein Plan steckte, so konnte sie ihn nicht erkennen. Nach einer Weile sah sie ihre Mutter an. „Ob Anna im Himmel wohl reitet? Weil im Plan für sie hier auf der Erde Reiten doch nicht drin war." Ihr Sarkasmus hatte einen seltsam bitteren Beigeschmack, aber ihre Eltern hatten es scheinbar nicht bemerkt.

„Hm ..." Ihr Vater seufzte und umfasste das Lenkrad fester. Es war ein müder Seufzer, der von ganz unten aus der Tiefe seiner staubigen Stiefel zu kommen schien. „Ich glaube, sie reitet das schönste Pferd von allen."

Jessie sah ihren Vater im Rückspiegel an und wechselte abrupt das Thema. „Wie läuft es so mit dem Vieh, Papa?"

Er sah sie mit trüben, leblosen Augen an. „Du meinst, wie Luke sich macht?"

„Ja, Chef. Arbeitet er gut?"

„Er ist ein netter Junge und arbeitet hart." Er strich sich übers Kinn. „Ich mag ihn." Ihre Augen trafen sich und er rang sich ein Lächeln ab. „Solange du ihn nicht zu sehr magst."

„Er ist nur ein guter Freund." Sie sah in den Rückspiegel und grinste ihre Mutter an. „Stimmt's, Mama?"

Ihre Mutter sah etwas verärgert aus. Sie zog die Augenbrauen hoch. „Das bezweifle ich." Sie zögerte und sprach dann etwas ernster. „Du hast ihm noch nichts davon erzählt, Jessie, oder?"

„Wovon?" Sie wünschte, ihr Vater würde schneller fahren. Eigentlich war sie nur froh, dass es diesmal keinen Krankenhausaufenthalt geben würde.

Ihr Vater sah zu ihr nach hinten. „Du hast ihm noch nicht die Wahrheit über deinen Zustand erzählt?" Er zögerte. „Du bist sehr krank, Jessie. Das weiß er nicht."

„Er weiß es." Sie sprach in leichtem Tonfall. „Ich habe ihm gesagt, dass ich Mukoviszidose habe."

„Aber er weiß nicht, was das bedeutet ... dass du ... dass du in einem Jahr vielleicht nicht mehr leben könntest, oder?" Die Worte ihrer Mutter waren schmerzerfüllt. Sie fielen ihr nicht leicht.

„Jeder könnte in einem Jahr tot sein."

Jessies Antwort kam schnell, aber ihre Eltern hatten recht. Luke wusste nicht, wie schlecht es um sie stand, und sie war es ihm schuldig, dass sie ihm die ganze Wahrheit sagte. Eine Zeit lang schwiegen sie und ihre Eltern sinnierten über die Last ihrer Sorgen. Als ihr Vater in den Weg zu ihrer Ranch abbog, stieß sie hörbar die Luft aus. „Also gut, ich sage es ihm."

„Ich will nur nicht, dass es ihn kalt erwischt." Ihre Mutter drehte sich zu ihr um und sah sie an. „Du glaubst, dass ihr beide nur gute Freunde seid, aber ich habe gesehen, wie er dich anschaut. Der Junge ist verrückt nach dir, mein Schatz." Sie hielt inne. „Du musst es ihm sagen."

Jessie willigte ein, aber als sie aus dem Wagen stieg und Luke in einigen Hundert Metern Entfernung auf *Golden Sun* sah, hatte sie nur einen Wunsch: Sie wollte zu ihm rennen, hinter ihm aufs Pferd springen und wie der Wind mit ihm über die Weiden galoppieren, so weit weg wie möglich von den Warnungen ihres Arztes und ihren trüben Zukunftsaussichten. Sie würde es ihm in den nächsten Tagen sagen, ja. Aber nicht jetzt, wo Weihnachten vor der Tür stand.

„Jessie …" Ihr Vater stand neben der Autotür. Er schien bemerkt zu haben, wie sie Luke auf *Golden Sun* anblickte. „Geh bitte rein, ja? Du brauchst deine Behandlung und ein paar Stunden Sauerstoff."

„Gleich, Papa." Jessie zeigte zur Weide. „Ich will nur Luke schnell sagen, dass wir wieder da sind."

Ihre Mutter hakte sich bei ihrem Vater ein und führte ihn zielstrebig zum Haus. „Die paar Minuten werden sie auch nicht umbringen. Lass sie nur." Sie sah über die Schulter zurück zu Jessie. „Ich lege deine Weste bereit."

Was Jessie in den Augen ihrer Mutter sah, ließ ihr das Herz aufgehen. Ihre Mutter verstand sie. Es war egal, ob jeder Atemzug im Freien sie einen ganzen Tag ihres Lebens kostete – nichts würde sie von Luke fernhalten. Dazu war die Verbindung zwischen ihnen zu stark.

„Danke, Mama." Jessie ging zur Weide, aber Luke war nirgends zu sehen. Vielleicht hatte er sie kommen sehen und hatte *Golden Sun* in den Stall gebracht. Die gefrorenen Grashalme unter ihren Füßen knirschten. Sie ging gerade so schnell, dass sie nicht zu tief einatmen musste. Es war ihre Erholungsphase und jede Aktivität im Freien war schlecht für sie.

Sie ging zum Stall und streckte den Kopf hinein. Da war er. Er führte gerade *Golden Sun* in eine der Boxen. Als er sie kommen hörte, drehte er sich um, und sein Gesicht strahlte. „Hey! Du bist wieder da!“

„Ja.“ Sie wollte zu ihm gehen, aber der Stall war für sie der schlimmste Ort von allen. Sogar dieser Stall, der einen Luftfilter hatte.

Luke wusste das und so ließ er *Golden Sun* stehen und eilte an ihre Seite. „Du musst hier raus.“

Sie nickte und folgte ihm nach draußen, auf die vom Haus abgewandte Seite des Stalles. Nach wenigen Metern blieben sie stehen. Sie starrte ihn an und sog ihn mit ihren Blicken förmlich auf.

„Sie haben dich nicht dortbehalten.“ Er sprach leise und jedes Wort war wie ein zärtliches Streicheln für ihre Seele. Sie standen nur wenige Zentimeter voneinander entfernt.

„Nein. Diesmal nicht.“ Während sie ihm in die Augen blickte, hatte sie die Unterhaltung im Büro des Arztes beinahe vergessen. Luke roch nach Rasierwasser und Heu und Pferden.

Er grinste. „Dann geht es dir also gut?“

„Muss wohl so sein.“ Sie zuckte leicht mit den Schultern, und plötzlich war wieder etwas anders zwischen ihnen, wie beim letzten Mal, als sie so allein miteinander gewesen waren. Es war still und frostig kalt. Der Wetterbericht hatte Schnee angekündigt. Nur noch zehn Tage bis Weihnachten. Alles an diesem Augenblick war irgendwie unwirklich, magisch, wie Jessie es noch nie erlebt hatte.

Luke spürte es auch. Das merkte sie an der Art und

Weise, wie er sie ansah. Etwas kam über sie, das größer war als sie, ja größer als sie beide zusammen. Diese Kraft zog sie entgegen ihrem gesunden Menschenverstand zueinander. Luke zog seine Handschuhe aus, stopfte sie in seine Jackentasche und streichelte über ihr Gesicht und ihre Schulter.

Bevor sie darüber nachdenken konnte, lag sie auch schon in seinen Armen.

„Jessie …" Er sah ihr in die Augen, und es kam ihr so vor, als schaute er bis in ihr Herz und ihre Seele hinein. Seine Stimme klang rau. „Wie kannst du von mir verlangen, dass wir nur gute Freunde sind? Ich kann an nichts anderes mehr denken als an jenen Abend …"

Darauf wusste sie keine Antwort. Sie wusste nicht, wie sie es so lange ausgehalten hatte. Seit jener Nacht bei ihrem Wohnwagen hatte sie sich in jeder freien Sekunde gewünscht, ihm wieder so nahe sein zu können.

Sie sah ihm in die Augen und ihre Worte waren mehr ein Hilfeschrei als ein Flüstern. „Küss mich, Luke. Bitte!"

Er beugte sich zu ihr, seine warmen Hände umfassten ihr Gesicht und ihre Lippen fanden sich. Er hatte es verdient zu erfahren, was der Arzt ihr gesagt hatte. Aber sie konnte sich einfach nicht überwinden, ihm zu sagen, wie wenig Zeit ihr noch blieb. Nicht jetzt, solange sie noch atmen konnte und er sich in ihren Armen so lebendig und stark anfühlte.

Er küsste sie erneut und strich mit seinen Lippen über ihren Hals. In ihr wurde ein wildes und fremdartiges Gefühl wach. Er wich ein wenig zurück und sah sie an. Sein Blick berührte etwas in ihr, das sie bis dahin gar nicht gekannt hatte. „Ich kann nicht nur dein Freund sein."

Sie lehnte ihre Stirn gegen sein Kinn. „Doch, Luke, du kannst. Du musst."

„Ich kann so tun, als ob. Aber sieh doch nur!"

Sie sah zu ihm auf und ihr Herz machte merkwürdige Sprünge. Die Luft war kälter geworden, aber ihr war unglaublich warm. „Was soll ich sehen?"

Sein Atem strich sanft über ihr Gesicht und sie vergaß alles andere. „Ich liebe dich, Jessie. Wir können die Sache so langsam angehen, wie du möchtest." Er küsste sie zart auf die Stirn. „Aber an der Tatsache, dass ich dich liebe, ist nichts zu ändern."

Jessie hielt ihn fester. Was hatte er da gerade gesagt? Er liebte sie? Ihre Gefühle fuhren Achterbahn. Einem Teil von ihr war schwindelig vor Freude, einen anderen Teil packte die Furcht, denn jetzt gab es kein Zurück mehr, ganz gleich, was sie sagte oder tat. Er hatte recht: Sie konnten nicht mehr so tun, als seien sie nur gute Freunde, denn ihre Herzen waren schon längst viel weiter gegangen.

„Ich habe Angst." Sie drückte sich an ihn, wie verzaubert von seiner Gegenwart und seinen Gefühlen für sie.

„Das brauchst du nicht." Ihre Blicke trafen sich, und sie spürte eine Kraft und eine Stärke, die sie selbst nicht mehr hatte und von der sie sich tragen lassen konnte. „Alles wird gut."

„Okay." Sie küsste ihn noch einmal. Sie wollte ihm sagen, dass sie genauso empfand, dass sie ihn genauso liebte wie er sie. Aber der Gedanke daran erschreckte sie zu Tode. Und so nahm sie all ihre Entschlossenheit zusammen und riss sich von ihm los. „Ich muss jetzt rein. Meine Eltern warten auf mich."

„Hab keine Angst.“ Er legte einen Kuss auf seine Finger und berührte damit ihre Lippen. „Wir schaffen das schon.“

Sie nickte wortlos. Dann drehte sie sich um und ging mit festen, schnellen Schritten zum Haus zurück. Ihre Wangen mussten feuerrot sein. Ihre Eltern würden ihr sicher ansehen, was passiert war. Doch als sie über den Schotterweg zum Hintereingang ging, machte sie sich keine Gedanken um ihre Eltern.

Sie machte sich Gedanken um sich selbst.

Denn ganz gleich, was Luke auch sagte, es sah nicht so aus, als ob alles gut werden würde. Wie konnte sie ihn in dem Glauben lassen, dass sie beide eine Zukunft hatten? An diesem Punkt konnte nur noch Dr. Cleary ihr irgendwelche Versprechen geben.

Kapitel 12

Für Luke waren die nächsten Tage eine Qual.

Er ritt über die Ranch, sah nach dem Vieh und wäre doch die ganze Zeit am liebsten drinnen bei Jessie gewesen. Ein- oder zweimal am Tag ging er hinein, um sich etwas zu trinken zu holen oder etwas zu essen, und jedes Mal war er von ihrem Anblick wieder neu überrascht.

Sie saß im Wohnzimmer, dünne Plastikschläuche liefen aus einem Kanister vom Boden an ihrem Sessel entlang in ihre Nase. Die meiste Zeit trug sie ihre Kompressionsweste. Einmal kam er herein, als ihre Mutter ihren Rücken abklopfte.

Er blieb schockiert stehen.

Mrs Daniels schlug mit gekrümmter Hand systematisch auf Jessies Rücken. Die Bewegungen verliefen in kleinen, engen Kreisen, und wenn sie eine Stelle fertig abgeklopft hatte, machte sie einige Zentimeter weiter unten weiter. Es sah ziemlich brutal und schmerzhaft aus.

Nach einer Minute bemerkte Jessie ihn und lächelte ihm angestrengt zu. Ihre Mutter hielt inne und sah ihn an. „Luke." Sie nickte ihm zu und war von der Anstrengung ganz außer Atem. „Mit der Weste kommt nicht alles raus. Manchmal müssen wir auch noch das hier machen."

Luke überwand sich zu einem kurzen Nicken und einem schnellen Blick zu Jessie, dann ging er in die

Küche, um sich Wasser zu holen. Seine Finger umklammerten den Rand der Arbeitsfläche und er ließ den Kopf hängen. Musste sie sich das antun? Ließ sich der Schleim, von dem Jessie erzählt hatte, so schwer lösen? Er konnte sich nicht vorstellen, Jessie je so zu schlagen, aber offensichtlich half es. Immer noch besser, als wenn ihre Lungen kaputtgingen.

Dieser Anblick machte es ihm nur noch schwerer, wieder hinaus zu den Rindern zu gehen. Er wollte bei ihr sein, mit ihr zusammen lesen oder Filme anschauen. Sie sah recht gesund aus und der Befund des Arztes war gut gewesen. Aber als er sie mit den Schläuchen in der Nase antraf und sah, wie ihre Mutter ihren Rücken bearbeitete, schlich sich Angst in sein Herz. Es ging ihr doch gut, oder? Besser als noch vor einigen Wochen – hatte das nicht der Arzt gesagt?

❖

Die Abende waren am besten.

Nach der letzten Behandlung konnte Jessie die Sauerstoffschläuche für ein oder zwei Stunden herausnehmen. Sie saßen auf dem Sofa und unterhielten sich, bis Jessies Eltern ins Bett gingen. Dann waren sie endlich allein, küssten sich und flüsterten leise miteinander.

Weihnachten kam und sie tauschten Geschenke aus. Luke hatte für Jessie ein Armband aus Weißgold mit einer Reihe winziger Diamanten gekauft, und sie gab ihm einen roten Schal, den sie gestrickt hatte, während er draußen gearbeitet hatte.

Zwei weitere Wochen zogen ins Land und Luke konnte

an nichts anderes denken als an Jessie und seine Liebe zu ihr. Sie kam jeden Tag mehr zu Kräften und ihre Lungen schienen immer mehr bereit für die nächste Rodeo-Saison. Sie sprachen über die bevorstehende Saison und dass sie nun die Chance hatte, endlich den Titel zu gewinnen. Aber er konnte sich nicht vorstellen, seine Gefühle noch ein ganzes Jahr zu verbergen und sich abends davonzuschleichen, um sich für ein oder zwei Stunden mit ihr zu treffen.

Jeden Sonntag fuhr die Familie Daniels in die Kirche. Und Luke, der keinen Augenblick mit Jessie versäumen wollte, kam mit. Er hatte noch nie viel mit Kirche oder Glauben anfangen können. Doch irgendwie begann Jessie, ihn von innen her aufzuweichen. Mehr als ein Mal ertappte er sich dabei, wie er bei den Liedern mitzusingen begann, in denen es um Hoffnung, Liebe und Neuanfänge ging.

Und einmal stiegen ihm sogar die Tränen in die Augen, als der Pastor in einer Predigt über die Geschichte vom verlorenen Sohn sprach, der nach langen Jahren in der Fremde wieder ins Haus seines Vaters zurückkam und statt der erwarteten Schelte ein großes Fest zur Feier seiner Rückkehr erhielt. Etwas in Luke schrie innerlich vor Sehnsucht auf, als er dieser Geschichte lauschte, und er beeilte sich, dieses Etwas wieder an seinen Platz zu drängen, ganz tief unten in seiner Seele. Doch es war da und es drängte unaufhaltsam nach oben. Es hatte etwas mit dem Wort „Vater“ zu tun, mit der Sehnsucht nach Geborgenheit und mit seiner neu erwachten Offenheit für Gefühle.

Luke spürte, dass es nur noch eine Frage der Zeit war, bis er es nicht mehr unterdrücken konnte. Doch an diesem

Tag gelang es ihm noch, die Tränen wegzublinzeln und seine inneren Mauern wieder hochzuziehen.

❖

Eines Tages kam ihm ein Gedanke, so kristallklar wie der Winterhimmel in Colorado. Er wollte nicht länger ihr heimlicher Liebhaber sein, er wollte ihr *Mann* sein.

Am nächsten Morgen lieh er sich den Ford und fuhr in die Stadt. Dort suchte er einen Weißgoldring mit einem einzelnen Diamanten aus und ließ innen „Für immer und ewig" hineingravieren. An diesem Abend wollte er mit ihren Eltern sprechen, aber ihr Vater war schon im Bett, und Luke wollte nicht länger warten. Jessie war oben und nahm ein Bad. Das war die richtige Gelegenheit. Mit dem Ring in der Hosentasche ging er zu ihrer Mutter in die Küche, die etwas in einer Glasschüssel anrührte.

„Mrs Daniels …" Er stand mit klopfendem Herzen in der Tür.

Sie drehte sich um. „Hallo, Luke." Sie hatte ein Geschirrtuch über der linken Schulter hängen und die Haare hochgesteckt.

„Kann ich mit Ihnen reden?"

„Natürlich." Sie legte den großen Rührlöffel auf die Arbeitsfläche, blies sich eine Haarsträhne aus dem Gesicht und sah ihn fragend an. „Was hast du auf dem Herzen?"

„Nun." Seine Hände waren schweißnass. Er wischte sie an seiner Hose ab und griff in seine Hosentasche. Er fand den Ring und zog ihn heraus, hielt ihn aber in seiner

Faust verborgen. „Hat Jessie Ihnen etwas von uns beiden erzählt?“

„Ja.“ Sarah Daniels’ Gesichtsausdruck wurde etwas verschlossener. „Sie hat mir gesagt, dass ihr gute Freunde seid. Weiter nichts.“

Er lachte nervös auf und strich mit dem Daumen über den Ring, den er fest in seiner Hand versteckt hielt. „Ich will ganz ehrlich zu Ihnen sein. Die Sache hat sich verändert. Sie hat sich schon seit einiger Zeit verändert.“

„Verändert?“ Sie lehnte sich an die Küchentheke.

„Ja. Sehen Sie ...“ So schwer war ihm noch nie etwas gefallen. Jessie war ihr ganzes Leben lang wegen ihrer Krankheit behütet worden. Was würde ihre Mutter davon halten, dass sich ihre todkranke Tochter in einen Bullenreiter verliebt hatte? Luke biss die Zähne zusammen und fuhr fort: „Ich liebe sie. Ich habe mich in sie verliebt. Wir haben ... Unsere Gefühle füreinander sind sehr stark.“

Mrs Daniels verschränkte die Arme. Ihre Fingerknöchel waren weiß. „Weiß Jessie, dass du mit mir darüber sprichst?“

„Nein“, entgegnete er rasch. „Ich war heute in der Stadt und habe das hier gekauft.“ Er streckte die Hand aus und öffnete sie. Das Licht brach sich am Ring und wurde in der ganzen Küche gestreut. Er war noch schöner als in dem Samtkästchen. „Ich wünsche mir, dass sie meine Frau wird, Mrs Daniels. Ich wollte zuerst mit Ihnen und Jessies Vater darüber sprechen, aber da er schon schläft, dachte ich, ich zeige Ihnen den Ring und ...“

„Nein, Luke.“ Sie wehrte mit der Hand ab und schüttelte verzweifelt und mit hastigen Bewegungen den Kopf. Ihr offensichtlicher Kummer hielt ihn davon ab, noch irgendetwas hinzuzufügen. Er nahm den Ring zwischen Daumen und Zeigefinger und ließ die Hand sinken. War sie überrascht oder aufgebracht? War er eine so schlechte Wahl für ihre Tochter, dass sie ihn nicht ausreden ließ?

Das hatte Luke nicht erwartet. Ihm sank das Herz. Was auch immer die Zukunft ihm und Jessie bringen mochte, es würde nicht leicht sein.

Schließlich atmete sie tief durch. Als sie ihm in die Augen blickte, sah er Tränen auf ihren Wangen glänzen. „Wir hatten Jessie so gebeten, es dir zu sagen."

Luke wurde schwindelig. Wovon redete sie? Jessie war nicht verpflichtet, irgendjemandem irgendetwas zu sagen. Er blinzelte zweimal kurz. „Was sollte sie mir sagen?"

Jessies Mutter kam zu ihm und legte ihm die Hände auf die Schultern. „Jessie wird sterben."

Er wich einen Schritt zurück und ihre Hände glitten von seinen Schultern. Warum sagte sie das? Jessie ging es gut. Ihr ging es besser als am Ende der Saison. Er schüttelte den Kopf und sah ihr unverwandt in die Augen. „Wie können Sie nur so etwas Schreckliches sagen, Mrs Daniels? Ihr Arzt hat doch gesagt, es gehe ihr besser."

„Luke." Sie klang müde, aber ihre Stimme war fester als zuvor. Ihr standen wieder Tränen in den Augen. „Seit Jahren habe ich dafür gebetet, dass Jessie jemanden kennenlernen würde, der sie die Pferde und das ‚Barrel Racing' vergessen lassen würde. Jemand, der dafür sorgen würde, dass sie in Sicherheit ist." Sie lachte, aber es klang mehr wie ein Schluchzen. „Stattdessen lernt sie dich kennen – jemand, der das Rodeo genauso liebt wie sie selbst."

Er zitterte am ganzen Körper und alles um ihn herum schien sich zu drehen. „Jessie hat mir von ihrer Krankheit erzählt. Sie hat gesagt, dass sie dadurch viele Jahre ihres Lebens verlieren würde, aber dass sie immer noch eine ganze Weile zu leben hätte. Vielleicht sogar noch Jahrzehnte. Stimmt das nicht?"

„Nein." Die Traurigkeit in ihren Augen war größer geworden. „Jessie kann dich nicht heiraten, Luke. Sie braucht dringend eine Lungentransplantation. Sonst ..." Ihre Stimme versagte und sie hielt sich den Handrücken vor den Mund. Zwei Schluchzer ertönten. Sie ließ den Kopf sinken. „Luke, es tut mir leid. Jessie ... Jessie hätte es dir sagen müssen."

Er bekam keine Luft mehr. Das war nicht wahr. Das konnte nicht wirklich wahr sein. *Atmen, Gunner. Reiß dich zusammen.* Jessie würde nichts geschehen, gar nichts. Er richtete sich auf und starrte Jessies Mutter an. „Was sagen Sie da? Ihr geht es viel schlechter, als sie zugibt?" Seine Stimme klang wütender, als er wollte. „Ist das wahr?"

Mrs Daniels' Lippen zitterten. „Ohne eine Lungentransplantation wird Jessie in einem Jahr tot sein. *Das* hat uns der Arzt bei unserem letzten Besuch gesagt." Sie schlang die Arme um ihren Körper und weitere leise Schluchzer ließen ihre Schultern erbeben. „Wir wussten, dass es eines Tages so kommen würde."

Luke spürte, wie der Holzboden unter seinen Füßen anfing, sich zu drehen. Was sie sagte, ergab keinen Sinn. Es passte nicht zu dem, was Jessie ihm sogar noch am Vortag gesagt hatte. Sie fühlte sich besser, sehnte sich danach, *Golden Sun* wieder zu reiten, und schmiedete Pläne für die nächste Saison. Jessie war nicht todkrank, ganz und gar nicht.

Aber diese Wahrheit stand in krassem Gegensatz zu

dem, was er hier mit seinen eigenen Augen sah. Ihre Mutter weinte, sie weinte wegen Jessie und dem Leid, von dem sie glaubte, dass es ihnen allen bevorstand. Er fing an zu zittern und schwankte leicht. Er brachte kein Wort heraus. Stimmte das? Hatte Jessie es gewusst und vor ihm verheimlicht? Oben lief immer noch das Wasser. Es würde noch eine Weile dauern, bis Jessie wieder herunterkam.

„Mrs Daniels ..." Er wartete, bis sie ihre Augen öffnete, damit er mit eigenen Augen sehen konnte, ob es Jessie wirklich so schlecht ging, wie sie gesagt hatte. „Ohne Lungentransplantation wird Jessie nicht einmal mehr ein Jahr zu leben haben?"

„Ja, Luke." Sie sah ihn an, und da wusste er, dass es stimmte. „Wir haben über eine Lebendtransplantation gesprochen, aber das klappt nicht, weil ich als Spender nicht infrage komme, nur mein Mann. Wir brauchen aber zwei Lungenflügel." Ihre Stimme stockte. „Sie steht auf einer Warteliste für Spenderorgane; mehr können wir nicht tun."

In Lukes Kopf drehte sich alles. Es stimmte, alles stimmte. Jessies Lungen waren tatsächlich in einem sehr schlechten Zustand, ganz gleich, was sie sagte oder wie sie sich fühlte oder wie entschlossen sie war, bei der Saisoneröffnung im Januar dabei zu sein. Sie war sterbenskrank. Und plötzlich entwirrten sich all die komplexen Fäden ihrer Beziehung und alles wurde kristallklar. Natürlich wollte sie nie mehr als gute Freunde sein.

Was hatte sie ihm doch gleich gesagt, damals, vor einem halben Jahr, als er sie auf der Wiese hinter der Arena auf *Golden Sun* gesehen hatte? Sie wollte nicht gefangen werden – das war es doch gewesen. Aber er war trotzdem an ihr drangeblieben, obwohl sie ihm geradeheraus gesagt hatte, sie wolle nicht, dass irgendjemand hinter ihr her sei. Er hatte sich nicht beherrschen können.

Und als er sie dann eingefangen hatte, konnte sie auch nicht mehr zurück.

Auf seiner Brust lag eine erdrückende Last und er lehnte sich an den Küchenschrank. Es würde keine Hochzeit geben, keine gemeinsame Zukunft – nicht, wenn sie nur noch ein Jahr zu leben hatte. Jessie würde niemals einwilligen. Sie würde sich an die Vorstellung klammern, dass sie ihnen beiden das Leid, das unausweichlich auf sie zukam, ersparen könnte, wenn sie ihn von sich stieß.

Langsam drang die Wahrheit in sein Bewusstsein und breitete sich in seinem Herzen und seiner Seele aus: Jessie Daniels war todkrank. Sie würde sterben und er konnte nichts dagegen tun. Er konnte nichts …

Was hatte ihre Mutter gesagt?

Denk nach, Gunner. Es gab eine Lösung. Es musste eine Lösung geben. Sie stand auf einer Warteliste für Spenderorgane, aber da war noch etwas anderes gewesen, nicht wahr? Irgendetwas mit einer Lebendtransplantation, oder? Das bedeutete wohl, dass eine lebende Person ihr einen Lungenflügel spendete, zumindest hörte es sich so an. Das wäre natürlich eine sehr ernste Angelegenheit, aber es war möglich. Und wenn es möglich war, dann gab es auch noch Hoffnung. Es musste eine Hoffnung geben. Er atmete tief durch.

„Also." Er klammerte sich mit ganzer Kraft an diesen dünnen Hoffnungsfaden. „Dann muss sie eine Lungentransplantation bekommen. Danach wird es ihr wieder gut gehen, oder?“

Jessies Mutter schloss die Augen und schüttelte den Kopf. Erneut tropften Tränen auf den Boden. „Sie steht zwar auf der Warteliste, aber nicht an oberster Stelle – noch nicht.“

Seine Gedanken rasten. Er fasste sich mit Daumen und Zeigefinger an den Nasenrücken, um sich besser konzentrieren zu können. „Erzählen Sie mir von dieser Sache mit der Lebendtransplantation. Warum funktioniert das nicht?“

Sie schniefte und presste einen Augenblick lang die Faust gegen ihren Mund. „Für eine Lebendtransplantation braucht man zwei Spender. Ihr Vater ist geeignet, aber ich nicht.“ Sie schüttelte den Kopf und öffnete die Augen. „Zu Jessies beiden Tanten hatten wir nie ein besonders enges Verhältnis und außerdem will sie sie nicht fragen. Sie sagt, es sei ganz allein ihre eigene Schuld, dass sie schon so bald eine Lungentransplantation braucht, und sie kann niemandem so etwas zumuten.“ Resignation machte sich auf ihrem Gesicht breit und die Falten auf ihrer Stirn vertieften sich. „Ohne einen zweiten Spender …“

„Moment!“ Die Antwort war ganz einfach. „Ich könnte mich testen lassen, oder? Vielleicht komme ich ja als Spender infrage!“

Das war die Lösung! Natürlich! Er konnte auch mit einem Lungenflügel leben, nicht wahr? Viele Menschen lebten so. Hatte er nicht einmal von einem Rodeoreiter gelesen, dem ein Bulle mit den Hörnern in die Rippen gestoßen hatte und der dabei die halbe Lunge verloren hatte und trotzdem weiter ritt? Oder sein Großvater. Er hatte Lungenkrebs gehabt und nach der Operation noch ein ganzes Jahrzehnt mit nur einem Lungenflügel gelebt. „Ich werde es tun, Mrs Daniels. Dann wird sie wieder gesund."

„Luke." Jessies Mutter kam näher und sah ihn eindringlich an. „Jessie wird niemals gesund werden." Sie schüttelte erneut den Kopf. „Mit einer neuen Lunge gewinnt sie bestenfalls drei Jahre. Drei Jahre, Luke."

Drei Jahre? Luke hielt den Atem an. Das war nicht genug, aber besser als ein Jahr. Vielleicht würde man in diesen drei Jahren ein Mittel gegen die Krankheit finden, damit Mukoviszidose-Patienten länger leben konnten.

Drei Jahre waren eine Ewigkeit, wenn es um Jessies Leben ging.

„Mrs Daniels." Seine Stimme war jetzt ruhiger und voller verbissener Entschlossenheit. „Ich zähle mein ganzes Leben in Sekunden." Er nahm ihre Hände in seine und drückte sie. Er hatte sich entschieden. „Auf dem Rücken eines Bullen fühlen sich acht Sekunden wie eine halbe Ewigkeit an." Seine Stimme stockte. „Drei Jahre ...?" Er sah sie prüfend an. „Das sind über tausend Tage. Tausend Morgen mit Jessie – das ist die halbe Ewigkeit."

❖

Mrs Daniels gab sich alle Mühe, ihm die Sache auszureden. Aber nichts, was sie sagte, konnte jetzt noch seine Meinung ändern. Er ging früh zu Bett, weil er sich nicht sicher war, ob er Jessie in die Augen sehen konnte, ohne ihr zu offenbaren, dass er ihr Geheimnis kannte.

Die Unterhaltung mit ihrer Mutter ging ihm noch lange durch den Kopf. Er würde Jessie einen seiner Lungenflügel geben, und vielleicht hätte sie dann ja nicht nur drei, sondern noch fünf Jahre oder zehn. Vielleicht würde in der Zwischenzeit tatsächlich jemand ein Heilmittel finden. Sie würden heiraten und die Liebe und die Erinnerungen eines ganzen Lebens in die Zeit pressen, die ihnen blieb. Je länger er darüber nachdachte, desto sicherer war er, dass es so kommen würde. Und wenn sie dadurch nur drei Jahre gewannen, dann war es eben so.

Denn drei Jahre mit Jessie waren immer noch besser als die ganze Ewigkeit ohne sie.

Kapitel 13

Bevor er irgendetwas anderes unternehmen konnte, musste er herausfinden, ob er als Spender geeignet war. Die erste Untersuchung war einfach. Wenn er die gleiche Blutgruppe hatte wie sie, kam er als Spender infrage. Gesund und größer als sie war er sowieso. Danach würden dann Proben seines und ihres Blutes gemischt, um zu sehen, ob es sich vertrug.

Am nächsten Morgen fuhr er nach Denver und ging zum Büro von Dr. Cleary, dem Mann, der wirklich wusste, wie schlecht es um Jessie stand. Als Luke ihm sein Anliegen erklärt hatte, war der Arzt sofort bereit, ihm eine Blutprobe abzunehmen.

Während Luke auf das Ergebnis wartete, war er ganz ruhig. Er wusste die Antwort schon, bevor die Schwester ihm das Ergebnis brachte. Er war geeignet; natürlich war er geeignet. Er und Jessie standen sich so nahe, dass ihre Herzen im gleichen Rhythmus schlugen. Er musste einfach die gleiche Blutgruppe haben wie sie. Die anderen Untersuchungsergebnisse würden erst in einigen Tagen vorliegen, aber Luke war zuversichtlich. Ohne es bewusst zu merken, hatte er angefangen, Gott immer wieder still um seine Hilfe zu bitten. Und irgendwie wusste er, dass er als Spender infrage kommen würde.

Als er an diesem Nachmittag zurückkam und auf das Haus zuging, vernahm er von drinnen laute Stimmen. Er öffnete die Tür leiser als gewöhnlich und lauschte.

„Das ist mir egal! Du hattest kein Recht, es ihm zu sagen."

„Jessie, er liebt dich. Er musste es erfahren." Das war ihre Mutter. Luke lehnte sich an den Türrahmen und hörte zu.

„Ich hätte es ihm schon noch gesagt, verstehst du das denn nicht? Wie kann ich ihm jetzt noch in die Augen sehen?" Sie weinte und atmete hastig. Er wäre am liebsten zu ihr gegangen, aber er hielt sich an der Tür fest, wartete und hörte weiter zu.

„Jessie, beruhige dich doch. Du tust dir selbst keinen Gefallen, wenn du dich so aufregst."

„Das ist mir egal!", weinte sie. „Und wo ist er jetzt, hm? Wo ist er hingegangen?"

„Ich habe dir doch gesagt, er lässt einen Bluttest machen." Sie klang betont ruhig und schien ihre Sorge vom Vorabend zu verbergen, zweifellos um Jessies willen. „Jessie, er will dir einen Lungenflügel spenden."

„Nein!" Diesmal schrie die junge Frau es mit wut- und angsterfüllter Stimme hinaus. „Ich werde sie nicht annehmen!" Er hörte Schritte und dann öffnete sich die Hintertür und wurde wieder zugeschlagen.

„Jessie!" Er hörte, wie ihre Mutter die Tür wieder öffnete und ihr nachrief. „Es ist zu kalt draußen! Komm zurück und rede mit mir!"

Mehr musste Luke nicht hören. Er rannte ins Haus, schnappte sich Jessies Jacke vom Stuhl und warf ihrer Mutter einen Blick zu. „Ich bringe sie zurück."

„Oh ja, bitte, Luke." Erleichterung schwang in ihrer Stimme mit.

Luke sprintete gerade noch rechtzeitig nach draußen, um zu sehen, wie Jessie über den Hof in den Stall rannte. Bestimmt wollte sie zu *Golden Sun*. Seit sie nach Hause gekommen waren, hatte Jessie ihn nicht mehr geritten, und er wusste, wie sehr sie es vermisste.

Er hatte Jessie noch nie rennen sehen. Es überraschte ihn nicht, dass sie sehr schnell war, ein Anblick voller Anmut und Schönheit, genau wie auf *Golden Suns* Rücken. Als er im Stall ankam, war sie schon dabei, *Golden Sun* zu satteln.

Überrascht von seinem Anblick drehte sie sich um. „Luke!"

Sie zog den Sattelgurt fest, stellte ihren Stiefel in den Steigbügel und schwang sich in den Sattel. Scham verfinsterte ihr Gesicht. Sie dirigierte das Pferd einige Schritte auf ihn zu. Zwischen ihren Worten ertönte ein leises Pfeifen aus ihren Lungen. „Geh weg ... Ich will allein sein."

„Ich gehe nicht weg." Luke trat zu ihr, packte den Sattelknauf und schwang sich hinter ihr auf das Pferd.

„Also schön." Sie zögerte keinen Augenblick, stieß ihre Fersen in *Golden Suns* Seiten und beugte sich nach vorn.

Wie der Blitz stürmte das Pferd aus dem Stall hinaus auf die Felder. Er spürte, wie sie vor Kälte und Wut zitterte. Er beugte sich vor und schrie laut genug, dass sie ihn hören konnte: „Halt an! Du musst deine Jacke anziehen."

„Nein!", schleuderte sie ihm über die Schulter entgegen und beugte sich noch tiefer auf *Golden Suns* Hals hinunter. „Jiiiiha!"

Das Pferd legte noch einen Gang zu. Luke knirschte mit den Zähnen, hielt sich mit einer Hand am Sattel fest, legte mit der anderen die Jacke über Jessies Schultern und hielt sie fest, damit sie nicht davonflog. Im Galopp sausten sie über die Hügel bis ans Ende ihrer Ranch. Erst, als sie am Stacheldrahtzaun angelangt waren, hielt sie an.

Ohne ihn anzusehen, stieg sie ab und ging zum Zaun. Die Jacke hing immer noch über ihren Schultern, sie beugte sich vor und hustete lange und heftig. Luke spürte, wie die Angst in ihm hochstieg. Er hatte ihren Inhalator nicht dabei und konnte ihr nicht helfen. Sie waren zu weit vom Haus entfernt, um Hilfe zu holen, falls sie nicht wieder zu Atem kam.

Sein Herz hämmerte in seiner Brust. „Jessie!" Er sprang ab und rannte zu ihr. „Atme aus. Ist ja gut. Du schaffst es."

Sie hatte sich tief gebückt, hustete und schnappte nach Luft. „Luke … Es tut mir leid … Ich wollte dir nicht … wehtun."

„Nicht, Jessie. Ist schon gut. Ich bin da. Ich bin dir nicht böse."

Ihr Husten verschlimmerte sich zusehends. Die kalte Luft und die Anstrengung – sie bekam kaum noch Luft. Der Husten entwickelte sich allmählich zu einem richtigen Asthmaanfall, wie Luke es schon einmal bei ihr erlebt hatte. Das bedeutete, dass sie ihren Inhalator brauchte, der zu Hause war.

Sie schnappte immer angestrengter und verzweifelter nach Luft.

„Jessie, ausatmen. Komm, du schaffst das."

Aber sie schaffte es nicht und er musste jetzt eine Entscheidung treffen. Er konnte sie auf *Golden Sun* heben und zurückreiten, aber das würde zehn Minuten dauern. Zehn Minuten, die sie nicht hatten. Wenn sie sich entspannte, würde sie vielleicht wieder Luft bekommen.

Er strich ihr in kleinen Kreisen hoch und runter über den Rücken. „Atme, Jessie. Bitte, atme."

„Ich … kann nicht." Sie hustete entsetzlich.

Angst packte ihn. Er war wie gelähmt und konnte nichts tun, außer zuzusehen, wie sie gleich ohnmächtig werden würde. Er ballte die Fäuste und schrie in den Wind: „Bitte hilf uns, Herr!" Doch seine Stimme verlor sich im Rauschen des Windes. „Lass sie atmen! Bitte!"

Jessie hustete noch dreimal, aber nicht mehr so heftig wie zuvor. Dann atmete sie ein – keuchend, aber sie bekam Luft. Luke lief ein Schauer über den Rücken, vom Kopf die ganze Wirbelsäule hinunter. Er legte ihr die Hand auf die Schulter. Diesmal sprach er mit ruhigerer Stimme. „Weitermachen, Jessie! Weiteratmen!"

„Luke …" Sie richtete sich etwas auf. Als er ihr Gesicht sah, fühlte er sich ganz schwach. Ihre Haut war aschfahl und ihre Lippen erschreckend blau. „Mir geht's gut."

Er massierte ihren Rücken. „Langsam einatmen, Jessie. Langsam und ruhig. Atme aus. Du hast es gleich geschafft."

Sie musste sich gegen einen Zaunpfahl lehnen, so schwach und unsicher stand sie auf den Beinen. Sie atmete zwar noch nicht wieder normal, aber es wurde besser. „Danke."

Er war vor Schreck ganz stumm. Sie hätte jetzt auch bewusstlos auf dem gefrorenen Boden liegen können, dem Tode nah. Ihn schauderte. „Hier." Er half ihr, in die Ärmel ihrer Jacke zu schlüpfen. „Lass uns nach Hause reiten."

Und während *Golden Sun* sie behutsam zur Ranch zurücktrug, musste Luke sich eingestehen, dass dieser Gott, der ihm in den letzten Wochen auf so subtile Weise immer näher gekommen war, seinen Hilfeschrei wohl tatsächlich gehört hatte.

❖

Sie unterhielten sich später am Abend, als sie sich ausgeruht und ihre Medizin genommen hatte und nur noch die Erinnerung an diesen schrecklichen Nachmittag übrig geblieben war.

Sie saßen auf dem Sofa und Luke begann das Gespräch. „Ich habe dich und deine Mutter gehört. Laut genug wart ihr ja."

Sie verschränkte die Arme und blickte nach unten. „Ich wollte es dir sagen." Sie sah ihm in die Augen. „Es war meine Aufgabe."

„Darauf kommt es nicht an, Jessie. Ich weiß jetzt die Wahrheit, und weißt du was?" Er kam näher und nahm ihre Hand in seine. „Ich bin als Spender geeignet! Sobald du so weit bist, werde ich dir einen von meinen Lungenflügeln geben. Und vielleicht finden sie in den nächsten Jahren ein Heilmittel für Mukoviszidose und dann …"

„Das kannst du nicht machen." Ihre Wut war verflogen, aber sie schüttelte immer noch den Kopf. „Das werde ich nicht zulassen." Sie biss sich auf die Lippe und bekam feuchte Augen. „Diese acht Sekunden auf dem Bullen sind dein Leben, Luke. Ich werde nicht zulassen, dass du das aufgibst."

„Das muss ich ja gar nicht." Er lächelte und klang sehr

zuversichtlich. Sie konnte genauso wenig etwas an seiner Entscheidung ändern wie ihre Mutter. Mit jeder Stunde, die verging, nahm seine Entschlossenheit zu. „Ich habe einen der Ärzte vom Rodeo angerufen und ihn gefragt. Er hat gesagt, ich kann auch mit einer Lunge reiten.“ Er erzählte ihr nicht, was der Arzt noch gesagt hatte: Mit einem Lungenflügel einen Bullen zu besteigen war sehr riskant; man durfte sich keine Fehler erlauben. Ein Rippenbruch, der den noch verbliebenen Lungenflügel perforierte, wäre sein Tod.

„Aber wann willst du es tun, Luke?“ Sie zog die Augenbrauen zusammen. „Du kannst dir doch nicht während der Saison freinehmen.“

„Das muss ich auch nicht.“ Er strich ihr mit dem Handrücken über die Wange. „Du fühlst dich doch gut, oder?“

Sie sah ihn verwirrt an. „Und ...?“

„Wir bestreiten die nächste Saison gemeinsam. Und wenn sie vorüber ist und wir beide unsere Gürtel haben, gehen wir ins Krankenhaus, und ich werde dir einen Lungenflügel geben.“ Äußerlich bewahrte er die Ruhe, aber innerlich hielt er die Luft an und hoffte, dass sie Ja sagen würde.

„Luke ...“ Sie lehnte sich an ihn. „Ich will nicht, dass du das tust. Du brauchst deine Lungen.“

„Komm schon, Jessie.“ Ein leichtes Grinsen erschien auf seinem Mund. Er strich ihr eine Haarsträhne aus dem Gesicht. „Wir reden hier von Gunner-Lungen. Eine davon bringt mehr Leistung als bei den meisten Menschen zwei.“

Sie konnte ein Lächeln nicht unterdrücken, obwohl die Angst immer noch stärker war. „Du bist verrückt.“

„Ja, aber nicht so sehr wie du.“ Er zögerte, sah sie an und wartete, bis die Angst aus ihrem Gesicht gewichen war. „Ich werde es tun, Jessie. Ich werde dir einen meiner Lungenflügel geben. Das ist schon beschlossene Sache.“

„Ach, Luke ...“ Sie klang nicht mehr sehr überzeugend.

Als sie nicht weitersprach, wusste er, dass er gewonnen hatte. Da schlug sein Herz plötzlich schneller. Er zog spontan den Ring aus seiner Hosentasche. „Jessie ...“ Er beugte sich zu ihr und küsste sie. „Es spielt keine Rolle, dass du krank bist und wie lange du nach einer Lungentransplantation noch leben wirst.“ Seine Hand lag noch auf ihrer Wange. „Ich liebe dich.“

Die Angst in ihren Augen wich Überraschung und einer Freude, die er seit Las Vegas nicht bei ihr gesehen hatte. „Wirklich?“

Er schob sie auf die Sofakante und ging vor ihr auf die Knie. „Heute habe ich etwas erkannt.“ Er fuhr sich nervös mit der Zunge über die Unterlippe. „Ich habe erkannt, dass ich nicht mehr ohne dich leben will.“ Er hielt den Ring in seiner Hand fest gegen sein Knie gedrückt. „Aber da ist noch etwas. Seit mein Vater uns verlassen hat, hat meine Mutter geglaubt, dass ich eines Tages mein Herz wieder öffnen könnte ... dass ich wieder lernen würde zu lieben.“ Er sah Jessie aufmerksam an. Er wollte niemals vergessen, wie sie jetzt in diesem Moment aussah, vor ihm auf dem Sofa. „Und jetzt sieh mich an.“

Zum zweiten Mal an diesem Abend lag ein Lächeln auf ihrem Gesicht. In ihren Augen lag die vertraute Zuneigung, die sie sich seit ihrem wütenden Ritt nicht mehr gestattet hatte. Sie zerzauste sein Haar mit ihren Fingern. „Was soll ich nur mit dir machen?“

Er hielt den Ring hoch, sodass sie ihn sehen konnte. „Bitte heirate mich, Jessie."

Einen Moment lang blieb ihr Mund offen stehen, aber die Überraschung wich schnell einer Gewissheit, die ihm sagte, dass alles in Ordnung war in ihrer kleinen Welt. Sie würde nicht davonlaufen oder ihn von sich stoßen. Es war zu spät, um zu verhindern, dass sie sich ineinander verliebten. Es war längst um sie geschehen und von heute an würde es nur noch diese Liebe geben. Hier und jetzt wollten sie sich nicht von der Angst vor einem fernen Tag in der Zukunft bestimmen lassen. Nicht jetzt, wo sie gemeinsam etwas so Kostbares entdeckt hatten.

Sie rückte näher und legte ihre Arme um seinen Hals. „Luke Gunner, ich muss dich etwas fragen."

Er berührte ihre Lippen mit den seinen und gab ihr den sanftesten Kuss überhaupt. Dann sah er in ihre Augen und antwortete mit einem kaum hörbaren Flüstern: „Frag."

„Gut." Sie sah ihn an und ihre Augen strahlten voller Liebe. Ihr Lächeln wanderte von ihren Augen zu ihrem Mund. „Bist du hinter mir her?"

„Ständig." Er grinste.

Ihr Lächeln verschwand. „Hör ja nie mehr auf damit." Sie küsste ihn langsam und mit einer Gewissheit, die ihm sagte, dass sie genauso große Hoffnungen für ihre Zukunft hatte wie er. Als sie sich wieder zurücklehnte, stand in ihren Augen ein seltsames Gemisch aus verträumtem Glück und glühendem Verlangen. „Und jetzt muss ich deine Frage beantworten."

„Ja." Er drückte sein Gesicht an ihres und genoss das Gefühl ihrer zarten Haut. „Ich warte."

Sie kicherte und blickte durch seine Augen hindurch bis in die Teile seines Wesens, die jetzt nicht mehr verborgen waren. „Ja, Luke." Ihre Augen strahlten wie nie zuvor. „Ich möchte dich heiraten."

Er zog sie an sich und hielt sie nicht nur in seinen Armen fest, sondern auch in seiner Seele. „Ich liebe dich, Jessie."

Ihr Gesicht wurde ernst. „Ich liebe dich auch." Sie sagte dies zum ersten Mal, aber sobald sie die Worte ausgesprochen hatte, spiegelte sich die Wahrheit auf ihrem Gesicht wider. „Ich liebe dich mit allem, was ich bin, Luke Gunner."

Es war ein Augenblick, der von Tränen hätte erfüllt sein können. Aber als sie sich küssten und sie ihre Hand hochhielt, damit er ihr den Ring anstecken konnte, lachten sie und fragten sich, was wohl ihre Eltern sagen würden und ob er es seinen überhaupt sagen würde. Sie saßen auf dem Sofa, lagen sich in den Armen und sprachen von Hochzeitskleidung, selbst geschriebenen Eheversprechen, Flitterwochen und der Zukunft, und in ihren Augen standen keine Tränen.

Luke glaubte zu wissen, warum.

Die Geschichte, die sie jetzt gemeinsam schrieben, würde zwangsläufig auch traurige Szenen beinhalten. Das Ende würde das Traurigste von allem sein. Warum sollten sie also nicht lachen und sich lieben, solange sie es noch konnten? Warum sollte er nicht ihren Ring bewundern, sie küssen, in seinen Armen halten und das Gefühl aufsaugen, wenn sie sich an seine Brust lehnte? Heute war kein Tag zum Weinen. Luke war nicht bereit, auch nur einen einzigen glücklichen Moment mit Jessie Daniels zu verpassen. Die Zeit der Tränen würde noch früh genug kommen. Aber dieser Tag gehörte ihnen.

Dieser Tag und noch ein ganzes Jahr Rodeo und danach noch tausend kostbare Tage mit ihr.

Kapitel 14

Die nächste Rodeosaison begann so, wie Jessie es sich immer erträumt hatte. Dennoch hatte sie das Gefühl, dass die guten Zeiten nicht mehr lange andauern würden.

Beim Eröffnungswettkampf in Denver stellte sie einen neuen Rekord auf und bei fünf der ersten sieben Wettbewerbe wurde sie Erste. Aber sie spürte auch, wie sich ihre Lungen immer mehr verschlossen. Sie musste bewusst kontrolliert atmen, nicht nur in der Arena, sondern ständig, auch wenn sie gerade ihre Kompressionsweste angehabt hatte.

Sie hatten Sauerstoffflaschen im Wohnwagen dabei und Luke wich ihr kaum noch von der Seite. Er führte die Rangliste an und ritt mit so viel Wut wie eh und je – Wut, die sich jetzt irgendwie gegen die Mukoviszidose richtete. Zumindest sagte er ihr das.

Er kam nicht mehr abends auf ein Stündchen vorbei, sondern schlief jetzt auf dem Sofa im Wohnwagen, wenige Meter von Jessies Zimmer entfernt. Sie war erstaunt, dass er gewisse Grenzen aufrechterhielt. Wenn ihre Küsse eine unaussprechliche Leidenschaft in ihr weckten, wich er still zurück und wünschte ihr eine gute Nacht, selbst wenn sie beide vor Erregung zitterten.

„Früher hätte ich nicht lange gefackelt“, erzählte er

ihr einmal. „Aber mit dir ist alles anders, Jessie. Auf dich würde ich ewig warten."

Sie legten den Hochzeitstermin fest – der dritte Samstag im Mai. An diesem Wochenende war kein Rodeo. Es sollte eine kleine Hochzeit sein mit einer schlichten Zeremonie im Freien, auf einem Hügel auf der Ranch ihrer Eltern. Ihre Mutter und ihr Vater würden natürlich dabei sein, aber sie wollte, dass seine Eltern auch kamen.

„Luke, du musst es ihnen sagen." Alle paar Tage brachte sie dieses Thema zur Sprache, aber er verschloss sich jedes Mal, wenn sie davon anfing.

Erst bei einem Rodeo in Kalifornien Mitte April sah Jessie mit eigenen Augen, wie wütend er auf seine Eltern war. Diesmal ritten sie in einer Freiluftarena. Jessie saß auf der Zuschauertribüne und unterhielt sich mit ihrer Mutter und die Sonne brannte auf sie herab, als eine Frau auf sie zukam.

„Sind Sie Jessie Daniels?" Die Frau war nervös und sah besorgt über ihre Schulter. Hinter ihr stand ein junger Mann mit Down-Syndrom.

Jessie lächelte. „Ja?" Bei jedem Rodeo kamen Fans auf sie zu, besonders jetzt, wo sie und Luke Gesprächsthema waren. In der Hälfte der Fälle wollten die Leute, dass sie ihm eine Nachricht übermittelte oder ihn etwas signieren ließ. Aber die Frau sah nicht wie ein Fan aus. Und irgendetwas an ihr kam Jessie bekannt vor.

„Jessie, ich bin Mary Gunner, Lukes Mutter." Sie streckte ihre Hand aus und sah Jessie unsicher an. „Ich weiß nicht, ob mein Sohn einverstanden ist, dass ich mit Ihnen spreche."

Der Junge hinter ihr mit dem Down-Syndrom war

dann wohl Lukes Bruder Carl Joseph! In Jessies Kopf drehte sich alles, und sie hatte Mühe, einen Ton herauszubringen. Warum hatte Luke ihr nie erzählt, dass sein Bruder behindert war? Jessie spürte sofort große Sympathie für Mary Gunner.

„Bitte“, Jessie rutschte zur Seite, „setzen Sie sich doch.“ Sie wandte sich an ihre Mutter. „Mama, das ist Mary Gunner, Lukes Mutter.“

„Ich freue mich, Sie kennenzulernen.“ Mary lächelte sie an. Sie drehte sich um und bedeutete dem jungen Mann hinter ihr, sich zu setzen. „Das ist Carl Joseph, Lukes Bruder.“

„Luke hat mir von dir erzählt.“ Jessie winkte ihm zu. Er hatte die gleichen dunklen Haare wie Luke, aber das war auch alles. Carl Joseph hatte braune, tief liegende Augen. Er war kräftiger und gedrungener als Luke. „Hallo, ich bin Jessie.“

Carl Joseph hob kurz die Hand und ließ sie wieder sinken. Der Blickkontakt fiel ihm schwer, er war etwas schüchtern. „Hallo, Jessie, du bist hübsch.“

„Danke.“

Mary tätschelte den Arm ihres jüngeren Sohnes. Dann sah sie Jessie an. „Jemand vom Rodeo hat mich angerufen.“ Sie zögerte. „Sie sind mit meinem Sohn verlobt, stimmt das?“

„Ja.“ Jessie hatte Mitgefühl mit der Frau. Sie hätte sie am liebsten umarmt und sich entschuldigt, weil Luke sie so ausgeschlossen hatte. „Wir heiraten im Mai. Ich dränge Luke immer wieder, dass er Sie anruft und einlädt.“

Mary stieß einen Seufzer aus. „Er ist ja nicht direkt auf mich wütend, sondern auf seinen Vater.“ Sie zögerte. „Wir sind jetzt wieder zusammen, wir haben in den Weihnachtsferien sogar geheiratet. Aber Luke kann nicht an seinen Vater denken, ohne vor sich zu sehen, wie er uns verlassen hat. Er telefoniert nicht mit mir und spricht mit keinem von uns." Ihre Augen wurden feucht. „Sein Vater hat sich vollkommen verändert."

„Wirklich?" Jessie hatte sich schon oft gefragt, wie Lukes Vater wohl war. Was auch immer der Mann getan hatte, Luke erzählte kaum einmal etwas Näheres.

„Oh ja." Marys Lächeln spiegelte sich sogar in ihren Augen wider. „Er ist wunderbar, Jessie. Wenn Luke nur wüsste ..."

„Mary ..." Jessies Mutter beugte sich nach vorn, sodass die beiden sich sehen konnten. „Jessie hat Mukoviszidose. Ich weiß nicht, ob Sie das wissen."

Lukes Mutter erstarrte und saß mit offenem Mund da. Es dauerte ein paar Sekunden, bis sie diese Neuigkeit wirklich aufgenommen hatte, aber dann sanken ihre Schultern etwas tiefer. Ganz offensichtlich wusste sie mehr über die Auswirkungen dieser Krankheit als Luke damals.

Mary sah Jessie an und legte ihr die Hand aufs Knie. „Das tut mir leid, das wusste ich nicht."

„Wir haben es bisher für uns behalten, aber jetzt geht es nicht mehr." Jessies Mutter hatte die Situation akzeptiert. „Jessie braucht eine Lungentransplantation. Wir haben den Eingriff für Dezember geplant."

Der Schmerz in Marys Augen war echt und Jessie hatte beinahe Mitleid mit ihr. Nach all dem Leid, das die Gunners durchgemacht hatten, jetzt auch noch das. Ihr Sohn heiratete eine Frau mit einer unheilbaren Krankheit! Carl

Joseph neben ihr bekam von der Unterhaltung glücklicherweise nichts mit. Er feuerte die Lassowerfer an und war völlig gefesselt von der Stimmung in der Arena.

Jessies Mutter war noch nicht fertig. „Da ist noch etwas, Mary."

„Noch etwas?" In ihrer ruhigen Stimme klang Schmerz mit.

„Sie braucht je einen Lungenflügel von zwei Spendern und ich komme als Spender nicht infrage. Deshalb bekommt sie einen von ihrem Vater und den anderen … möchte Luke ihr spenden."

Mary zuckte sichtlich zusammen. „Luke?"

„Wir haben versucht, es ihm auszureden, aber er ist fest entschlossen. Der Arzt hat grünes Licht gegeben, er wird Jessie einen von Lukes Lungenflügeln geben."

Die Frau schnappte leise nach Luft und sah von Jessie zu ihrer Mutter. „Dann … dann ist das also die Antwort."

„Die Antwort?"

„Seit Jahren habe ich gehofft und gebetet, dass Luke eines Tages wieder lernen würde zu lieben, und jetzt …" Ihr blieben die Worte im Hals stecken. „Es tut mir leid. Das ist so unglaublich!"

Aus den Augenwinkeln heraus nahm Jessie eine Bewegung wahr und sie sah auf. Luke kam auf sie zu und starrte seine Mutter mit wütenden Blicken an. Jessie erhob sich. Wenn sie ihn abfing, bevor er bei ihnen war, konnte sie eine Auseinandersetzung vielleicht vermeiden. „Luke …"

Er blieb schwer atmend stehen, starrte zu den Frauen herüber und wartete ab. Carl Joseph war ganz auf das Geschehen in der Arena konzentriert und hatte ihn noch nicht entdeckt. In diesem Augenblick bemerkten ihn die beiden Frauen und Mary wollte aufstehen. Aber Jessie legte ihr schon die Hand auf die Schulter.

„Ich rede mit ihm."

Der Sprecher kündigte irgendetwas von Hotdogs zum halben Preis an und Jessie konnte sich selbst kaum hören. Sie sah Mary an und sprach lauter. „Ich ... ich hoffe, dass wir all das eines Tages klären können."

Sie warf ihrer Mutter einen Blick zu. Dann ging sie zu Luke. Er hatte die Hände in die Hüften gestemmt und seinen vergilbten Cowboyhut tief ins Gesicht gezogen. Als sie zu ihm kam, nahm sie seine Hand. „Können wir miteinander reden?"

„Was will sie hier?", zischte er mit leiser Stimme.

„Komm mit." Sie zog ihn zu der staubigen Bahn, die rings um die Arena lief. Die Leute beobachteten sie, und sie führte ihn schnell an den geschäftigen Ständen vorbei, durch den Einlass für die Teilnehmer zu einem stillen, sonnenbeschienenen Eckchen, wo sie für sich waren.

Die ganze Zeit spürte sie, dass Luke neben ihr vor Wut förmlich kochte.

Jetzt sah sie ihn an und ihr Herz pochte. „Was ist los, Luke? Warum hasst du sie so?"

Er kniff die Augen zu einem Spalt zusammen. „Du weißt längst nicht alles, klar?" Er war so wütend, wie sie es noch nie an ihm erlebt hatte.

Aber davon ließ sie sich nicht aufhalten.

Sie hatte ihn noch nie gedrängt, ihr mehr zu erzählen, wenn es um seine Eltern ging, hatte noch nie lange genug nachgehakt, um herauszufinden, warum er ihnen mit solcher Kälte begegnete. Jetzt spürte sie, wie in ihr die

Enttäuschung aufstieg. „Ich weiß vielleicht nicht alles, Luke, aber deine Mutter liebt dich." Sie tippte mit dem Finger an seine Brust. „Sie liebt dich, Luke! Das konnte ich sehen!" Ihre Stimme war lauter als beabsichtigt, aber sie war zu aufgeregt, um sich zurückzuhalten.

„Ach, wirklich?" Er stand da und starrte sie an. „Dann will ich dir mal sagen, was du *nicht* gesehen hast." Er war immer noch wütend, aber er wurde nicht laut. Einige Leute drehten sich zu ihnen um. „Du hast nicht gesehen, wie mein Vater seinen Koffer ins Taxi geschmissen hat und ohne sich umzudrehen davongefahren ist. Du hast ihm nicht verzweifelt nachgerufen, er solle anhalten, und du bist ihm nicht hinterhergerannt. Und du hast nicht an der Ecke gestanden und zugesehen, wie das Taxi verschwand und nie wieder zurückkam."

Seine Brust bebte und in seiner Stimme schwang noch mehr mit als nur Wut. In seinen Augen lag der Blick eines kleinen Jungen, der bis in sein tiefstes Innerstes verletzt worden war.

Jessie versuchte, nach seiner Hand zu greifen. „Luke …"

„Nein!" Er zog die Hand zurück. „Ich bin noch nicht fertig!" Er drehte sich um, ging zwei Schritte und sah sie wieder an. Seine Wangen glühten vor Erregung. „Du weißt dann ja jetzt über Carl Joseph Bescheid."

„Du hättest mir sagen sollen, dass er …"

„Nein." Er zog seinen Hut noch tiefer ins Gesicht. „Ich habe es dir nicht erzählt, weil er für mich nicht behindert ist. Er war es nie. Er ist einfach nur ein großer Junge mit einem großen Herz. Aber weißt du, was mein Vater über ihn gesagt hat?" Er sprach so schnell wie ein

Maschinengewehr. „Er hat gesagt, er könne nicht der Vater eines Jungen wie Carl Joseph sein." Lukes Augen wurden feucht, aber er biss die Zähne zusammen – er war zu wütend, um zu weinen. „Willst du wissen, warum ich ihn so hasse? Warum ich nicht nach Hause gehen und so tun kann, als sei alles in Ordnung? Mein Vater hat uns verlassen, weil er das liebenswerteste Kind auf der Welt nicht lieben konnte, Jessie. Deshalb."

Auch ihr brannten jetzt Tränen in den Augen. Ihr Brustkorb zog sich zusammen, ihre Atemwege wurden zu eng, wie immer, wenn sie aufgebracht war. Aber sie wollte sich nicht rühren, wollte diesen Augenblick nicht unterbrechen, indem sie den Inhalator hervorholte. Sie wollte ihn einfach nur ausreden lassen.

„Jessie, du hast ja keine Ahnung ..." Er brach ab und sah in den Himmel hinauf, wandte ihr aber dann wieder den Blick zu. „Weißt du, was ich nie verstanden habe? Was mich Woche für Woche auf den Rücken dieser elenden Bullen getrieben hat? Ich konnte verstehen, warum ein oberflächlicher Mensch Carl Joseph nicht lieben kann. Carl ist einfach kein perfekter Sohn. Er ist nicht die Sorte Kind, auf die ein Ex-Profi-Footballspieler stolz sein konnte. Das ist armselig, aber irgendwie nachvollziehbar." Er schlug sich mit der flachen Hand auf die Brust. „Aber was war mit *mir*, Jessie? Was war mit mir nicht in Ordnung, dass er mich auch nicht lieben konnte?"

Luke verstummte und starrte zu Boden.

„Nichts war mit dir nicht in Ordnung." Jessie hustete ein paar Mal und zwang sich dann aufzuhören. Er hatte ihre volle Aufmerksamkeit verdient. Sie legte ihre Hand auf seine Schulter; diesmal wich er nicht aus. Sie räusperte sich. „Es lag an deinem Vater, Luke. Mit *ihm* war etwas nicht in Ordnung." Sie zögerte. „Aber vielleicht hat er sich wirklich verändert. Vielleicht hat er etwas dazugelernt."

Luke entwand sich ihrem Griff. Er hob den Kopf und starrte sie an. „Ist mir egal." Sein Tonfall war verächtlich. Sein Blick war eiskalt und der Schmerz von gerade eben hinter dicken, undurchdringlichen Mauern verborgen. Er stand auf, sah sie ein letztes Mal an und drehte sich um. Ohne ein Wort zu sagen, eilte er zu dem Bereich, in dem das Vieh stand, und wirbelte bei jedem Schritt eine kleine Staubwolke auf.

„Luke, warte ..." Sie wurde von einem Hustenanfall geschüttelt, aber sie rannte trotzdem los. Sie lief ein paar Schritte. „Luke!"

Er blieb abrupt stehen und drehte sich um. „Lauf mir nicht nach." Es war ihm gleichgültig, dass die anderen sie anstarrten. „Du verstehst mich nicht." Er winkte abwehrend mit den Händen. „Niemand wird mich jemals verstehen."

„Hey ..." Sie kam einen Schritt näher, nahe genug, um zu sehen, dass seine Hände zitterten. Jetzt schnürte ihr die Angst den Hals ganz zu. Sie hatte nicht mehr viel Zeit. Ein Asthmaanfall war im Anzug, das spürte sie. Aber in diesem Moment war der Schmerz in ihren Lungen gar nichts im Vergleich zu dem Schmerz in ihrem Herzen. „Das ist nicht fair."

„Aber es ist die Wahrheit." Diese letzten Worte schleuderte er ihr entgegen. Dann drehte er sich um und ging weiter in Richtung der Boxen.

Sie sah ihm hustend nach. Es hatte keinen Sinn, ihm

hinterherzulaufen. Er würde ohnehin nicht auf sie hören. Sie griff in ihre Tasche, um den Inhalator herauszuziehen. Was bildete er sich eigentlich ein? Sie war die Einzige, die begriffen hatte, was ihn zum Rodeo trieb. Sie hatte seine Wut schon bemerkt, bevor sie sich das erste Mal unterhalten hatten. Natürlich verstand sie ihn.

Mit tiefen Atemzügen sog sie das Mittel ein und langsam weiteten sich ihre Atemwege wieder. Sie müsste die Kompressionsweste noch einmal anlegen, aber sie hatte nicht mehr genug Zeit. Die erste Runde *Barrel Racing* war schon in weniger als einer Stunde und *Golden Sun* war noch nicht warm geritten. Sie drehte sich um und ging zu der Box, in der *Golden Sun* angebunden war.

Jessie zog den Sattelgurt fest und kontrollierte das Zaumzeug. Die nächste halbe Stunde ritt sie ihn auf einer Wiese hinter den Parkplätzen ab. *Golden Sun* war so ein gutes Pferd, zuverlässig und stark. Er war immer für sie da. Aber was war mit Luke? Warum konnte er nicht erkennen, dass sie auf seiner Seite war?

Wenn er sich nicht mit seinen Eltern versöhnte, würde diese Kluft immer zwischen ihnen stehen. Familie war Familie. Es war falsch, gerade die Menschen, die man am meisten lieben sollte, sein ganzes Leben lang zu hassen.

Die Luft war an diesem Tag sehr feucht und stickig. Der Pollenflug war wohl auch sehr stark, denn Jessie konnte beinahe spüren, dass sie mehr als nur Luft einatmete. Normalerweise brachte das Inhalations-Medikament wenigstens etwas Besserung, aber heute waren ihre Lungen wie zugeschnürt und reagierten fast überhaupt nicht. Das Problem war, dass sie den Inhalator nur alle paar Stunden benutzen durfte.

„Okay, ‚Golden Sun', das reicht", flüsterte sie ihm liebevoll ins Ohr und legte ihren Kopf auf seinen. „Mach langsam."

Sie ließ ihn noch etwas im Schritt gehen und führte ihn dann wieder zur Arena. Sie war an diesem Nachmittag als Sechste dran, und es war Zeit, die Nennung zu bestätigen. Dieser Wettkampf war für sie und Luke sehr wichtig. Sie mussten beide gewinnen, um in der Sommersaison vorne zu liegen.

Ihr Brustkorb schmerzte, und sie machte einen Atemzug, der ihre Lungen aber nicht einmal ansatzweise mit Sauerstoff füllte. Sie hörte eine warnende Stimme in sich. Was wäre, wenn dieses Rennen zu viel für sie war und sie sich nicht wieder erholen würde? Wie konnte sie ihre Mutter auf sich aufmerksam machen, falls sie Hilfe brauchte? Jessie sah auf die Uhr. Vielleicht hatte sie noch genug Zeit, um zum Wohnwagen zu gehen und eines der Notfallmedikamente zu nehmen. Vielleicht würde das helfen.

Sie hörte die Lautsprecheransage über die Wiese schallen: „Jetzt haben Sie noch Zeit, Popcorn zu kaufen, meine Damen und Herren, denn als Nächstes haben wir etwas ganz Besonderes für Sie. Gleich kommen die besten Barrel-Racer überhaupt herein, darunter auch …"

Jessie hatte genug gehört, und in diesem Augenblick beschloss sie, dass nicht mehr genug Zeit war, um noch einmal zurückzugehen. Ihre Atemwege waren zwar nicht in der besten Verfassung, aber sie würde das Rennen schon schaffen. Sie würde die Luft anhalten und den Dreiecksparcours wie immer absolvieren. Danach würde sie sofort zum Wohnwagen gehen und die Kompressionsweste anziehen. Dann wäre alles in Ordnung. Und während sie auf *Golden Sun* zum Meldepunkt ritt und sich auf das Rennen vorbereitete, machte sie sich in der Tat keine Sorgen um sich selbst.

Sie machte sich Sorgen um Luke.

Kapitel 15

Er war ein Idiot gewesen.

Ganz gleich, wie wütend er auf seine Eltern war, er hatte kein Recht dazu, es an ihr auszulassen. Was er gesagt hatte, stimmte: Jessie verstand ihn nicht. Aber das war nicht ihre Schuld. Sie hatte sich nicht ihr ganzes Leben lang fragen müssen, warum ihr Vater sie nicht liebte. Wenn sie sich mit ihren Eltern je gestritten hatte oder wütend auf sie gewesen war, dann hatten sie es am nächsten Tag geklärt. Natürlich wollte sie, dass er die Sache in Ordnung brachte.

Warum war er dann wütend auf sie geworden? Wie konnte er Jessie Daniels, das Mädchen seiner Träume, anschreien? Er war ein Idiot gewesen. Sein Cowboystolz – das war der Grund gewesen. Dickköpfiger Cowboystolz.

Er hätte sich umdrehen und ihr hinterherlaufen, sie in die Arme nehmen und sich bei ihr entschuldigen sollen. Stattdessen hatte er sie hustend und keuchend davongehen lassen. Jetzt würde er bis nach ihrem Rennen warten müssen, um mit ihr zu reden.

Die Zuschauertribüne war beinahe voll, aber er fand noch einen freien Platz in der obersten Reihe. Er zog seinen Hut tief ins Gesicht, damit ihn niemand erkannte. Von hier aus konnte er seine Mutter und Carl Joseph sehen, die immer noch neben Jessies Mutter saßen. Er zwang sich, beim *Barrel Racing* zuzusehen.

Die ersten fünf Reiter hatten alle recht ordentliche Zeiten erreicht. Sie musste schon sehr gut sein, um sich an die Spitze zu setzen. *Komm, Jessie … Ich bin hier oben und feuere dich an. Gib dein Bestes.*

Der Sprecher kündigte sie gerade an, als sie auch schon in die Arena gestürmt kam. Ihr blonder Pferdeschwanz flog im Wind. Ihre schwarze Hose und der schwarze Hut, ihr Markenzeichen, bildeten einen krassen Kontrast zu ihrem hellgoldenen Pferd.

„Sehen Sie nur, wie sie reitet!“, rief der Sprecher aufgeregt und stachelte die Zuschauer an. „Wenn sie das letzte Fass noch schafft, könnte sie einen neuen Rekord aufstellen, meine Herrschaften.“

Jessie flog förmlich um das letzte Fass herum und raste zurück und durch das Tor. Aber etwas stimmte nicht. Sie sah nicht gut aus; etwas Unstetes lag in ihrem Blick und ihre Haut war aschfahl. Luke sprang auf. Adrenalin schoss durch seine Adern. Sie sah krank aus, mehr als krank. Das mussten doch alle gesehen haben.

„Sie hat es geschafft!“, posaunte der Sprecher ins Mikrofon. „Jessie Daniels hat einen neuen Rekord aufgestellt, meine Damen und Herren!“

Die Zuschauer standen auf, klatschten und jubelten, aber Luke stieg auf die Bank und sah über sie hinweg. Er musste sie sehen, er musste wissen, ob alles in Ordnung war. Luke kniff die Augen zusammen und suchte die Arena nach ihr ab, dort, wo die Reiter vom *Barrel Racing* zusammenstanden, bis er sie entdeckt hatte. Sie saß immer noch auf *Golden Sun* und ritt langsam zum Ausgang. Plötzlich blieb *Golden Sun* stehen und Jessie fiel mit einem schrecklichen Plumps vom Pferd.

„Jessie!“ Er raste die Stufen hinunter und starrte die ganze Zeit dorthin, wo sie bewegungslos am Boden lag. Es war seine Schuld; er hatte sie vor dem Rennen zu sehr aufgeregt und jetzt bekam sie keine Luft mehr. Er verfluchte sich selbst, während er immer zwei Stufen auf einmal hinunterrannte. Jeder Schritt war ein verzweifeltes Flehen. *Nein, nicht jetzt … nicht jetzt … Hilf ihr, bitte. Hilf ihr zu atmen.*

Selbst vom anderen Ende der Arena konnte er sehen, wie die Menschen um sie herum in hektische Aktivität ausbrachen. Zwei Reiter eilten zu ihr und einige Leute rannten mit den Armen wedelnd in die Arena. „Ruft einen Krankenwagen! Schnell!“

Die Zuschauer wurden ganz still, und alle Augen waren auf die Stelle gerichtet, an der Jessie vom Pferd gefallen war. Luke rannte schneller. Hinter sich hörte er Schritte, und als er sich umdrehte, sah er das blasse Gesicht von Jessies Mutter mit weit aufgerissenen Augen.

„Lauf, Luke … Warte nicht auf mich!“

Er rannte weiter, um den Zaun herum, auf den Bereich für die Teilnehmer zu. Bei einem Rodeo stand immer ein Krankenwagen bereit. Als Luke die Gruppe erreichte, die um Jessie herumstand, war der Krankenwagen nur noch wenige Meter entfernt.

„Jessie!“ Seine Stimme ging im allgemeinen Durcheinander unter. Zwei Sanitäter stürzten zu Jessie, doch es standen zu viele Leute herum, und er konnte nicht erkennen, was sie mit ihr machten oder ob sie bewusstlos war.

„Weg da!“, schrie er und einige Leute gingen aus dem Weg. Warum hatte sie ihren Inhalator nicht benutzt?

Weshalb war sie zusammengebrochen? Und warum stand sie nicht wieder auf?

Er musste sich durch die Menge kämpfen, um zu ihr zu gelangen. Als er sich endlich vorgearbeitet hatte, legten sie ihren schlaffen Körper gerade auf die Trage. Jemand hielt ihr eine Sauerstoffmaske aufs Gesicht und dahinter sah er sie blinzeln. Sie war bei Bewusstsein!

„Jessie!“ Er drängte sich zu ihr durch und nahm ihre Hand. „Jessie, ich bin da.“ Er hielt mit den Sanitätern Schritt und ging neben ihr her zum Krankenwagen.

Sie murmelte etwas und schob die Sauerstoffmaske zur Seite. „Luke ...“ Sie war aschfahl und atmete angestrengt und flach, genau wie an dem einen Tag auf der Ranch. „Wird schon wieder.“ Die Worte waren gehaucht und kaum hörbar. „Mach ... mach dir keine Sorgen um mich.“

„Es tut mir so leid.“ In ihm schrie alles und sein Herz hämmerte wie wild. *Lass sie nicht sterben. Bitte* ... Warum hatte er sie nur so wütend angefahren? Sie hatten die Tür des Krankenwagens erreicht; ihm blieben nur noch Sekunden. „Ich hab es nicht so gemeint.“

„N-nicht deine Schuld.“ Sie blinzelte, aber es war eine schwache, kaum wahrnehmbare Bewegung. „Reite.“

Es war nicht seine Schuld? Selbst jetzt dachte sie noch an ihn, las seine Gedanken. Natürlich war es seine Schuld! Er hatte sie aufgeregt; er hatte sie hustend weggehen lassen, anstatt ihr zu helfen. Was auch immer jetzt geschah, er war dafür verantwortlich.

Jessies Mutter kam angerannt. Sie sprach mit dem Sanitäter, und Luke hörte wie aus weiter Ferne, dass er ihr erlaubte mitzufahren. Er sah zu dem anderen Sanitäter, der bei ihm stand. „Lassen Sie mich auch mitfahren. Sie braucht mich."

„Ihre Mutter fährt schon mit." Er hob die Trage hoch und schob sie in den Krankenwagen. „Es sind nur Familienangehörige zugelassen. Tut mir leid."

„Schafft sie es?"

Der Mann sah zu seinem Kollegen und dann zu Jessie. „Sie muss ins Krankenhaus, aber sie ist stabil."

Luke spürte, wie er besser durchatmen konnte. „Gut." Er sah Jessie in die Augen. „Ich fahre euch hinterher."

Der Sanitäter wollte ihr die Sauerstoffmaske wieder aufs Gesicht schieben, aber Jessie drehte den Kopf zur Seite. „Nein, Luke. Bleib hier ..." Schweißtropfen standen ihr auf der Stirn und ihre Lippen waren immer noch bläulich. „Reite ... Du kannst später nachkommen. Es ist ... alles in Ordnung." Sie sah ihm in die Augen und trotz des Tumults um sie herum verschwand plötzlich alles andere aus seiner Wahrnehmung. Er sah nur noch sie. „Ich liebe dich, Luke."

Ihre Stimme war so leise, dass sie kaum mehr vernehmbar war, aber er hörte sie trotzdem. Er hörte sie in seiner Seele. Er trat einen Schritt zurück, den Blick immer noch auf sie gerichtet. „Ich liebe dich auch."

Jemand machte die Tür des Krankenwagens zu, und der Fahrer ließ die Sirene dreimal kurz aufheulen, damit die Menge den Weg frei machte. Und dann war sie weg.

Sie und ihre Mutter waren weg und ließen ihn in der Rodeo-Arena allein zurück mit all den Gedanken, die sich in seinem Kopf drehten. In welcher Stadt waren sie überhaupt? Und wie hieß das Krankenhaus? Wie sollte er sie finden, wenn er nicht einmal wusste, wo sie war?

Ein Bekannter kam zu ihm und legte ihm den Arm um die Schulter. „Sie kümmern sich um sie, Luke. Vielleicht war es nur die Hitze."

Die Hitze? Er starrte den Mann an und hatte schon den Mund geöffnet, um ihm zu erklären, dass es nicht die Hitze war, sondern die Mukoviszidose. Aber dann erinnerte er sich daran, dass niemand das wusste, kein Einziger hier. Jessie sah immer gesund aus. Wie sollte irgendjemand auf den Gedanken kommen, dass sie an einer tödlichen Krankheit litt? Er hatte Jessie versprochen, ihr Geheimnis für sich zu behalten. Auch jetzt würde er sie nicht verraten.

Luke schlug ihm kumpelhaft auf die Schulter. „Danke, Mann. Du hast bestimmt recht."

Er wusste nicht, was er tun sollte. Er ging in die eine Richtung, blieb stehen, drehte um und blieb wieder stehen. Warum war er hier in der Arena, wenn Jessie ihn doch brauchte? Er musste zu ihr. Die letzten Reiter beendeten das *Barrel Racing*, und der Sprecher gab bekannt, dass Jessie Daniels zur Untersuchung ins Krankenhaus gebracht worden war.

„Als Nächstes erwartet Sie der Höhepunkt des Tages – das Bullenreiten", teilte er dann mit. „Genau, meine Herrschaften. Halten Sie jetzt Ihre Hüte fest. Gleich werden die besten Reiter sich auf die wildesten Bullen wagen."

Für die letzte Runde an diesem Tag hatte Luke das große Los gezogen und er war als Dritter dran. Was hatte Jessie gesagt? Er sollte erst reiten und dann zu ihr kommen? Hatte sie das nicht gesagt? Er ging zur äußeren Absperrung, hielt sich daran fest und starrte auf die Schnellstraße auf der anderen Seite. Irgendjemand würde schon wissen, wo sie sie hingebracht hatten, vielleicht einer von den Sprechern.

Bullenreiter sprachen immer von dem Adrenalinstoß beim Bullenrodeo. Aber das war gar nichts im Vergleich dazu, wie er sich jetzt fühlte. Sein Magen schmerzte, seine Arme und Beine brannten, in seinem Kopf drehte sich alles. *Bitte* …

Er schlug mit geballter Faust gegen die Absperrung. Gut. Wenn sie wollte, dass er ritt, dann würde er eben reiten. Auf die acht Sekunden kam es jetzt auch nicht an. Der Sanitäter hatte ja gesagt, sie sei stabil. Wenn er jetzt ritt, war er trotzdem nur eine Viertelstunde später vor Ort als der Krankenwagen. Sobald er fertig war, würde er herausfinden, wo sie war, und ihr Auto nehmen. Der Wohnwagen war abgekoppelt und die Schlüssel lagen wie immer unter der Fußmatte.

Er wandte sich um und trabte zu den Boxen. Er hatte sich nicht warm gemacht, aber das machte nichts. Er war noch nie so sehr bei der Sache gewesen. Er wollte für Jessie reiten, weil sie es so wollte. Nach allem, was er heute schon falsch gemacht hatte, musste er jetzt wenigstens einen erstklassigen Ritt für sie hinlegen.

Die Hälfte des Weges hatte er schon zurückgelegt, als seine Mutter aus der Menge trat und sich ihm in den Weg stellte.

„Luke …“ Ihr stand die Angst in den Augen geschrieben. „Geht es ihr gut?“

Etwas in ihm hätte bei ihrem Anblick am liebsten geweint, sich ihr in die Arme geworfen und sich von ihr trösten lassen, so wie sie es früher getan hatte, als er noch klein gewesen war. Aber sie hatte sich für die gegnerische Seite entschieden in diesem Krieg, der ihr Familienleben bestimmte. Er blieb gerade lange genug stehen, um mit dem Kopf zu nicken. „Sie wird schon wieder."

Er wollte weitergehen, aber sie hielt ihn am Arm fest. „Lass mich dir doch helfen, Luke. Ich bringe dich zu ihr."

„Nein!", zischte er sie an. „Ich komme schon selbst hin."

Dann drehte er sich um und stürmte hinter die Boxen. Er schnappte sich seinen Strick und zog seine Schutzweste über. Als er zur Box kam und auf den Zaun kletterte, war er auch schon dran. Er stieg hinein, stellte sich über den Bullen und ließ sich auf den Rücken des Biests runter, während er seinen Mundschutz zurechtschob. Das Tier schnaubte und stampfte.

„Heute nicht, Mister", zischte Luke ihm zu.

Die Sicherheitsleute hielten ihn an der Weste fest. Luke wickelte seine Hand schneller denn je ein, hielt sich mit der freien Hand an der Boxenwand fest und nickte.

Der Ritt war wild, der Bulle drehte sich in engen Kreisen und beutelte seinen Reiter wild hin und her. Er hielt den Arm oben und die Beine perfekt in Position. Der Bulle schnaubte, und Luke spürte, wie die Spucke ihm ins Gesicht spritzte. Er konnte den Zorn des Tieres förmlich riechen.

Heute nicht, du Bulle. Nicht mit mir. Luke hielt den Blick auf die Schultern des Bullen gerichtet. Jessie würde nichts geschehen, absolut nichts.

Es war ein wahnsinniger Ritt, heftiger als alles, woran Luke sich erinnern konnte. Das Adrenalin schoss durch seine Adern, bis es schließlich nur noch ihn und den Bullen gab, ihn und diesen Ritt. Die acht Sekunden vergingen wie im Flug, und als die Glocke ertönte, sprang Luke ab und marschierte geradewegs zum Ausgang.

Er war schon auf halbem Weg zu Jessies Wagen, als er hörte, wie der Sprecher ankündigte: „Luke Gunner hat dreiundneunzig Punkte, meine Herrschaften. Einen solchen Ritt werden Sie vielleicht nie wieder im Leben sehen! Einen Applaus für …"

Luke hörte weg.

Er stieg in Jessies Wagen und rief über ihr Handy die Auskunft an. Es gab nur ein Krankenhaus in der Stadt. Während er über den Parkplatz fuhr und dem Ausgang zusteuerte, ließ er sich telefonisch die Wegbeschreibung durchgeben. Zehn Minuten später stürmte er in die Notaufnahme und entdeckte ihre Mutter.

„Wie geht es ihr?" Er war noch ganz staubig von seinem Ritt.

„Es geht ihr ganz gut, Luke. Sie haben ihr Sauerstoff gegeben." Ihre Mutter drückte seine Hand. „Dr. Cleary hatte ihr angekündigt, dass das eines Tages passieren würde."

„Aber sie können ihr doch helfen, damit es ihr wieder gut geht, oder?" Er konnte nicht klar denken und nicht atmen, solange er nicht wusste, dass es ihr wieder gut gehen würde.

„Ja. Sie wird eine Weile im Krankenhaus bleiben müssen. Ein paar Tage." Jessies Mutter wirkte müde. „Wie war dein Ritt?"

Das war so unwichtig im Vergleich zu Jessies Gesundheit. „Dreiundneunzig." Er sah an ihr vorbei zu der Flügeltür zu den Krankenzimmern. „Darf ich zu ihr?"

Ihre Mutter zögerte. „Der Arzt hat gesagt …"

„Bitte." Er sah sie an.

Sie schaute nervös zum Anmeldetresen hinüber. „Gut." Sie machte ihm ein Zeichen. „Komm mit mir mit."

Sie gingen den Gang hinunter und betraten das dritte Zimmer auf der rechten Seite. Jessie war allein und hing am Tropf und am Sauerstoff. Sobald er sie sah, fühlte er sich besser. Sie hatte wieder Farbe im Gesicht. Ihre Mutter hatte recht, sie würde durchkommen. Noch einmal, noch eine neue Chance.

„Na, du." Er trat an ihr Bett.

Sie sah müde aus, aber sie lächelte ihn an. „Bist du oben geblieben?"

„Ja." Er strich ihr übers Haar und sah ihr in die Augen. „Was ist vorhin passiert?"

„Ich hab keine Luft mehr bekommen." Ihre Müdigkeit verschwand. „Aber hast du gehört? Ich habe einen Rekord aufgestellt!"

„Ich hab's gehört." Er beugte sich zu ihr herab und küsste sie auf die Wange. Er wollte nicht über die Wettkämpfe sprechen. „Du hast keine Luft mehr bekommen? Meinst du, nach dem Rennen, nachdem du die Luft angehalten hast?"

„Genau." Sie machte die Augen zu und öffnete sie wieder, aber langsamer als zuvor. „Es geht mir gut, Luke. Sie haben mir was gegeben. Jetzt kann ich wieder atmen."

„Das war, weil du dich wegen mir so aufgeregt hast." Er strich ihr mit den Fingerspitzen über die Stirn. „Ich bin ein Idiot. Ich hätte nicht wütend werden dürfen."

„Nein." Sie schluckte und räusperte sich. „Es war die Luftfeuchtigkeit, Luke. Wirklich."

Sie hatte unrecht, aber er wollte sie nicht weiter bedrängen. Es hatte keinen Sinn, sie wieder aufzuregen. „Kannst du jetzt wieder richtig atmen?“

„Ja.“ Sie legte ihre Hand auf seine. „Mir geht es gut, Luke. Ich muss nur mal wieder neu eingestellt werden.“ Sorge blitzte in ihren Augen auf. „Du musst doch heute Abend noch einmal reiten.“

„Das kann ich absagen. Ich brauche diesen Wettkampf nicht.“

„Luke Gunner! Du hast noch nie in deinem Leben einen Wettkampf abgesagt.“ Sie sah zu ihrer Mutter, die ein paar Schritte entfernt stand. „Sag du es ihm, Mama. Er kann mir nicht helfen, indem er hier im Krankenzimmer rumsitzt.“

Mrs Daniels kam näher. „Sie hat recht. Reite, Luke.“

„Ich muss nicht.“ Er konnte seinen Blick nicht von ihr abwenden.

„Doch, du musst.“ Sie machte die Augen zu, weil sie zu müde war, um sie offen zu halten. „Geh und gewinn.“

Sie sprachen noch ein paar Minuten miteinander, bis sie ihn davon überzeugt hatte, dass sie sich gut fühlte und dass sie nur etwas schlafen wollte.

Erst, als er wieder in der Arena war und sich zum Wettkampf meldete, erfuhr er es. Bei dieser Nachricht machte sein Herz einen Salto.

Kapitel 16

Bei den Abendveranstaltungen gab es immer die wildesten Pferde und die schwierigsten Bullen zu reiten. Das war absichtlich so geplant, damit mit der aufregenderen Show die besser zahlenden Gäste angelockt wurden. Als Luke wieder in der Arena war, erhielt er die Nachricht, auf die er gewartet hatte, seit er bei den Profis ritt: Der Bulle, den er gezogen hatte, war kein Geringerer als die große Legende, der gemeinste Bulle im Rodeo, so brutal und wahnsinnig, dass seine Besitzer ihn so oft wie möglich beim Rodeo einsetzten, weil sie sich an ihm eine goldene Nase verdienten.

Der Bulle hieß *Chaos*.

Von den dreiundzwanzig Reitern, die ihn in den vergangenen beiden Jahren geritten hatten, hatte *Chaos* alle unter der Acht-Sekunden-Marke abgeworfen. Aber das war noch nicht alles. Der Bulle benutzte seine Hörner gezielt als Waffe. Er zog eine lange Spur gebrochener Rippen, Gehirnerschütterungen und Wirbelsäulenverletzungen hinter sich her. Für die Profireiter der Liga gab es keine größere Herausforderung, als *Chaos* zu reiten. Bevor er Jessie kennengelernt hatte, hätte Luke einen ganzen Jahresverdienst dafür gegeben, diesen Bullen reiten zu dürfen. Nur ein einziges Mal. Aber jetzt …

Jetzt trug er etwas in sich, das Jessie drei Jahre ihres

Lebens schenken konnte. Es war ihm gleichgültig, ob *Chaos* ihn verletzte. Das gehörte zum Bullenreiten eben dazu. Aber was war, wenn der Bulle ihm ein Horn in die Rippen stieß und seine Lunge verletzte – Jessies Lunge?

Seine Gedanken drehten sich im Kreis.

Sollte er das Los annehmen und möglicherweise den Ritt seines Lebens machen? Es wäre der Höhepunkt seiner Karriere, ganz gleich, wie lange er schon dabei war und später noch sein würde. *Chaos* zu reiten würde ihm den Sieg sichern und er käme mühelos ins Finale. Unruhig trabte er den Gang hinter den Boxen auf und ab. Alle paar Minuten blieb er stehen, um Dehnungsübungen zu machen, und dachte dabei über seine Möglichkeiten nach.

Der Geruch von angebranntem Popcorn und Frittiertem hing in der Luft und vermischte sich mit dem Geruch der Tiere. Was sollte er tun? Welches Risiko war er bereit einzugehen? Er sah absichtlich nicht zur Zuschauertribüne, aus Angst, seine Mutter könnte noch dort sitzen. Wenn sie noch da war, würde Carl Joseph ihn diesmal sehen, und dann blieb ihm nichts anderes übrig, als sich auch noch mit ihnen auseinanderzusetzen. Er rechnete nicht damit, dass sie zusah. Er war sich nicht einmal sicher, ob sie noch da war. Doch im Grunde war das jetzt gleichgültig. Er dachte nur noch an den wilden Ritt, der vor ihm lag, und an seine Chance, Rodeo-Geschichte zu schreiben.

Und an den Schaden, den ihm der Bulle zufügen konnte.

Luke würde wahrscheinlich als Letzter reiten, und allen war klar, was dieser Ritt bedeutete. Wenn er sich acht Sekunden auf *Chaos* hielt, hatte er nicht nur diesen Wettbewerb gewonnen, sondern führte auch die Tabelle an. Und hinter ihm käme dann lange niemand.

Trotzdem ... Er konnte den Gedanken an Jessie nicht abschütteln. Er machte seine Übungen und versuchte, sich selbst einzureden, dass alles gut gehen würde. Dabei hatte er beim Auf-und-Ab-Gehen hinter den Boxen schon einen richtigen Pfad in den Staub getreten. Jessie würde wollen, dass er ritt und es mit dem Bullen aufnahm, den niemand je besiegt hatte. Aber als er am Gatter hochkletterte und den Bullen anstarrte, schauderte es ihn.

Er wusste schon, was passieren würde. Der Bulle würde durch die Luft schießen, ihn abwerfen und dann kehrtmachen und ihn erledigen. *Chaos* gab sich nicht damit zufrieden, die Reiter nur abzuwerfen; er wollte sie töten. Bevor er Jessie gekannt hatte, hätte Luke das nichts ausgemacht. Sollte das Biest es doch versuchen. Es war nicht der erste unbezwingbare Bulle, den er ritt.

Aber was wäre, wenn er ihn tatsächlich verletzte? Die kostbare Lunge beschädigte?

Sein eigenes Leben konnte er aufs Spiel setzen, nicht aber das von Jessie. Und so traf er eine Entscheidung.

Luke sprang vom Gatter hinter die Boxen und ging zum Tisch der Punktrichter.

„Gunner, was machst du?", rief ihm einer der Cowboys hinterher. „Du bist in ein paar Minuten dran."

Luke blieb nicht stehen. Er kam zum Tisch und stand vor dem ältesten Richter in diesem Sport, einem Mann, der für seine Klasse und seinen Charakter berühmt war.

„Luke Gunner?" Er sah Luke neugierig und stirnrunzelnd an. „Sie müssen zur Box, junger Mann. Was kann ich für Sie tun?"

„Ich trete zurück, Sir." Er griff sich über die Schulter, riss sich die Startnummer von der Weste und knallte sie auf den Tisch. „Ich kann heute Abend nicht reiten."

„Aber Sie haben das große Los ..."

„Danke, Sir."

Er sagte kein Wort mehr, bis er bei Jessie war.

„Ich kann es nicht fassen, dass du zurückgetreten bist." Sie hielt seine Hand und lächelte ihn an. „Alle werden denken, dass du deinen Schneid verloren hast."

„Das ist mir egal." Er beugte sich herab und küsste sie auf den Mund, langsam und sanft. „Solange ich dich nicht verliere." Er rieb seine Nase an ihrer und wich wieder etwas zurück.

„Das wirst du nicht, Luke. Mir geht es gut."

„Gut." Er biss sich auf die Lippe. Er hatte ihr nicht verraten, warum er zurückgetreten war, sondern ließ sie in dem Glauben, dass es daran lag, dass er sich nicht konzentrieren konnte, solange sie im Krankenhaus lag. Es war besser, wenn sie nicht wusste, dass er sich Gedanken um seine Lungen machte.

Sie sprachen über die Tabelle und nach einer Weile kam ihre Mutter aus der Cafeteria zurück. „Viele Grüße von deinem Vater. Er wird dich morgen früh anrufen."

„Danke, Mama." Jessie lächelte sie schief an.

Sie unterhielten sich eine halbe Stunde lang über alles Mögliche, bis der Arzt mit einem Schreibbrett und einem finsteren Gesichtsausdruck hereinkam.

Luke saß auf einer Seite des Bettes, Jessies Mutter auf der anderen. Er hätte den Arzt am liebsten hinausgeschickt. Es ging ihnen gut, solange sie über nichts Ernstes nachdenken mussten.

„Guten Tag." Mrs Daniels sprach als Erste. „Haben Sie schon mit Dr. Cleary gesprochen?"

„Ja." Der Arzt ging ans Fußende des Bettes. „Hallo, Jessie. Geht es Ihnen gut?"

„Mm-hmm." Sie atmete leichter, aber sie sah erschöpft aus.

Der Mediziner sah wieder zu Jessies Mutter. „Ich habe die Untersuchungsergebnisse mit Jessies Arzt durchgesprochen, und, nun ja … es sind keine guten Nachrichten."

Luke wappnete sich innerlich. Er hatte doch gewusst, dass das kommen würde. Ganz gleich, ob Jessie sagte, sie müsse nur neu eingestellt werden – sie wussten alle, dass es ihr immer schlechter ging. Der Husten, die erhöhten Medikamentendosen, die panischen Momente, in denen sie keine Luft bekam. Sie alle hatten die Anzeichen gesehen.

„Ihre Lungenfunktion ist schlecht, stimmt's?" Jessies Mutter fasste sie am Unterarm. „Ich sehe es."

„Es ist mehr als nur der Lungenfunktionstest, Mrs Daniels." Der Arzt atmete tief aus. „Ihre Lungen verschließen sich allmählich. Sie kann nicht mehr reiten."

Jessie griff nach Lukes Hand. Sie schloss die Augen und drückte seine Finger so fest, dass es wehtat. Er hätte ihr am liebsten die Ohren zugehalten und sie mit seinem Körper abgeschirmt. Er wollte irgendetwas tun, um das ungesagt zu machen, was der Mann gerade gesagt hatte. Das war der Tag, vor dem sie sich ihr ganzes Leben lang gefürchtet hatte. Und nun war er ohne Vorwarnung gekommen – durch ein einzige nüchterne Aussage.

Keine Rennen mehr. Niemals.

Luke konnte erahnen, wie schmerzlich das für sie war,

denn auch ihm tat es weh. Sie würde nie mehr bei Wettkämpfen reiten? Es war aus mit dem Traum, den sie seit ihrem elften Lebensjahr verfolgt hatte? Nie wieder würde sie schneller als alle anderen um die Fässer galoppieren? Für sie und *Golden Sun* war es aus mit dem Rodeo, aus mit dem Herumreisen, aus damit, ganz oben auf der Tabelle zu stehen.

Man würde sich an Jessie Daniels erinnern, weil sie von Anfang an beim *Barrel Racing* unter den Besten gewesen und es auch die ganze Zeit geblieben war. Aber ihre Hoffnung würde sich nie erfüllen; sie würde niemals den Meistertitel gewinnen.

Er ließ seinen Kopf auf ihre Hand sinken und wünschte sich, er könnte seine Kraft auf sie übertragen. Der Arzt redete weiter und sagte irgendetwas von „erholen und die nächsten Monate nutzen, wieder zu Kräften zu kommen". Dann sagte er etwas, bei dem Luke auffuhr.

„Dr. Cleary hat mir gesagt, dass Sie im Dezember eine Lungentransplantation planen." Sein Gesichtsausdruck war ernst und angespannt.

„Ja." Jessies Mutter sprach immer noch für sie alle drei, weil niemand sonst den Mund aufmachte. Sie zögerte und sah zu ihm herüber. „Luke ist einer der Spender. Jessies Vater ist der andere."

„Darüber muss ich mit Ihnen reden." Der Arzt öffnete die Mappe, die er im Arm hielt. „Wir haben die Transplantation auf Juni vorverlegt. Dr. Cleary ist der Ansicht, dass wir nicht mehr länger warten können. Nachdem ich mich mit unseren Spezialisten beraten habe, muss ich ihm zustimmen." Er warf einen Blick in seine Unterlagen. „Jessie wird noch einige Tage hierbleiben und dann nach Hause gehen. Sie sollte in den nächsten acht Wochen wieder zu Kräften kommen, damit sie für die Transplantation in der bestmöglichen Verfassung ist."

Juni?

Einen Augenblick lang war Luke wie erstarrt, aber er erholte sich rasch. Juni war in Ordnung. Je früher, desto besser. Das erleichterte ihm seine Entscheidung bezüglich dieser Saison.

Jessie öffnete die Augen und alle drei schwiegen. Diese Neuigkeiten waren wie eine Wolke voll Wüstenstaub, die ihnen den Atem nahm.

„Herr Doktor ..." Jessies Mutter hörte sich erschöpft und resigniert an. „Könnten Sie uns einen Moment allein lassen?"

„Ja, natürlich." Der Arzt sah von Jessies Mutter zu Jessie und dann zu Luke. „Ich wünschte, ich könnte Ihnen noch andere Möglichkeiten anbieten, aber es gibt keine. Das ist der einzige Ausweg."

Sobald der Arzt draußen war, wandte Jessie sich an Luke. „Du musst das nicht tun. Jemand anders kann mir einen Lungenflügel spenden. Ich stehe immer noch auf der Warteliste und jetzt ist mein Fall dringender. Juni ist der ungünstigste Zeitpunkt ..."

„Jessie." Er drückte ihr seine Finger auf die Lippen. „Für mich ist die Saison gelaufen."

„Nein, Luke." Ihre Mutter sah ihn an. „Jessie hat recht. Du bist einer der Besten." Sie umklammerte die Armlehne ihres Stuhls. „Du bist gesund und unverletzt. Wenn wir sie wieder auf die Warteliste setzen lassen, wird sie vielleicht genau im richtigen Moment eine Spenderlunge bekommen."

„Hört mal." Luke lehnte sich in seinem Stuhl zurück. Er sprach ruhig und entschlossen. „Ich mache es. Nichts wird mich davon abhalten. Ich *will*, dass sie meine Lunge bekommt."

Niemand sagte mehr etwas. Dann griff Jessie nach seiner Hand. „Wir könnten versuchen, noch etwas zu warten, Luke. Vielleicht irrt sich der Arzt ja. Was sind schon ein paar Monate mehr?"

„Jessie, bitte hör mir zu." Er beugte sich zu ihr und küsste die Innenseite ihrer Hand. „Für mich ist diese Saison vorbei, ganz gleich, ob die Transplantation im Juni oder im Dezember stattfinden wird. Ich werde auf keinen Bullen mehr steigen, bis es vorbei ist."

„Warum? Das … das verstehe ich nicht." Ihre Stimme war leise und schwach. „Ich will nicht, dass du mit mir daheim sitzt und zusiehst, wie ich mithilfe einer Maschine atme. Es wäre mir lieber, wenn du Rodeos gewinnst und das tust, was du so gern tust."

„Ich kann nicht." Er strich mit dem Finger über ihren Verlobungsring und drückte ihre Hand an sein Gesicht. Er hatte es ihr nicht sagen wollen, aber jetzt musste er es tun. „Bisher hatte ich nie Angst davor, von einem Bullen verletzt zu werden, weil ich mich ja nur um mich selbst sorgen musste." Er zuckte die Achseln. „Ich weiß nicht, vielleicht habe ich die Herausforderung und das Risiko sogar bewusst gesucht." Er sah ihr in die Augen. „Aber jetzt ist alles anders." Er richtete sich auf und legte ihre Hand auf seine Brust. „Eine meiner Lungen gehört dir, Jessie. Sie gehört nicht mehr mir. Ich mache mir keine Sorgen um mich, sondern um den Teil von mir, der dir gehört."

Jessies Mutter barg ihr Gesicht in den Händen, um ihre Tränen zu verbergen. Auch Jessie traten Tränen in die Augen. Sie liefen ihr übers Gesicht und tropften auf das Kopfkissen. Da wusste er, dass er gewonnen hatte. Es wurde Zeit, nach Hause zu gehen und dafür zu sorgen, dass es Jessie wieder besser ging. Zeit, von den Jahren zu träumen, die sie durch die Transplantation gewinnen würden. Es war doch möglich, oder? Man würde ein Heilmittel finden, während sie von ihrer geliehenen Zeit lebte.

Er beugte sich übers Bett und umarmte sie. Auch wenn Jessie und ihre Mutter weinten, er konnte jetzt nicht traurig sein. Was bedeutete es schon, dass er eine Rodeosaison verpasste? Er hatte dieses Jahr schon genug Geld verdient, und er konnte jederzeit wieder anfangen, wenn der Eingriff durchgeführt worden war.

Jessie würde es bald besser gehen, sie würde wieder kräftiger werden, und nach der Lungentransplantation war alles möglich. Sie war eine Kämpferin. Wenn irgendjemand die Mukoviszidose besiegen konnte, dann Jessie Daniels. Und jetzt konnten sie auf der Ranch jeden Tag zusammen sein.

Jessie und ihre Mutter waren aufgelöst, aber Luke empfand nichts als Freude. Und in ein paar Wochen, wenn es ihr gut genug ging, würden sie den glücklichsten Tag ihres Lebens begehen: ihre Hochzeit.

Kapitel 17

Das Kleid hatte sie in einer kleinen Boutique in Denver gefunden. Es war ein winziger Laden, in den sie auf dem Rückweg von einem Gespräch mit Dr. Cleary mit ihrer Mutter gegangen war. Jessie wusste es in dem Augenblick, als sie das Kleid anzog. Es war perfekt. Kein anderes Kleid kam für ihre Hochzeit mit Luke Gunner infrage.

Es war ein langes Kleid aus Satin mit mehreren Stufen und Spitze an den Säumen. Die Puffärmel fielen etwas über ihre Schultern. Sie probierte es vor einem Flügelspiegel an.

Die Augen ihrer Mutter strahlten und sie hielt sich die Hand vor den Mund. „Jessie, du siehst umwerfend aus." Sie kam zu ihr und drückte sie, während sie beide nebeneinanderstanden und in den Spiegel schauten. „Weißt du noch, als ich dir erzählt habe, wie sehr ich darum gebetet und darauf gehofft habe" – sie drehte sich zu ihr – „dass du lange genug leben darfst, um dich zu verlieben?"

„Ja, Mama." Sie lehnte ihren Kopf an den ihrer Mutter. „Ich weiß es noch."

„Damals habe ich gesagt: ‚Um Himmels willen – jeden, nur nicht Luke.'" Ihre Stimme stockte etwas. „Jessie, mein Schatz, ich habe mich getäuscht. Luke liebt dich so, wie ich es mir immer für dich erträumt habe."

„Ich weiß." Jessie lächelte ihre Spiegelbilder an. „Ich bin die glücklichste Frau auf der Welt."

❖

Die Tage vergingen wie im Flug, und eines Abends, ein paar Tage vor ihrer Hochzeit, saßen Jessie und Luke in der alten Schaukel auf der Veranda. Es war Mai und wieder warm in Colorado.

„Oh Mann!" Er sah sie an. „Mir ist gerade etwas eingefallen: Ich habe noch kein Hochzeitsgeschenk für dich."

„Das macht nichts." Sie sah auf die sich windende Auffahrt, die sie schon so oft auf dem Weg zu einem Rodeowettkampf entlanggefahren waren. Sie konnte immer noch nicht glauben, dass es damit endgültig vorbei war. Das war das Schwerste an ihrem neuen Leben. Sie rückte näher und sah Luke in die Augen. „Ich brauche kein Hochzeitsgeschenk. Du genügst mir."

„Das ist nicht gerecht, Jessie. Du hast ein Hochzeitsgeschenk verdient."

Sie schob ihre Finger zwischen die seinen und legte ihren Kopf an seine Schulter. Ein Hochzeitsgeschenk. Darüber hatte sie noch nicht nachgedacht, aber jetzt, wo er davon sprach … „Gut, weißt du was?"

„Was?"

„Reite mit mir nach der Trauung bis ans andere Ende der Farm. Dort werde ich dir sagen, was ich mir wünsche."

„In deinem Brautkleid?"

„Ja." Sie schubste die Schaukel wieder an. „Sobald die Trauung vorüber ist."

Er wollte etwas dagegen einwenden, sie sah es in seinen

Augen. Aber er tat es nicht. Sie hatten nicht mehr genug Zeit, um sich über irgendetwas zu streiten.

❖

Und dann war ihr Hochzeitstag da. Ein Morgen voller Sonnenschein und neuem Leben. Jessie ging zum Fenster ihres Zimmers und sah hinaus. Wie es wohl sein würde, wenn sie neben Luke aufwachte und seinen Körper neben sich spürte? Sie konnte es kaum erwarten. Wenn sie schlau gewesen wäre, hätte sie ihn schon vergangene Weihnachten geheiratet, als er ihr den Antrag gemacht hatte.

Ein Rotkehlchen ließ sich auf dem Baum vor ihrem Fenster nieder. Es legte den Kopf schief und sah sie an. Dann hüpfte es dreimal den Ast entlang und flog davon. Irgendetwas an dem Vogel erinnerte Jessie an ihre Schwester.

Anna war ihre beste Freundin gewesen, ihre Schwester und ihre andere Hälfte. Zusammen hatten sie in ihrem abgeschirmten Zimmer gesessen und von all den Dingen geträumt, die sie tun wollten, wenn sie gesund waren. Damals hatten sie noch geglaubt, dass kleine Mädchen mit Mukoviszidose eines Tages gesund werden und über die grünen Hügel springen und Verstecken spielen würden. Dass sie endlose Sommertage von frühmorgens bis spätabends auf dem Pferderücken verbringen würden, ohne sich auch nur die geringsten Sorgen zu machen.

Aber dazu war es nie gekommen. Anna hatte nie die Gelegenheit gehabt, groß zu werden oder aus ihrem Zimmer herauszukommen oder draußen herumzurennen oder auf einem Pferd zu reiten. Anna hätte an diesem Tag dabei sein sollen. Sie hätte ein pastellblaues Kleid getragen – ihre Lieblingsfarbe. Es wäre ein langes, schmales Kleid gewesen und sie hätte Schleierkraut und Gänseblümchen im Haar getragen. Die Gänseblümchen, die vor ihrem Fenster wuchsen.

Sie hätte Luke bestimmt gemocht und sich darüber gefreut, dass er sich um Jessie und ihre Familie kümmerte. Luke und Anna hätten sich angefreundet und zusammen mit Jessie und ihrer Mutter hätten sie Karten gespielt und von der Zukunft geträumt.

Jessie hielt sich an der Fensterbank fest. Ihr Herz wurde ganz schwer vor Traurigkeit.

Anna hätte heute hier neben Jessie stehen sollen, als ihre erste Brautjungfer, ihre beste Freundin. Die Tatsache, dass sie nicht hier war, sondern auf dem Friedhof am Ende der Straße begraben war, erfüllte Jessie mit einer Wut, die sie ein Jahrzehnt lang unterdrückt hatte. Es war so einfach gewesen, alles in einer Kiste zu verschließen – ihre Trauer, Annas Tod, alles. Es war einfach, den Deckel nie wieder zu öffnen, um genauer zu untersuchen, wer eigentlich schuld an allem war, und niemals zu versuchen, irgendeinen Sinn darin zu entdecken.

Aber jetzt … Irgendwie hatte sich ihre Perspektive verändert. Sie empfand nicht mehr nur Wut und Trauer, sondern auch Hoffnung und Dankbarkeit. Sie hatte ein Jahrzehnt lang ihr geliebtes Pferd haben und ausbilden dürfen. Sie hatte sich im Rodeozirkus bis ganz nach oben gearbeitet und genau das gemacht, was sie machen wollte. Sie hatte Eltern, die sie ihre Träume verwirklichen ließen und alles für sie taten. Und jetzt hatte sie auch noch das unglaublichste Geschenk von allen bekommen.

Die Liebe von Luke.

Klar, in vielen Dingen hatte sie vielleicht einfach Glück gehabt, aber das mit Luke – das konnte man nicht mit Zufall erklären. Die Tatsache, dass seine Lunge genau zu ihrem kranken Körper passte … diese Liebe, bei der sie nicht mehr genau wusste, wo sie aufhörte und er anfing?

Nichts von alledem war Zufall.

All ihre Träume hatten sich verwirklicht, bis auf einen. Und was war schon der Meistertitel im Vergleich zu der wunderbaren Zeit, die sie jetzt mit Luke verbringen würde? Es war sogar ein Wunder, dass sie an diesem Morgen überhaupt hier stand. Sie hätte auch gleich im ersten Jahr, als sie mit dem Reiten angefangen hatte, sterben können. Das hatte Dr. Cleary ihnen damals doch gesagt, nicht wahr?

All die Jahre, die sie auf *Golden Sun*s Rücken verbracht hatte, die Freundschaft zu diesem Pferd hätte sie eigentlich gar nicht überleben dürfen. *Golden Sun* hatte Annas Platz eingenommen, hatte ihren Schmerz gelindert und ihr eine neue Perspektive geschenkt. *Golden Sun* behandelte sie nicht anders, weil sie krank war. Er war nicht besonders rücksichtsvoll oder zurückhaltend mit ihr. Nein, wenn sie auf ihm saß, gab er alles. Sie hatten ganze Tage gemeinsam draußen verbringen dürfen. Und es war herrlich gewesen!

All das hätte eigentlich gar nicht möglich sein dürfen.

Und dann war da noch der Traum ihrer Mutter: dass sie lange genug leben durfte, um sich zu verlieben, um die Hingabe eines Mannes zu erleben, der sie sogar mehr liebte als sein eigenes Leben. Wer hätte gedacht, dass

Luke Gunner dieser Mann sein würde? Und hier war er. Er liebte sie wirklich von ganzem Herzen, er brachte sich selbst für sie in Gefahr. Wenn er ihr die Krankheit hätte abnehmen können, hätte er es sofort getan. So sehr liebte Luke sie.

Und was war mit diesem Erlebnis am anderen Ende der Farm, als sie nach ihrem wütenden Ritt in der Kälte keine Luft mehr bekommen hatte? Luke hatte Gott um Hilfe angefleht und sie hatte wieder atmen können. Sie hätte dabei sterben können und hätte diesen Tag heute niemals erlebt, hätte sich niemals dieses traumhafte Kleid angezogen, um auf einem Hügel neben einem Mann zu stehen, dessen Seele mit ihrer aufs Engste verbunden war, und ihm ihre Liebe zu versprechen.

Ihr war so viel erspart geblieben. Sie atmete ein und lächelte. Ihre Lungen würden diesen heutigen Tag durchhalten, das spürte sie genau. Sie sah zum Himmel hinauf bis zu dem Ort jenseits des Blaus, an dem ihre Schwester jetzt wohl war. Solange sie atmete, würde sie niemals verstehen, warum Anna so früh hatte sterben müssen, warum sie jetzt nicht bei ihr sein konnte, um mit ihr diesen Tag zu feiern. Sie würde auch nie begreifen, warum Gott manche Gebete erhörte und andere nicht.

Aber sie konnte deswegen nicht mehr zornig sein. Tränen brannten ihr in den Augen und sie trat näher ans Fenster. Das Blau des Himmels erfüllte sie ganz und gar. Sie schniefte, und dann überkam sie eine Welle der Trauer, die größer war als die ganze Farm dort draußen.

„Darf ich dich um etwas bitten, Gott?" Ihre Stimme brach, aber sie hielt den Blick gen Himmel gerichtet. „Darf Anna heute bitte zuschauen? Darf sie ganz vorne in der ersten Reihe sitzen?“ Jessie schloss die Augen. Heute fehlte ihr ihre Schwester mehr denn je. „Und noch etwas: Sag ihr bitte, dass sie mir fehlt.“

❖

Ihre Eltern sahen aus ein paar Metern Entfernung zu, wie Jessie die Treppe regelrecht hinunterschwebte. Sie hatte einen Strauß roter Rosen in der Hand, die ihre Mutter am Morgen im Garten geschnitten hatte. Luke wartete in dunklen Jeans mit weißem Hemd und einem Wolljackett auf dem untersten Treppenabsatz. Er sah genau so aus wie ihr Märchenprinz.

Sie musste ihn nicht fragen, was er von ihrem Kleid hielt oder ob sie ihm gefiel. Die Antwort stand deutlich in seinem Gesicht geschrieben und sie kam von Herzen. Ganz gleich, wie lange sie noch lebte, immer, wenn sie ihn ansah, würde sie seine Augen vor sich sehen, die strahlten, als sie die Treppe hinunterkam.

Sie trafen sich, und Luke schlang seine Arme stark und schützend um sie, einen um ihre Taille, den anderen um ihre Schultern. Sie atmete seinen Geruch ein – nach seinem Rasierwasser, nach Holz, Natur und Leder und nach ihm selbst. Einen Moment lang gestattete sie sich, an das zu denken, was sie an diesem Tag und vor allem in der Nacht noch erwartete … Sie schloss wohlig schaudernd die Augen und überließ sich seiner Umarmung.

Bevor er sie wieder losließ, flüsterte er ihr ins Ohr: „Das ist der schönste Tag meines Lebens.“

Der Pfarrer und seine Frau standen ebenfalls ganz in der Nähe ihrer Eltern. Der Geistliche war wohlbeleibt, trug einen Bart und hatte sich die Gitarre auf den Rücken gehängt. Seine Frau hatte Kamera und Bibel im Arm. Sie machte Bilder, einige von Luke und Jessie und einige mit den beiden und Jessies Eltern.

Bevor sie zusammen nach draußen gingen, nahm Jessie die Frau zur Seite. An diesem Morgen war ihr ein Lied eingefallen, das sie gern hören wollte. Es war ein alter Choral, eines der Lieblingslieder ihrer Mutter.

„Können Sie das am Schluss für uns spielen, wenn wir getraut sind?" Jessie sprach leise. Es sollte eine Überraschung sein.

„Natürlich." Die Frau des Pfarrers kannte Jessies Mutter. Ihr war klar, was dieses Lied für sie bedeutete.

„Danke." Jessie ging zu ihrem Vater und hakte sich bei ihm ein.

Sie gingen vorneweg, dann folgten Luke und Jessies Mutter und zum Schluss kamen der Pfarrer und seine Frau. Die kleine Prozession schritt über die frisch gemähte Wiese, an den Tomatenstöcken und Rosenbüschen vorbei zu dem Hügel, der etwa fünfzig Meter vom Haus entfernt lag. Auf dem grasbewachsenen Hügel befanden sich einige große Felsen. Als sie klein waren, hatten Anna und sie immer davon geträumt, dort zu spielen.

Alle nahmen ihre Plätze ein, Luke und Jessie in der Mitte, ihre Eltern links und rechts von ihnen. Der Pfarrer rückte seine Gitarre zurecht und stimmte sie kurz. Seine Frau stand neben ihm und begann zu singen.

Das Lied brachte alles zum Ausdruck, was es über Luke und Jessie zu sagen gab. Es handelte von einem Traum, der wie ein Fluss war, und der Träumende war wie ein Boot auf diesem Fluss. Obwohl der Träumende nicht wusste, was auf ihn zukam, blieb ihm doch nichts anderes übrig, als der Strömung zu folgen.

Die leichte Brise, die an diesem Nachmittag über die Ranch wehte, blies Jessie einige Haarsträhnen ins Gesicht. Ohne sich umzudrehen, beobachtete sie ihren Vater, der aufrecht, stolz und gelassen dastand. Er hatte zugesehen, wie sie ihren Träumen nachjagte, und dafür mit ständiger Angst und Ungewissheit bezahlt, aber nie an ihr gezweifelt. Erstaunlich, dass seine Statur der von Luke so ähnlich war und dass ihr Blut so ähnlich war, dass sie beide als Spender infrage kamen.

Die Ärzte irrten sich. Mit einem Lungenflügel von Luke und einem von ihrem Vater würde sie sicher länger als drei Jahre leben. Die beiden waren die stärksten Männer, die sie kannte; ihre Lungen würden sie mindestens ein Jahrzehnt am Leben halten.

Sie spürte eine Berührung an ihrem rechten Arm und ihre Mutter lehnte sich zu ihr hinüber. Sie flüsterte sanft: „Ich freue mich so für dich, mein Liebling."

„Ich auch", entgegnete Jessie leise. „Das hattest du dir erhofft, nicht wahr?"

„Ja." Sie sahen sich einen Moment lang in die Augen. „Genau das habe ich mir erhofft."

Als das Lied zu Ende war, schlug der Pfarrer die Bibel auf und hielt eine kurze Ansprache zum „Hohelied der Liebe" im Korintherbrief. „Wenn ich die Sprachen aller Menschen spreche und sogar die Sprache der Engel, aber ich habe keine Liebe – dann bin ich doch nur ein dröhnender Gong oder eine lärmende Trommel. Wenn ich prophetische Eingebungen habe und alle himmlischen Geheimnisse weiß und alle Erkenntnis besitze, wenn ich einen so starken Glauben habe, dass ich Berge versetzen kann, aber ich habe keine Liebe – dann bin ich nichts. Und wenn ich all meinen Besitz verteile und den Tod in den Flammen auf mich nehme, aber ich habe keine Liebe – dann nützt es mir nichts, so heißt es in der Bibel", sagte er. „Das habt ihr beiden, Luke und Jessie, auf eure ganz eigene Weise erlebt – jeder von euch hat in seiner Sportart Ruhm und Anerkennung geerntet, gutes Geld verdient und viele Bewunderer gehabt. Doch das alles hat euch innerlich nicht befriedigt, weil euch das Wichtigste im Leben gefehlt hat: die Liebe. Und diese Liebe, die ihr füreinander empfindet, kann zu ihrer vollen Entfaltung kommen, auch wenn euch dazu vielleicht nicht so viel Zeit bleibt wie anderen Paaren. Hört selbst, wie wahre Liebe aussieht, und dann überprüft eure Liebe immer wieder im Hinblick auf dieses Vorbild!"

Dann las er die berühmte Stelle aus dem Korintherbrief vor, in der die Liebe charakterisiert wird: „Die Liebe ist geduldig und gütig. Die Liebe eifert nicht für den eigenen Standpunkt, sie prahlt nicht und spielt sich nicht auf. Die Liebe nimmt sich keine Freiheiten heraus, sie sucht nicht den eigenen Vorteil. Sie lässt sich nicht zum Zorn reizen und trägt das Böse nicht nach. Sie ist nicht schadenfroh, wenn anderen Unrecht geschieht, sondern freut sich mit, wenn jemand das Rechte tut."

Jessie sah zu Luke. Es war, als kämen diese Worte direkt aus seinem Herzen, als sei das, was sie gefunden hatten, ein Abbild dessen, wie Liebe sein sollte. Sie gab ihrer Mutter den Brautstrauß und hielt seine Hände. Es lag viel vor ihnen in den nächsten Wochen: die Transplantation und ein Monat Genesungszeit. Es würde immer gefährlich für sie sein, aber in diesem Moment, als sie sich in Lukes Augen verlor, zählte nur noch die Liebe – eine Liebe wie die, von der der Pfarrer sprach.

Der Pfarrer beendete die Lesung: „Die Liebe gibt nie jemand auf, in jeder Lage vertraut und hofft sie für andere; alles erträgt sie mit großer Geduld." Er hielt inne und sah sie beide an. „Niemals wird die Liebe vergehen."

Es schien, als wäre diese Bibelstelle für sie beide und ihre Situation geschrieben! Jessie durchlief ein Schauer und Luke neben ihr sah sie verstehend an.

Jetzt kam das Eheversprechen. Jeder von ihnen hatte einen ganz besonderen und einzigartigen Teil geschrieben und den letzten Teil hatten sie gemeinsam verfasst.

Jessie und Luke wandten sich einander zu und Luke begann. „Ich nehme dich, Jessie Daniels, zu meiner Ehefrau." Er holte Luft und richtete sich auf. „Ob ich zehn oder hundert Jahre mit dir hätte, unsere gemeinsame Zeit wäre nie genug. Durch dich bin ich zu etwas geworden, das ich nie zuvor war." Er hielt inne. „Ich bin vollständig, weil du mich ergänzt. Durch meine Liebe zu dir weiß ich nicht mehr, wo ich aufhöre und du anfängst." Er strich mit den Daumen über ihre Handrücken und sprach mit fester Stimme, obwohl sich seine Augen mit Tränen füllten. Den letzten Teil hatten sie zusammen verfasst. „Jessie, ich verspreche dir, dir alles zu geben, was ich bin und was ich habe, solange wir beide leben. Ganz gleich, was morgen sein wird, ich werde bei dir sein. Ich werde zu dir halten und bei dir bleiben. Ich werde stark sein, wenn du nicht stark sein kannst, und dich stützen, wenn du nicht stehen kannst. Von heute an gehört mein Leben dir, Jessie, meine Liebste."

Er schob ihr einen zierlichen weißgoldenen Ring auf den Finger und legte seine Hände auf die ihren.

Sie zögerte, seine Worte wirkten noch in ihr nach. Schließlich schluckte sie und fand ihre Stimme wieder. „Ich nehme dich, Luke Gunner, zu meinem Ehemann." Alles um sie herum verschwand, bis auf den Mann vor ihr und die Verbindung zwischen ihnen. Sie wartete, bis sich der Knoten in ihrem Hals wieder gelöst hatte. „Ich habe nicht nach Liebe gesucht, als du in mein Leben kamst und sie mir gebracht hast. Du hast mein Herz für Empfindungen geöffnet, die ich nie zuvor gekannt, meine Augen für Farben, die ich nie zuvor gesehen hatte. Du hast mir gezeigt, dass man die Liebe nicht in Jahren und Jahrzehnten misst, sondern in Lächeln und Träumen und gemeinsamem Lachen, in schweigsamen Spaziergängen und zärtlichen Umarmungen und mitternächtlichen Unterhaltungen." Ihre Stimme brach, aber sie fuhr dennoch fort. „Luke, ich verspreche dir, dir alles zu geben, was ich bin, jeden Tag, solange wir beide leben. Ganz gleich, was morgen sein wird" – sie legte ihre Hand auf sein Herz –, „ich werde bei dir sein."

Sie konnte ihre Mutter hinter sich schniefen hören. Ihr selbst nahmen die Tränen die Sicht, und sie blinzelte, damit sie seine Augen wieder sehen konnte. „Ich werde zu dir halten in deinen Träumen und im Geiste bei dir sein. Ich werde im Herzen stark sein, wenn du nicht stark sein kannst, und werde deine Hand halten, wenn wir beide nicht mehr stehen können. Von heute an gehört mein Leben dir, Luke, mein Liebster."

Sie schob ihm den gleichen, etwas breiteren Ring auf den Finger, und in der Ferne sah sie ein Rotkehlchen, das über den Bäumen seine Kreise zog. Und auf einmal wusste sie, dass ihr Gebet erhört worden war. Irgendwo da oben im Himmel freute sich Anna für sie, jubelte ihr zu, winkte und tanzte vor Freude über das, was Jessie und Luke endlich gefunden hatten.

Der Pfarrer sprach noch einige Worte über die Ehe und die Verpflichtung, die damit verbunden war, und schloss dann mit dem Rest des Kapitels aus dem Korintherbrief: „Nun aber bleiben Glaube, Hoffnung, Liebe, diese drei; aber die Liebe ist die größte unter ihnen.“ Er sah sie an und sein breites Lächeln erhellte die getragene Stimmung. „Es ist mir eine Freude, euch beide hiermit zu Mann und Frau zu erklären. Luke, du darfst die Braut jetzt küssen.“

Wieder spielte eine leichte Brise mit ihrem Haar und wehte blonde Strähnen über ihre Wangen. Luke strich sie zur Seite und nahm ihr Gesicht in seine Hände. Und dann küsste er sie mit einer Mischung aus zurückhaltender Zärtlichkeit und glühender Leidenschaft.

Der Pfarrer trat einen Schritt zurück und lächelte. „Mr und Mrs Gunner, darf ich Ihnen als Erster gratulieren?“

Ihre Eltern stellten sich um sie und legten ihre Arme um sie, um den Augenblick zu besiegeln und festzuhalten. Im Hintergrund nahm der Pfarrer seine Gitarre und begann zu spielen. Die Stimme seiner Frau erklang klar und kräftig über den Hügel, auf dem sie standen. Das Lied schwoll an und erfüllte Jessies Herz mit Hoffnung und Zuversicht.

Jessie fing den Blick ihrer Mutter auf. Sie beugte sich zu ihr und flüsterte ihr ins Ohr: „Ich liebe dich, Mama. Danke.“

Ihre Mutter umarmte sie so fest, dass ihr die Luft wegblieb. „Alles wird gut werden, mein Schatz. Denk nur immer daran, dass Gott alles in der Hand hat."

„Das werde ich." Sie wandte sich wieder Luke zu. Jetzt war es Zeit für den Augenblick, den Jessie sich gewünscht hatte, den Augenblick, der ihre Eltern und Luke nervös machte. Sie sollte während dieser Wochen vor der geplanten Transplantation eigentlich nicht reiten. Aber Jessie wollte es unbedingt und keiner von ihnen konnte es ihr verwehren. Nicht an ihrem Hochzeitstag.

Sie nickte Luke zu und lächelte. Er zögerte, löste sich dann aus der Gruppe und ging zum Stall. Einige Minuten später kam er mit dem Cowboyhut auf dem Kopf auf *Golden Sun* direkt auf Jessie zugaloppiert. Als er bei ihr war, hielt er ihr die Hand hin, und mithilfe ihres Vaters und des Pfarrers schwang sich Jessie aufs Pferd und drückte sich eng an Lukes Rücken. Sie saß seitlich, und ihr langes Kleid reichte gerade über die weißen Schnürstiefel, die sie für diese Gelegenheit ausgesucht hatte.

„Bist du bereit?" Luke rückte seinen Hut zurecht. Seine Augen strahlten vor Freude.

„Ich bin bereit." Sie drehte sich um und der Pfarrer machte noch ein Foto von ihnen. Sie winkte ihren Eltern zu, Luke nahm die Zügel in die Hand und los ging's.

Sie ritten in einem ruhigen Tempo, und sie verschmolz förmlich mit ihm und genoss es, seinen Körper an ihrem zu spüren. Nach einigen Minuten waren sie außer Sichtweite der anderen und Luke brachte *Golden Sun* zum Stehen.

Sie sah ihn an. „Herzlichen Glückwunsch, Mr Gunner."

Er zog leicht den Hut vor ihr. „Ebenso, Mrs Gunner.“

„Siehst du“, sagte sie kichernd, „ich hatte doch recht.“

„Womit?“ Er fuhr ihr mit den Fingern die Wirbelsäule entlang.

„Du *warst* hinter mir her.“

„Ja.“ Er sah sie zärtlich an und nahm sie in den Arm. „Und jetzt lasse ich dich nicht mehr los.“

Die Sonne warf ihre goldenen Strahlen auf einen ohnehin schon goldenen Augenblick. Sie schlang ihre Arme um seine Taille und lehnte ihren Kopf an seine Brust. „Ich kann noch gar nicht fassen, dass wir verheiratet sind.“

„Ich auch nicht.“ Er küsste sie auf den Scheitel. „Schön, und jetzt wirst du mir also verraten, was du dir zur Hochzeit wünschst?“

„Ja.“ Sie richtete sich wieder auf und sah ihn prüfend an. „Jetzt ist es so weit.“

Sie studierte sein Gesicht auf der Suche nach einer Vorahnung. Vielleicht war es doch keine so gute Idee. Sie wollte nicht, dass irgendetwas diesen Augenblick trübte oder einen Schatten auf ihren Hochzeitstag warf. Noch nicht einmal etwas so Wichtiges wie das hier. Sie lehnte sich an ihn und küsste ihn. Es war ein vielversprechender Kuss, der mehr für später erahnen ließ, wenn sie zu dem abgelegenen Ort in den Rocky Mountains aufbrechen würden, wo sie drei Tage verbringen würden, bevor sie wieder nach Hause kamen und sich auf die Transplantation vorbereiteten.

Er rieb seine Nase sanft an ihrer. „Ich warte, Mrs Gunner.“

Das Lächeln auf ihrem Gesicht verschwand, als sie ihm in die Augen sah. „Das ist etwas Ernstes, okay?“

„Okay." Er strich ihr mit dem Handrücken über die Wange, wie er es schon damals bei ihrem ersten Kuss getan hatte. Ein Grinsen stahl sich in seine Mundwinkel. „Ich bin ganz ernst."

Das war er nicht, aber das würde sich gleich ändern. „Gut, ich wünsche mir Folgendes." Sie atmete langsam ein. „Ich möchte, dass du deinen Eltern vergibst. Das wünsche ich mir zu unserer Hochzeit."

Sie sah zu, wie ihre Worte langsam von seinem Kopf in sein Herz und wieder zurück wanderten. Er lachte ungläubig. „Jessie …"

„Ich weiß, dass du das nicht willst, aber mir würde es sehr viel bedeuten." Sie griff nach dem Revers seiner Jacke und hoffte, dass ihre Worte die Mauern durchbrechen konnten, die er um sein Herz errichtet hatte. „Ich möchte, dass sie zu uns gehören. Sie sind jetzt auch *meine* Familie. Und das, was der Pfarrer über die Liebe gesagt hat, sollte nicht nur für die Gefühle zwischen uns beiden gelten, meinst du nicht?"

Seine Kiefermuskeln spannten sich an, und einen Augenblick lang sah er zur Seite, über die Felder und Hügel, die zu den Rocky Mountains hin anstiegen. Schließlich entspannten sich seine Muskeln wieder und er sah ihr in die Augen. „Das könnte vielleicht … eine Weile dauern. Und ich werde Hilfe brauchen. Von dir … und vielleicht auch von Gott."

„In Ordnung." Sie küsste ihn auf die Nasenspitze. Solange er sich dem Gedanken nicht völlig verschloss, würde es früher oder später zur Versöhnung kommen. Ein Glücksgefühl durchströmte sie, ein Siegesgefühl und ein Friede, den sie seit jener Unterhaltung mit Luke in der Arena am Tag ihres letzten Rennens vergeblich gesucht hatte. „Denk einfach nur mal drüber nach. Mehr erwarte ich nicht. Und Gott um Hilfe zu bitten, ist sicher eine gute Idee."

Er sah ihr in die Augen. „Weißt du, was ich dir schenken möchte?"

„Was?" Sie legte ihre Hände auf seine Knie und stützte sich ab.

„Zeit." Er presste die Lippen zusammen und blickte nachdenklich in die Ferne. „Ich möchte morgen früh mit dir im Arm aufwachen und feststellen, dass all das mit der Mukoviszidose nur ein böser Traum gewesen ist." Er strich ihr sanft über den Arm. „Dass du so gesund bist, wie du aussiehst." Er nahm ihr Gesicht in die Hände. „Ich möchte Zeit haben, Kinder bekommen und sie großziehen und mit dir alt werden."

Sie lehnte sich an ihn und legte ihren Kopf an sein Herz. „Das wünsche ich mir auch." Doch sie wussten beide, dass das nicht möglich war. Zunächst einmal war Jessies Körper den Strapazen einer Schwangerschaft und Geburt nicht gewachsen. Und dann war die Gefahr viel zu groß, dass sie die Krankheit auch an ihre Nachkommen weitergab.

Sie sprachen noch eine Weile über die Transplantation und darüber, dass sie Angst hatte, er könnte danach keine Bullen mehr reiten. „Du musst wieder reiten, Luke. Du musst die Meisterschaft noch einmal gewinnen." Sie zupfte an seinem Hut. „Diesmal gewinnst du sie für mich, ja?"

Er nickte, aber sein Gesichtsausdruck sagte ihr etwas anderes. Es würde noch lange dauern, bis er wieder auf einen Bullen stieg. Nicht, weil ihm ein Lungenflügel fehlen würde, sondern weil er keinen Augenblick ihrer gemeinsamen Zeit verpassen wollte.

Jessie konnte es ihm nicht verübeln. Sosehr sie sich auch wünschte, dass er wieder ritt, so wünschte sie sich doch noch mehr, dass er bei ihr war.

Sie waren auf dem Weg zurück nach Hause, als Jessie plötzlich scharf die Luft einzog. „Jetzt hätte ich beinahe dein Hochzeitsgeschenk vergessen."

„Mein Hochzeitsgeschenk?" Luke legte den Kopf schief. „Du bist ja verrückt." Er hob ihr Kinn an und sah ihr geradewegs in die Augen. „Ich habe dich. Mehr brauche ich nicht."

„Und noch etwas." Jessie nahm die Zügel und gab sie ihm. „Hier."

„Was …" Er sah sie verwirrt an. „Das verstehe ich nicht."

„Ich werde ihn noch reiten. Solange ich noch kann, werde ich ihn reiten." Sie lächelte ihn unter Tränen an. „Aber von heute an gehört er dir, Luke. Ich schenke dir ‚Golden Sun'."

Er sagte kein Wort. Stattdessen legte er seine Arme um sie und hielt sie lange Zeit fest. Sie schenkte ihm *Golden Sun*? Ihren kostbarsten Besitz? Ihren treuesten Freund? Das war mehr, als er ertragen konnte.

Als sie weiterritten, schwiegen sie in dem Bewusstsein dessen, was sie gerade besprochen hatten, und dessen, was in den nächsten Tagen und Monaten auf sie zukommen würde. Ja, es warteten Schmerzen auf sie, aber vor allem auch Liebe. Eine Liebe, die alles erträgt, alles glaubt, alles hofft, alles duldet und von der sie beide jetzt wussten, dass sie nicht aus ihnen heraus kam, sondern von Gott. Und sie wussten auch, dass sie von ihm jederzeit die Kraft bekommen würden, diese Liebe zu leben, gleichgültig, was sie erwartete.

Eine Liebe, die niemals aufhört.

Kapitel 18

Die Wochen vergingen wie im Flug, voller Leidenschaft und Zärtlichkeit, bis schließlich der Zeitpunkt der Lungentransplantation, die Jessies Tod hinauszögern sollte, gekommen war.

Luke lag in einem Krankenbett, fertig vorbereitet für den Eingriff, und wartete. Jessie und ihr Vater waren ebenfalls bereit, jeder in einem eigenen Raum, der an den seinen angrenzte. Der Arzt hatte ihm versprochen, dass er Jessie vor der Operation noch einmal sehen durfte. Nicht, weil er Angst hatte. Er hatte keine. Er war sich sicher, dass diese Operation ein voller Erfolg werden würde. Aber er wollte sicher sein, dass *sie* keine Angst hatte.

Als der Tag der Transplantation näher gerückt war, war auch die Frage der Kosten aufgekommen. Jessies Eltern hatten alle ihre Rücklagen flüssiggemacht, aber es reichte trotzdem noch nicht. Sobald er davon erfuhr, gab Luke den Rest dazu. Den größten Teil seiner Siegesprämien hatte er zur Seite gelegt; er brauchte außer den Kosten für die Turniere nicht viel Geld.

Luke drehte sich nervös von einer Seite auf die andere. Er hatte erwartet zu spüren, wie das Adrenalin in seinem Blut pulsierte – die gleiche Alarmbereitschaft, die er beim Bullenreiten empfand. Doch er war nur unruhig und brannte darauf, die Transplantation hinter sich zu bringen.

Jessie ging es mittlerweile viel schlechter. Sie konnte nicht einmal mehr reden oder spazieren gehen, ohne außer Atem zu kommen. Auch Duschen war nicht mehr möglich, weil die Luftfeuchtigkeit ihr zusetzte. Die Infektion in ihrer Lunge wollte nicht abheilen. Die Lungentransplantation war ihre einzige Hoffnung.

Luke hätte sie am liebsten sofort vornehmen lassen, als es anfing, ihr schlechter zu gehen. Aber das Ganze brauchte einige Vorbereitung. Es wurden jedes Jahr nur knapp hundert Lungentransplantationen mit Lebendspendern durchgeführt und die meisten davon verliefen sehr erfolgreich. Dennoch war es eine seltene Operation. Damit sie den erhofften Erfolg bringen konnte, musste an der Universitätsklinik von Colorado in Denver das richtige Ärzteteam bereitstehen.

Die Sonne brannte durch das Fenster in Lukes Zimmer, aber er sah nur Jessies Gesicht vor sich, wie sie ihn am Abend zuvor angesehen hatte, als er sie im Arm gehalten, ihr über das Haar gestreichelt und versucht hatte, sich ihren Anblick ganz genau einzuprägen.

Alles würde gut gehen. Es musste gut gehen. Sie hatten doch all das nicht auf sich genommen, damit es jetzt Probleme gab. Es würde für sie alle gut gehen, und wenn die Transplantation und die Genesungszeit vorüber waren, würde Jessie kräftiger und lebenslustiger sein als je zuvor.

Luke zupfte die Decke zurecht und drehte sich auf die Seite, mit dem Rücken zur Tür. In diesem Augenblick vernahm er, dass jemand zur Tür hereinkam. Wahrscheinlich wieder eine Krankenschwester, die eine weitere Blutprobe haben wollte und ihn wieder mit einer langen Nadel stechen würde. Er drehte sich um und bei dem Anblick sank ihm das Herz in die Hose.

„Hallo, Luke ...“ Sein Vater schloss die Tür hinter sich und trat ein paar Schritte näher. Er hatte sich einen Ärmel hochgekrempelt, und Luke sah, dass er einen Verband am Ellbogen trug. „Der Arzt hat mir erlaubt, ein paar Minuten mit dir zu sprechen.“

Luke starrte ihn an, ohne zu blinzen. Wie konnte sein Vater es wagen, gerade jetzt zu kommen, wo er selbst an dieses Krankenbett gefesselt war, nicht davonlaufen und nichts tun konnte, außer diesem Mann ins Gesicht zu sehen? Dieser Augenblick gehört alleine ihm und Jessie und ihren Eltern. Was wusste sein Vater schon von der Liebe zwischen ihm und Jessie? Warum war er überhaupt gekommen und wie hatte seine Mutter das zulassen können?

Alles in ihm wollte wütend sein.

Aber nachdem er einen Monat intensiv Zeit mit Jessie verbracht hatte, nachdem er jeden Morgen mit ihr im Arm aufgewacht und die Vertrautheit ihrer Berührung erfahren hatte, war es ganz gleich, wie gerne er wütend gewesen wäre.

Er konnte es einfach nicht mehr.

Sein Vater trat noch einen Schritt näher. „Es tut mir so leid, Luke.“ Er senkte den Blick und betrachtete den glatten Fliesenboden. Als er wieder aufsah, stand ihm das Bewusstsein seines Versagens überdeutlich ins Gesicht geschrieben. „Du musst mir nicht vergeben. Ich kann dir nicht verdenken, dass du mich hasst.“

Luke blinzelte, und auf einmal war er nicht mehr im Krankenzimmer, wenige Zentimeter von seinem Vater entfernt, mit dem er seit beinahe fünfzehn Jahren kein Wort mehr gewechselt hatte. Er war wieder der kleine Junge, und sein Vater lud seine Sachen in das gelbe Taxi, ging zur Beifahrertür und winkte ihnen zum Abschied zu. *Es ist vorbei, mein Sohn … Sei lieb zu deiner Mama. Es ist vorbei* … Und er sah zu, wie sein Vater einstieg und die Autotür zuschlug und wie das Taxi die Straße hinunterfuhr. Und dann rannte er hinterher, so schnell ihn seine kleinen Beine trugen.

Plötzlich kam ihm ein Gedanke, der ihm in all diesen Jahren ohne seinen Vater nie gekommen war. Warum war er eigentlich hinterhergelaufen? Warum wollte er das Taxi unbedingt einholen? Warum hatte er seinen Vater davon abhalten wollen, einfach wegzugehen? Schlagartig wurde es ihm bewusst und die Antwort nahm ihm schier den Atem. Der Grund war offensichtlich. Er war ihm nachgelaufen, weil er ihn liebte, weil er ihn mit einer Intensität liebte, die er erst mit Jessie Daniels wiederentdeckt hatte.

Mike Gunner war Profi-Footballspieler. Welcher kleine Junge hätte ihn nicht für den Größten überhaupt gehalten, für einen Helden, der noch dazu abends heimkam und mit ihm zusammen zu Abend aß? Aber Lukes Vater war noch viel mehr als ein Idol. Als sie noch eine Familie gewesen waren, war Luke *glücklich* gewesen. Er hatte mit seinem Vater Footballspiele nachgespielt, und Luke hatte die Nachmittage genossen, an denen sein Vater ihm stundenlang im Wohnzimmer Bälle zuwarf. Die Sonne ging mit diesem Mann auf und unter, so sehr liebte Luke ihn.

Deshalb war er damals dem Taxi nachgelaufen.

Aus irgendeinem verrückten Grund hatte er seiner Mutter die Schuld dafür gegeben, dass Mike weggegangen war, als wäre es ihr Fehler, dass sie ihn hatte gehen lassen. Aber selbst dieser Gedanke entsprang letztlich nur der wahnsinnigen Liebe eines kleinen Jungen zu seinem Vater. Es war ein Band, das nicht einmal der Hass durchtrennen konnte. Ja, der Hass auf seinen Vater war so groß, dass ihm nur die Liebe gleichkam, die er für ihn empfand – eine Liebe, die er verloren geglaubt hatte, die aber immer noch da war, denn Luke spürte, wie sie in ihm hochkam und ihm die Worte und den Atem nahm.

Sein Vater räusperte sich. „Ich bin gekommen, um dir ein paar Dinge zu sagen. Dann sollte ich sie jetzt wohl besser auch sagen." Er rieb sich den Nacken und Luke erkannte die Geste von sich selbst. Ihre Blicke trafen sich und in den Augen seines Vaters stand eine Verletzlichkeit, eine Offenheit, die sein Herz bloßzulegen schien.

„Ich war egoistisch, und es war falsch, euch zu verlassen. Ich habe nur mich selbst gesehen." Er hob hilflos die Hände. „Es war ganz allein meine Schuld, Luke. Ich wollte dich nicht ..." Er machte eine unbestimmte Geste. „Ich wollte nicht, dass du all das hier durchmachst, ohne dass ich dir vorher gesagt habe, wie leid es mir tut. Du und Carl Joseph, ihr hättet etwas Besseres verdient gehabt."

„Wir ..." Luke presste die Lippen zusammen, um die Tränen zurückzuhalten. „Wir hätten dich so sehr gebraucht."

„Ich weiß." Sie waren nur noch einen Meter voneinander entfernt, da kam sein Vater zu ihm. Er streckte Luke den verbundenen Arm entgegen und hielt ihm die Hand hin. „Es tut mir leid."

Irgendetwas an diesem Versöhnungsversuch war anders als an jenem Tag, als er zum Rodeo gekommen war.

Damals hatte es sich nicht echt angefühlt, als wolle er auf diese Weise an Lukes Ruhm und Erfolg teilhaben. Aber jetzt ... Luke hustete, um den Kloß in seinem Hals loszuwerden. Er deutete auf den Verband am Arm seines Vaters. „Was ist denn da passiert?"

Mike fasste mit der anderen Hand danach und zuckte mit den Achseln. „Ich habe Blut gespendet, für den Fall, dass du oder Jessie oder ihr Vater es während der Operation braucht."

Luke blinzelte und war so verblüfft, dass er sich nicht rühren konnte. Das hatte sein Vater getan? Er hatte Blut für sie gespendet? Er war nach Denver geflogen, um Blut zu spenden, ohne zu wissen, ob Luke überhaupt mit ihm sprechen würde?

Auf dem Gang hörte man gedämpfte Stimmen und in einem der Nachbarzimmer nieste jemand. Aber Luke nahm es kaum wahr. Ganz langsam und unter Schmerzen stürzten die Mauern, die er um sein Herz errichtet hatte, in sich zusammen. Er liebte seinen Vater immer noch, er liebte ihn tatsächlich. Ganz gleich, wie viele Jahre die Wut ihn schier zerfressen hatte und wie sehr er versucht hatte, sie wegzudrängen, die Liebe war noch da, solange der kleine Junge in ihm noch lebte.

Tränen liefen ihm über die Wangen. Er konnte nicht sprechen, konnte seinem Vater nicht sagen, was er ihm gerne gesagt hätte, Dinge, die ihm immer noch schwerfielen. Also tat er das, wozu er in der Lage war – er griff nach der Hand seines Vaters.

❖

Jessie konnte wieder atmen.

Das war für sie das erste Zeichen, dass die Operation vorüber und gut verlaufen war. Sie war immer noch etwas benommen, noch nicht ganz da. Aber sie konnte atmen! Lange Zeit lag sie nur da und genoss jeden Atemzug, jeden einzelnen wohltuenden, Leben spendenden Atemzug.

Für den Rest ihres Lebens würde sie einen Teil von Luke in sich tragen, einen Teil von ihm und einen Teil ihres Vaters. Mithilfe dieses Geschenkes hatte sie die Möglichkeit, vielleicht wieder zu reiten, eine Familie zu gründen oder die Mukoviszidose endgültig zu besiegen. Sie hatte die Möglichkeit, über die Zukunft nachzudenken. Ihr Vater war schon immer ein Teil von ihr gewesen. Aber jetzt und für alle Zeit würde auch Lukes Leben durch ihren Körper strömen und ihr Kraft, Hoffnung und Zeit schenken.

Sie hörte, wie jemand ins Zimmer kam und an ihr Bett trat. „Hallo?“ Ihr Hals fühlte sich trocken an und ihre Stimme klang heiser und rau.

„Jessie, mein Liebling.“ Es war ihre Mutter. Die klare, freundliche Stimme ihrer Mutter. „Wie fühlst du dich?“

„Mama ...“ Die Narkose steckte ihr noch in den Gliedern, sodass ihre Augenlider bleischwer waren. Aber sie öffnete sie mühsam. Als sie es geschafft hatte, blinzelte sie und versuchte, das Gesicht ihrer Mutter zu erkennen. „Ganz gut. Wie geht es Papa und Luke?“

„Es geht ihnen prächtig, mein Schatz.“ Ihre Mutter küsste sie auf die Wange. „Der Eingriff ist bei euch allen gut verlaufen.“

Jessie schloss die Augen wieder. Zu den anderen wunderbaren Gefühlen, die in ihrem Körper erwachten, kam jetzt noch die Erleichterung dazu. Aber das alles bedeutete ihr nichts, wenn sie ihn nicht sehen, nicht bei ihm sein konnte. Diesmal sprach sie, ohne die Augen dabei zu öffnen, und die Worte kamen langsam und krächzend. „Bring mich zu ihm, Mama. Bitte bring mich zu Luke."

❖

Luke kam allmählich zu sich und versuchte, die Augen zu öffnen. Im Zimmer war es still, aber er hatte das seltsame Gefühl, nicht allein zu sein.

Er hatte gerade eine große Operation hinter sich gebracht. Daran konnte er sich noch erinnern. Einer seiner Lungenflügel war ihm entnommen und Jessie eingepflanzt worden, wo er auch hingehörte. Aber was war vor der Operation geschehen? Hatte er nur geträumt oder war sein Vater wirklich mit einem verbundenen Arm gekommen und hatte von seinen Fehlern gesprochen und ihn um Vergebung gebeten?

Lukes Kopf war schwer und immer noch betäubt von der Narkose, aber er öffnete die Augen jetzt ganz, und augenblicklich wusste er die Antwort. Es war kein Traum gewesen. Sein Vater saß nämlich vor seinem Bett und barg den Kopf in den Händen; neben ihm saß Lukes Mutter. An der Tür stand …

„Bruder!" Carl Joseph stürmte durch das Zimmer, zerdrückte ihm beinahe die Hand und konnte sich vor Aufregung gar nicht beherrschen. „Bruder, ich bin so froh, dich zu sehen!"

„Danke, Kumpel." Mühsam hob Luke seine Hand und versuchte, die Finger zu bewegen. „Ich merk's."

Seine Eltern erhoben sich und sahen ihn an. Sein Vater kam einen Schritt näher. „Jessie geht es bestens, mein Sohn. Ihrem Vater auch. Wir haben alle gebetet und … die Operation ist tatsächlich so gut verlaufen, wie es nur zu hoffen war."

Luke sah zu seinem Vater auf. Bedeutete es ihm tatsächlich so viel, wie es den Anschein hatte? War er jetzt wirklich ein anderer Mensch? In diesem Augenblick kam ihm wieder in den Sinn, dass er nach Jessies Bitte, sich mit seinen Eltern zu versöhnen, tatsächlich Gott um Hilfe in dieser Angelegenheit gebeten hatte.

Und jetzt das? Luke war sich sicher gewesen, dass er seinem Vater nicht vergeben konnte … und nun kam ihm dieser Schritt auf einmal gar nicht mehr so groß vor. Er hatte das größte Geschenk überhaupt bekommen – mehr Zeit mit Jessie. Mit welchem Recht konnte er jetzt noch an seinem Zorn festhalten, wo sein ganzes Leben von Liebe erfüllt war? Das Leben war zu kurz, um es mit Hass zu vergeuden – das hatte Jessie ihm beigebracht.

„Bruder, weißt du was?" Carl Joseph ergriff wieder Lukes Hand. Es war ihm egal, dass Luke ihn ein ganzes Jahr lang nicht beachtet hatte, dass Luke beim letzten Rodeo, als Jessie so krank wurde, geradewegs an ihm vorbeigestürmt war. Carl Josephs Liebe hörte nie auf, stellte keine Bedingungen. Er war bereit, alles zu vergeben, und er war nie beleidigt. Er war wahrlich ein Kind Gottes, ein echter Fachmann in Sachen Liebe, viel besser als irgendjemand sonst von ihnen. Luke senkte beschämt den Blick.

„Was denn, Kumpel?"

Carl Joseph strahlte. „Papa ist auch hier. Erinnerst du dich an Papa? Er ist da, Bruder!"

Seine Mutter trat an seine Seite und ergriff sanft Carl Josephs Hand, um ihn wegzuziehen. Ihre Blicke trafen sich und Luke sah die Angst in ihren Augen. Sie fürchtete, er würde einen Wutanfall bekommen, wie es schon so oft der Fall gewesen war, wenn es um seinen Vater ging.

Doch stattdessen lächelte er sie an. Dann wandte er den Kopf und blickte zu seinem Vater hinüber. Die beiden sahen sich unbeirrt in die Augen. Was auch immer sein Vater getan hatte, es tat ihm aufrichtig leid. Luke sehnte sich schmerzlich nach all den Jahren, die sie versäumt hatten. Er dachte an all die einsamen Tage, als er noch ein Junge gewesen war und seinen Vater vermisst hatte.

Aber all das lag nun hinter ihnen. In diesem Augenblick überkam ihn das Verlangen, von diesem Mann wieder gehalten und geliebt zu werden, wie er ihn vor einer Ewigkeit geliebt hatte.

Er streckte ihm die Arme entgegen und sagte das einzige Wort, das er herausbrachte: „Papa …“

Sein Vater kam zu ihm und umarmte ihn so fest, dass die Wunde auf seiner Brust schmerzte. Aber das war Luke gleichgültig. Traurigkeit überkam ihn wie ein reißender Fluss, und Luke weinte um alles, was sie versäumt hatten, und um all das, was sie vielleicht nie wiedergefunden hätten, wenn Jessie nicht gewesen wäre.

In diesem Augenblick erkannte Luke, dass er sich während all der Jahre des Rodeoreitens etwas vorgemacht hatte. Die Kämpfe, die er in der Arena ausgetragen hatte, hatten nicht im Geringsten geholfen, seinen Hass und seine Wut zu besiegen. Und genauso wenig hatten die Jahre ihm seine Sehnsucht nach diesem Mann genommen.

Diese Umarmung, die eine Brücke über die Kluft zwischen ihnen schlug, begann auch, die Wut und Bitterkeit und Härte all der Jahre aufzutauen.

Sein Vater richtete sich etwas auf. „Das mit Jessie tut mir so leid."

„Mir auch." Luke versuchte zu lächeln, aber sein Kinn bebte zu sehr. „Sie ist eine Kämpfernatur, Papa. Ich glaube, die Ärzte täuschen sich." Er schniefte. „Ich glaube, sie hat mindestens noch zehn Jahre."

„Mindestens." Sein Vater zögerte. Dann umarmte er ihn noch einmal und noch fester als zuvor. Er zitterte.

Lukes Gesicht war nass von Tränen, aber er wusste nicht, ob es seine eigenen Tränen waren oder die seines Vaters. Hier in den Armen seines Vaters war er nichts als ein kleiner Junge, der dem größten Kampf seines Lebens ins Auge sah, dem Kampf um Jessies Leben. Wenn er diesen Kampf überleben wollte, brauchte er jede Unterstützung, die er kriegen konnte.

Als er wieder sprechen konnte, murmelte Luke an der Schulter seines Vaters: „Ich habe Angst, Papa. Ich kann nicht ohne sie leben." Er musste regelrecht nach Luft schnappen, als ihm bewusst wurde, was er da gesagt hatte. Und dass es die Wahrheit war.

Seine Mutter und Carl Joseph waren zu ihnen gekommen und legten ihre Arme um sie beide. Luke löste sich aus der Umarmung und sah seine Mutter an. „Es tut mir leid, Mama. Ich war … Ich habe dich schrecklich behandelt."

„Ich habe immer gehofft, dass du eines Tages in deinem Herzen etwas Platz für mich finden würdest, Luke."

„Hey!" Carl Joseph hüpfte ein paar Mal aufgeregt auf

und ab. „Das haben wir uns immer gewünscht und darum gebetet: dass Lukes Herz wieder gesund wird, damit er die Menschen wieder lieben kann. Auch dich, Mama!“

Alle lachten, aber dann folgten noch mehr Tränen. Seine Mutter drängte sich dazwischen und küsste Luke auf die Stirn. „Ja, sogar mich.“

Luke wusste nicht, wo alle die Tränen in ihm herkamen, aber sie strömten einfach aus ihm heraus. Er umarmte seine Mutter und dann noch einmal seinen Vater und zum Schluss seinen Bruder.

Die ganze Zeit über tätschelte Carl Joseph Lukes Knie. „Du kannst ruhig weinen, Bruder. Auch große Jungen weinen.“

Und so genoss die ganze Familie immer noch die neu gefundene Liebe und Vergebung, als Luke die Stimme von Jessies Mutter an der Tür vernahm. Er schob die anderen sanft zur Seite und wischte sich mit dem Handrücken über die Wangen.

„Die Schwester meinte, es sei in Ordnung, wenn du noch einen Besucher mehr hast.“ Sie kam herein und hinter ihr schoben zwei Pfleger ein Krankenbett durch die Tür. In dem Bett lag Jessie. Ihre Mutter zuckte nur mit den Achseln. „Sie hat dem Arzt glaubhaft vermittelt, sie würde nicht gesund werden, wenn sie nicht bei dir sein dürfe.“

Er kämpfte gegen einen neuen Schwall Tränen an und streckte die Hand nach ihr aus. „Wie geht es dir?“

„Hör mal.“ Sie atmete lange und langsam ein und grinste ihn an. „Ich kann atmen.“

Am liebsten wäre er aus dem Bett gesprungen und hätte sie umarmt. Stattdessen streckte er seine Hand noch etwas weiter aus. Stühle wurden zur Seite geschoben und alles so gestellt, dass ihr Bett neben seinem stehen konnte.

Als alles stand, streckte sie langsam die Hand aus und griff nach seinen Fingern. „Nun, Luke." Sie klang müde, aber ihr Gesichtsausdruck hätte nicht glücklicher sein können. Ihr Blick wanderte durch das Zimmer zu seiner Mutter, seinem Vater und Carl Joseph und dann zurück zu Luke. „Willst du mir etwas über mein Hochzeitsgeschenk erzählen?"

Er biss sich auf die Lippe und unterdrückte ein Grinsen. „Ja, das will ich." Er räusperte sich und sah zu den anderen. „Jessie, ich möchte dir gern meine Familie vorstellen."

Kapitel 19

Die Zeit zusammen ging viel zu schnell vorbei.

Die Befürchtung des Arztes, dass Jessies Körper Lukes Lungenflügel abstoßen würde, weil sie nicht blutsverwandt waren, bewahrheitete sich nicht. Ihr Körper nahm die neuen Lungen an, als seien sie immer schon ein Teil von ihr gewesen. Das überraschte Luke nicht. Erst, als sie in sein Leben getreten war, hatte er sich vollständig gefühlt. Da war es nur passend, dass ein Teil von ihm ihr half.

Er versuchte, sich selbst davon zu überzeugen, dass er nicht langsamer geworden war, dass er noch genauso fit war wie vorher. Aber die Wahrheit war, dass sein Brustkorb manchmal nach zehn Minuten im Sattel schon schmerzte und er eine ganze Weile brauchte, um wieder zu Atem zu kommen.

Einmal sprach Jessies Vater es an, als er Luke beim Stall einholte. Luke stand da, die Hände auf die Knie gestützt, und rang nach Atem.

„Du musst jetzt etwas langsamer machen, Luke." Er grinste. „Wir müssen beide langsamer machen."

Alles, was man ihnen über die Lungenspende erzählt hatte, stimmte. Man sei manchmal etwas außer Atem, aber ansonsten gäbe es keine Beschwerden. Luke sprach nicht darüber, er machte es nie zum Thema, ja, er dachte kaum je daran, und Jessies Vater tat es genauso.

Alles, worauf es ankam, war Jessie.

Zwei Jahre lang lebten sie ein Leben, von dem die meisten Menschen nur träumen können. Luke hielt sich von Bullen und Rodeos und allem fern, was ihn von ihr trennen könnte. Sie zogen in das Gästehaus ihrer Eltern, und er arbeitete weiterhin mit ihrem Vater zusammen, kümmerte sich um das Vieh und hielt die Ranch in Schuss.

Dr. Cleary hatte Jessie von Anfang an gesagt, dass Reiten ihre Lebenserwartung nach wie vor verkürzen würde. Jessie sprach mit Luke darüber, und die beiden kamen überein, dass Jessie trotzdem reiten würde. Sie musste es einfach. Und so stiegen Luke und Jessie entgegen ärztlichem Rat einmal am Tag zusammen auf *Golden Sun* und ritten über die Farm, galoppierten über die Felder zu den Ausläufern der Rockys, atmeten den lieblichen Duft des Grases und der Gardenien ein, während ihre Körper sich im Rhythmus von *Golden Sun*s Galoppsprüngen bewegten. Es fühlte sich so gut an, wie es aussah.

Luke erklärte Jessies Eltern die Entscheidung mit folgenden Worten: „Die Ärzte wollen, dass Jessie ihre Zeit damit verbringt, alles zu tun, um nicht zu sterben. Wir glauben, dass Jessie ihre Zeit damit verbringen sollte, in vollen Zügen zu leben."

Gemeinsam fanden sie neue, atemberaubende Wege, nicht nur zu leben, sondern auch zu lieben.

Mit ihren neuen Lungen war Jessie fit genug, um mit

Luke leichte Wanderungen in den Rocky Mountains zu machen. Hin und wieder machten sie an einem entlegenen Fleck ein Picknick und erinnerten sich an ihre alten Rodeozeiten.

Jessie erzählte von einzelnen Rennen und wie es sich angefühlt hatte, auf *Golden Sun* um die Fässer zu rasen, und welche Anstrengungen sie hatte unternehmen müssen, damit niemand merkte, dass sie krank war. Und Luke konnte eine halbe Stunde lang in allen Einzelheiten von einem acht Sekunden dauernden Bullenritt erzählen – wie ihn seine Wut angetrieben hatte und wie er sich selbst dazu gezwungen hatte, seinen Zorn darauf zu konzentrieren, auf dem Bullen zu bleiben.

Aber immer dauerte es nicht allzu lange, bis Luke Jessie in seine Arme zog und sie zärtlich küsste, kurzum, sie liebte, wie er es ihr am Hochzeitstag versprochen hatte. Und bei manchen dieser Bergpicknicks kamen sie sich so nah, dass sie keinen Schritt mehr weitergingen, sondern ganz ohne Klettern Höhen ganz anderer Art entdeckten, die sie nie für möglich gehalten hatten.

❖

Eines Nachmittags im Frühherbst ritten sie auf *Golden Sun* zu dem nahe gelegenen kleinen Friedhof, auf dem Jessies Schwester Anna begraben lag. Sie stiegen vom Pferd und standen Hand in Hand vor dem Grabstein. *Anna Daniels, 1976 bis 1986. Geliebte Tochter. Schwester. Freundin.*

Die Vögel zwitscherten in den Bäumen. Ein letzter Sommergruß. Aber die beiden schwiegen. Was konnten sie schon sagen angesichts des Grabsteins einer Zehnjährigen, die hatte sterben müssen? Deren Leben vorüber gewesen war, bevor es überhaupt angefangen hatte?

Luke las die Inschrift des Grabsteins noch einmal. „Ich wünschte, ich hätte sie kennengelernt."

„Ja." Jessie bückte sich und wischte etwas Schmutz vom Grabstein. „Das wünschte ich auch. Du hättest sie bestimmt gemocht."

Jessie hatte oft von Anna erzählt – dass sie über Lukes Witze gelacht hätte oder eine hervorragende Reiterin geworden wäre, wenn sie die Gelegenheit dazu gehabt hätte, oder wie sie einen wunderbaren Sonnenuntergang genossen hatte. Plötzlich, als sie vor Annas Grab standen, lehnte Jessie sich mit dem Rücken an Lukes Brust und zog seine Arme um ihre Taille.

„Du musst wieder heiraten, Luke. Versprich es mir."

Ein eiskaltes Gefühl machte sich in ihm breit und sein Brustkorb zog sich zusammen. „Ich glaube", sagte er in einem bewusst beiläufigen Tonfall, „Bigamie verstößt gegen das Gesetz."

„Luke, bitte." Sie lehnte ihren Kopf an seine Schulter und blickte in den Himmel. „Du weißt, was ich meine."

Auf dem Friedhof standen überall Jasminsträucher, die ihren süßen Duft verbreiteten. Sie klopfte mit der Ferse ihres Stiefels gegen die Spitze seines Schuhs. „Wenn ich nicht mehr da bin, möchte ich, dass du dich wieder verliebst und noch einmal heiratest." Sie drehte den Kopf und sah ihm in die Augen. „Ich will, dass du Kinder hast."

„Nicht, Jessie." Trauer, Furcht und Wut überkamen ihn abwechselnd, aber die Wut siegte. „Ich will mit *dir* Kinder haben."

Sie drehte sich ganz um und schlang ihre Arme um seinen Hals. „Ich will auch mit dir Kinder haben. Aber es geht nun einmal nicht. Deshalb will ich, dass du mir das versprichst."

Er kniff die Augen zusammen und kämpfte gegen seine Wut und die Tränen an. „Bitte, Jessie …"

„Es ist in Ordnung, darüber zu sprechen." Ihre Stimme klang noch sanfter als der leichte Wind, der über den Friedhof wehte. „Wenn ich nicht mehr da bin, bist du noch zu jung, um den Rest deines Lebens allein zu bleiben."

„Nein." Er drückte sie an sich und strich ihr über den Rücken. Er wollte nicht an so etwas denken, jetzt, wo sie so voller Leben war. „Du hast eines vergessen."

„Was?" Sie lehnte sich an ihn.

„Du trägst meine Lunge in dir." Er strich ihr in sanften Kreisen mit den Fingern über den Nacken. „Gunner-Lungen halten ewig."

„Wirklich?"

„Ja." Er küsste ihren Hals und strich mit seiner Nase über ihre Wange. „Ist so."

Er hatte es zwar scherzhaft gesagt, aber es war doch etwas dran, oder nicht? Er war kräftig und in guter Verfassung, genau wie ihr Vater. Ihre Lungen mussten doch hervorragend arbeiten. Vielleicht irrten die Ärzte sich. Vielleicht würde sie dank dieser Lungen 20 oder 30 Jahre gewinnen.

Sie legte ihren Kopf schief. In ihren Augen stand eine Mischung aus Geduld und Entschlossenheit. „Trotzdem möchte ich, dass du wieder heiratest."

Er trat einen Schritt zurück und legte ihr die Hände auf die Schultern. „Weißt du, was ich machen werde?"

„Was?" Sie schien bis in sein Innerstes zu blicken.

„An unserem Silberhochzeitstag werde ich dich an diese Unterhaltung erinnern." Er zog die Augenbrauen hoch. „Dann wirst du dir ziemlich dumm vorkommen, was?"

„Ja." Ihre Augen funkelten und ein Lächeln lag auf ihrem Gesicht. „Ziemlich dumm."

„So, jetzt weißt du, was ich von deiner Bitte halte."

Sie sah zu ihm auf. „Können wir etwas vereinbaren?"

Er seufzte und legte seine Hände um ihre Wangen. „Für eine Frau bist du ganz schön anspruchsvoll."

„Ich weiß." Sie grinste. „So bin ich eben."

„Aber da ich nun mal ein Cowboy bin und Cowboys immer Kavaliere sind … Was willst du vereinbaren?"

„Also." Sie biss sich auf die Lippe. „Folgendes: Wenn ich vor dir sterbe, heiratest du wieder, und –"

Er schüttelte den Kopf. „Ich habe dir doch gesagt –"

„Warte." Sie hielt ihren Finger an seine Lippen. „Lass mich ausreden. Wenn ich vor dir sterbe, heiratest du wieder. Und wenn du zuerst stirbst … heirate ich wieder." Sie sah ihn provozierend an. „Wie wär's damit?"

Er ließ den Mund in gespieltem Erstaunen offen stehen und formte das Wort *Du*? Fast verzweifelt versuchte er, die Sache nicht ernst zu nehmen. „*Du* würdest wieder heiraten?"

Sie tippte mit dem Finger an seine Brust. „Komm schon, Luke. Ich meine es ernst."

Das Lachen verging ihm. Er starrte sie an und wusste nicht, was er sagen sollte. „Das kann ich nicht, Jessie."

„Du kannst nicht?" Die Enttäuschung stand ihr im Gesicht geschrieben. „Du kannst nicht wieder heiraten?"

„Nein." Er sah sie ohne zu blinzeln an und konnte

sich nicht von ihr lösen. „Ich kann nicht glauben, dass du irgendwann nicht mehr da sein wirst.“

❖

Es gab auch andere Zeiten.

Zeiten, in denen sie zu einer Kontrolluntersuchung zu Dr. Cleary ging und mit der Nachricht zurückkam, dass ihre Lungenfunktion und die Infektionswerte exzellent waren. Dann glaubte Luke jede Lüge, die er sich je eingeredet hatte. Sie würde nicht sterben; es ging ihr gut, sie war geheilt und ein ganz neuer Mensch. Gegen eine Kämpfernatur wie Jessie hatte die Krankheit keine Chance. Diese Lügen halfen ihm, nachts besser zu schlafen, aber sie konnten die Zeit nicht aufhalten. Einer nach dem anderen vergingen die Tage und jeder nahm ein kleines Stückchen ihrer Kraft mit sich.

Das Ende kam wie die Schlussszene im Lieblingsfilm.

Zuerst bekam sie Diabetes und ihre Nierenfunktion ließ nach. Sie hatten immer eine bakterielle Infektion zu befürchten. Bei Mukoviszidose konnten manche Infektionen mit intravenösen Antibiotika bekämpft werden. Andere setzten sich fest und nagten Stück für Stück an der Gesundheit, bis der Körper des Erkrankten einfach nicht mehr konnte. Die Bauchspeicheldrüse und der Verdauungstrakt, ja sogar die Nieren konnten Jahre mit einer solchen Infektion fertigwerden. Aber wenn ein solches resistentes Bakterium in ihre neuen Lungen kam, war alles nur noch eine Frage der Zeit.

Die erste Lungenentzündung kam kurz nach ihrem dritten gemeinsamen Weihnachtsfest.

Jessie ging abends mit Halsschmerzen und Schmerzen in der Brust ins Bett. Als sie aufwachte, hustete sie so heftig wie vor der Transplantation. Luke wollte schon ins Haupthaus laufen, um ein Thermometer zu holen, aber das war gar nicht notwendig. Sie glühte. Er half ihr, sich anzuziehen, packte sie in dicke Wolldecken und trug sie durch den Schnee zum Haus ihrer Eltern.

Sie fuhren zu viert ins Krankenhaus. Jessies Vater fuhr, ihre Mutter saß auf dem Beifahrersitz, und Luke saß hinten, hielt Jessie im Arm und ermutigte sie durchzuhalten. Er flüsterte ihr zu, bald würde sie schon wieder ganz gesund sein.

Zuerst sah es so aus, als hätte er recht.

Dr. Cleary schloss Jessie an das Sauerstoffgerät an und legte ihr eine Infusion mit hoch dosierten Antibiotika und Flüssigkeit.

Vier Tage später schien sie wieder gesund zu sein – mit einer Ausnahme: Sie war ständig müde.

„Das war zu erwarten, Jessie. Aber diesmal meine ich es ernst", sagte der Arzt, zog die Augenbrauen hoch und sah sie eindringlich an. „Halte dich eine Weile von deinem Pferd fern. Wenigstens einen oder zwei Monate."

Jessie blickte zu Luke, und er sah etwas in ihren Augen, das er noch nie zuvor gesehen hatte: Angst. Seit er sie kannte, hatte sie ihre Angst nie gezeigt, ganz gleich, mit welchen Problemen sie kämpfte, sogar vor der Lungentransplantation.

Aber das hier war ihre letzte Chance.

Diesmal gab es keine Hoffnung mehr auf eine Lungentransplantation. Diesmal würde sie nicht mehr gesund werden, wenn ihre Lungen nicht auf die Behandlung ansprachen und wenn sie nicht langsam tat und wieder zu Kräften kam. Diesmal beschlossen Luke und Jessie, dass sie sich an die Anweisung des Arztes halten würde – zumindest so lange, bis sie wieder gesund und ihre Untersuchungsergebnisse wieder in Ordnung waren. Es war Winter, und so fiel es Jessie nicht so schwer, auf die Ausritte mit *Golden Sun* zu verzichten.

❖

Die Wochen vergingen. Luke arbeitete weniger, und wann immer er konnte, verbrachte er die Zeit mit ihr.

Sie sahen sich alte Filme an – „Casablanca", „Vom Winde verweht" und „Die große Liebe meines Lebens" – und verbrachten Stunden damit, „Backgammon" zu spielen oder sich gegenseitig vorzulesen. Lesen war eine angenehme Überraschung für Jessie. Ihr ganzes Leben lang hatte sie sich von Büchern ferngehalten, weil sie keinen einzigen Tag damit verschwenden wollte, die Geschichten von anderen Menschen zu lesen – sie hatte selbst so wenig Zeit zum Leben.

Aber jetzt waren Bücher etwas Wunderbares. Sie öffneten die Tür zu geheimnisvollen und verzauberten Orten, von denen Jessie nie geträumt hätte. Ihre Lieblingsbücher wurden „Die Abenteuer von Tom Sawyer" und „Die Chroniken von Narnia", eine wunderschöne Märchenreihe für Kinder, in die christliche Motive eingeflochten waren. Jessie liebte vor allem „Der letzte Kampf", den Abschlussband der „Narnia"-Reihe.

„Hör dir das noch einmal an, Luke." Und dann las sie den Teil mit gefühlvoller Stimme noch einmal. „„Ihr ganzes Leben in dieser irdischen Welt und all ihre Abenteuer in Narnia waren nur der Umschlag und das Titelblatt gewesen.'" Dann hielt sie inne, holte Luft und las weiter. „‚Nun erst begannen sie das erste Kapitel der großen Geschichte, die noch keiner auf Erden gelesen hat, der Geschichte, die ewig weitergeht und in der jedes Kapitel besser ist als das vorangegangene.'"

Einen Augenblick lang war sie still und starrte auf die Seite. Dann sah sie mit Tränen in den Augen auf. „So wird es im Himmel sein, nicht wahr?"

Luke zog sie an sich, küsste sie auf die Wange und verlor sich in ihren Augen. „Ja." Er sah sie prüfend an. „Aber das hat noch lange Zeit."

Sie lächelte wortlos, nahm seine Hand und wechselte das Thema.

Oft gingen sie früh ins Bett, denn Jessie fühlte sich immer noch ständig müde. Aber jedes Mal, wenn Jessies Eltern dieses Thema ansprachen, leugnete Luke es.

„Ich würde mir wünschen, sie hätte etwas mehr Farbe im Gesicht." Fast jede Woche nahm ihre Mutter Luke stirnrunzelnd zur Seite. „Sie sieht nicht gut aus."

Dann entgegnete Luke so überzeugend er konnte und mit einem entspannten Lächeln: „Es ist eben Winter. Da sind wir alle etwas blass." Er drückte Jessies Mutter beruhigend die Schulter. „Wenn man wochenlang nur drinnen ist, sieht man eben nicht taufrisch aus. Warte nur, bis der Frühling kommt, dann wird sie wieder mehr Energie haben."

Aber Ende März hatte sie immer noch nicht mehr Energie, dafür kam eine zweite Lungenentzündung. Nach einer weiteren Woche im Krankenhaus zögerte Dr. Cleary, sie nach Hause gehen zu lassen.

„Ich würde dich gern noch eine Weile hierbehalten, Jessie. Ich glaube, die Infusionen und das Sauerstoffzelt würden dir etwas helfen."

„Aber nicht viel?" Luke war verwirrt. Er stand am Kopfende von Jessies Bett und blickte zu ihren Eltern hinüber, dann zu ihr und schließlich wieder zum Arzt. „Sie haben sie doch bisher auch immer wieder hingekriegt."

Der Arzt runzelte die Stirn. Es dauerte einen Moment, bis er wieder aufsah. „Ja, bislang konnten wir ihr immer helfen, wieder gesund zu werden. Aber diesmal ..."

„Was heißt das?" Jessie griff nach Lukes Hand, hielt aber den Blick weiterhin auf Dr. Cleary gerichtet.

Der Arzt stieß einen traurigen Seufzer aus. „Es steht nicht gut, Jessie. Deine Lungenfunktion hat stark abgenommen, und" – er atmete langsam ein – „wir kriegen die Infektion nicht in den Griff." Er setzte sich auf ihre Bettkante und sah sie mit feuchten Augen an. „Ich fürchte, sie sitzt in beiden Lungenflügeln."

Und das war der Anfang vom Ende.

❖

Luke fühlte sich seltsam entfremdet.

Er hatte das Gefühl, als stünde er nicht im Krankenzimmer an Jessies Bett, sondern auf dem Hügel auf der Farm ihrer Eltern. Er sah in ihre Augen und wusste, dass sie nie schöner und gesünder ausgesehen hatte. Er nahm ihre Hand und steckte ihr einen Ring an den Finger und versprach ihr, stark zu sein, wenn sie schwach war.

Aber wie konnte er jetzt stark sein? Im Grunde hatte ihnen der Arzt soeben erklärt, dass sie nicht mehr gesund werden würde. Ihre Hand lag immer noch in der seinen und er drückte sie. *Reiß dich zusammen, Gunner. Du musst jetzt für sie da sein.*

Er biss die Zähne zusammen und blinzelte. Wie so oft in letzter Zeit setzte er einen Funkspruch zum Himmel ab: *Bitte trag mich hier durch, Gott.*

Es war still im Zimmer. Die Neuigkeiten drangen wie ein sich langsam ausbreitendes, tödliches Gas allmählich in ihre Herzen und Gedanken.

„Also …“ Jessies Augen waren weit aufgerissen. Sie hustete zweimal, dass es ihr fast die Brust zerriss, und starrte den Arzt an. „Wie lange habe ich noch?“

„Das kommt darauf an.“ Er verschränkte die Arme. „Einen Monat, vielleicht auch zwei. Bleib drinnen, halte dich von deinem Pferd fern, dann hast du vielleicht noch etwas länger.“

„Aber wenn sie im Krankenhaus bliebe, würde sie dann nicht …“ Luke brachte den Satz nicht zu Ende. Er konnte einfach nicht darüber sprechen. Wenn er darüber sprach, würde es wahr werden, und es war nicht wahr, es *durfte* nicht wahr sein. Jeder konnte sich eine Lungenentzündung zuziehen, oder? Das musste doch nicht gleich heißen, dass es vorbei war.

Der Arzt biss sich auf die Lippe. „Wie gesagt, am liebsten, würde ich sie hierbehalten.“ Er schüttelte niedergeschlagen den Kopf. „Aber in diesem Zustand ist sie, glaube ich, zu Hause besser aufgehoben.“

Jessie ergriff Lukes Hand und legte sie auf ihre Wange. Ihr Blick war immer noch auf den Arzt gerichtet. „Woher weiß ich, wann es so weit ist? Gibt es ... gibt es irgendwelche Anzeichen dafür?"

„Das Atmen wird immer schwerer werden, jeden Tag ein bisschen." Er neigte den Kopf zur Seite und sah sie mit einem intensiven und sorgenvollen Ausdruck an. „Du wirst es wissen, Jessie."

❖

Drei Tage später brachten sie Jessie zurück auf die Ranch und der Arzt behielt recht. Das Atmen fiel ihr zusehends schwerer; es wurde von schweren Hustenanfällen unterbrochen, die durch nichts gelindert werden konnten. Weder ihre Kompressionsweste noch die Medikamente oder die Gebete, die Luke und ihre Eltern ständig für sie gen Himmel schickten, halfen auch nur das Geringste.

Luke schlief nur noch leicht, für den Fall, dass sie etwas brauchte – ein Glas Wasser, ein feuchtes Tuch oder einfach nur das tröstliche Gefühl seiner Arme um sich.

Eines Morgens lag Luke im Halbschlaf, als er ihre Hand auf seiner Schulter fühlte.

„Luke?" Sie keuchte und atmete flach. „Wach auf."

„Was ist?" Seine Augen waren offen, noch bevor sie seinen Namen fertig ausgesprochen hatte. Er setzte sich mit klopfendem Herzen auf.

Jessie sah ihm in die Augen, und die Nähe zwischen ihnen war so groß, dass es beinahe schmerzte. „Reite mit mir auf ‚Golden Sun' aus." Ein kaum merkliches Lächeln breitete sich auf ihrem Mund aus. „Bitte."

Luke zögerte. Er wollte ablehnen. Sie war nicht in der Verfassung dazu, nach draußen zu gehen, geschweige denn auszureiten. Aber er brachte es nicht fertig. Ihre Entschlossenheit, ihr Lebenswille waren ja gerade das, was er an ihr so liebte.

„Gut." Er ergriff ihre Hand, half ihr hoch und gab ihr zwei Pullover. Sie war dünner denn je und fror ständig. An manchen Tagen trug sie mehrere Schichten übereinander und trug noch eine Jacke darüber. Aber in der vergangenen Woche war es wärmer geworden, sodass zwei Pullover genügen würden.

Ohne ein Wort zu sprechen, gingen sie gemeinsam zum Stall.

Strömender Regen wäre passend gewesen für das, was Luke empfand. Aber stattdessen war es ein klarer Morgen und die Sonne erstrahlte am blauen Frühlingshimmel. Nur ein paar kleine Wolken schwebten in der Ferne über den Bergen. Die Eiche entfaltete langsam ihre Blätter und dicke, leuchtend grüne Grasbüschel wuchsen am Fuß der Kiefern auf der Nordseite des Hauses. Überall auf der Ranch brach neues Leben auf.

Überall, außer bei Jessie.

Luke hatte den Arm schützend um sie gelegt, um sie zu stützen, und ließ sie das Tempo bestimmen. Die Veränderung gegenüber dem Vortag entsetzte ihn. Sie ging langsam, mit unsicheren Schritten, und ihr Gesicht war aschfahl. Das rasselnde Geräusch in ihrer Brust wollte nicht verschwinden, gleichgültig, wie oft sie stehen blieb, um zu husten.

Angst wollte sich zwischen sie drängen, aber Luke ließ es nicht zu. Wenn es das war, was Jessie wollte, würde er es ihr geben. Und er würde einfach so tun, als ob alles anders sei – dass sie ausritten, weil dieser strahlende Frühlingstag einfach dazu einlud.

❖

Sie waren schon fast an der Stalltür, als Jessie sich zu ihm umwandte. „Danke, Luke. Das bedeutet mir sehr viel."

Er lächelte sie an, weil er nicht sprechen konnte.

Als sie drinnen waren, hob *Golden Sun* den Kopf und wieherte sanft und neugierig. Luke hatte sich in den vergangenen Wochen um ihn gekümmert und ihn geritten, wenn Jessie nachmittags geschlafen hatte. Es war das erste Mal seit Weihnachten, dass Jessie ihn wiedersah.

Als sie nur noch wenige Schritte von ihm entfernt waren, ließ Luke sie vorangehen.

„Hallo, mein Junge." Jessie zwang sich zu einem kräftigeren Gang. Sie öffnete die Boxentür und legte ihrem Pferd die Arme um den Hals.

Der Palomino antwortete mit einem Brummeln, diesmal noch leiser. Er drehte den Kopf und drückte seine Nüstern an ihre Wange.

Sie lehnte den Kopf gegen seine Mähne. „‚Golden Sun' … ich habe dich so vermisst."

Lukes Hals war wie zugeschnürt. Er konnte kaum atmen. Dieses Pferd war von klein auf Jessies Freund gewesen; sie hatte es eingeritten und ausgebildet und war mit ihm unendlich viele Kilometer durch das ganze Land gereist. Jessie hatte ihm einmal erzählt, dass *Golden Sun* Dinge verstand, die eigentlich kein Pferd verstehen konnte. Wenn es ein wichtiger Wettkampf war, wenn es um den Meistertitel oder ein hohes Preisgeld ging, konnte *Golden Sun* ihre Aufregung spüren und strengte sich entsprechend an. Aber ebenso spürte er, wenn es ihr schlecht ging, und lief dann vorsichtiger.

Als er die beiden jetzt sah, wusste Luke, dass es stimmte.

Jessie hatte Tränen in den Augen, als sie sich zu ihm umdrehte. „Bist du bereit?"

Er nickte kurz und machte sich an die Arbeit. Als *Golden Sun* gesattelt war, stieg er auf und half ihr, sich vor ihn auf das Pferd zu setzen, wie er es schon unzählige Male getan hatte. Wenn sie über die Ranch ritten, hatte er oft die Zügel gehalten, indem er seine Arme um sie gelegt hatte. Aber diesmal überließ er ihr die Zügel.

Jessie ließ *Golden Sun* erst im Schritt gehen, um ihn aufzuwärmen, aber nachdem sie die Koppel hinter sich gelassen hatten, galoppierte sie ihn an. Es war nicht das rasende Tempo, zu dem sie und *Golden Sun* eigentlich fähig waren, sondern ein Galopp, in dem sich Anmut, Kraft und Zurückhaltung mischten. Luke hielt sie fest und wünschte sich, dass sie einigermaßen atmen konnte und diesen Ritt ohne schweren Zwischenfall überlebte.

Nach ein paar Minuten wurde ihm klar, wo sie hinwollte. Sie lenkte *Golden Sun* auf den vertrauten Weg. Lukes Herz schlug im gleichen Rhythmus wie die Pferdehufe. Was wäre, wenn Jessie jetzt keine Luft mehr bekam? Was wäre, wenn sie ohnmächtig wurde und sie zu weit vom Haus entfernt waren, um Hilfe zu holen? Warum hatte er dem Ausritt zugestimmt, ohne ihren Eltern zu sagen, wo sie hingingen?

Auf halbem Weg um die Farm, in der Nähe des hinteren Zaunes, brachte sie *Golden Sun* zum Stehen und lehnte sich nach hinten an seine Brust.

„Jessie?" Er lehnte sich nach vorne. „Ist alles in Ordnung?"

„Ja." Sie atmete schnell und schwer, aber nicht so keuchend wie im Stall. „Ich fühle mich wunderbar."

Die Anspannung in ihm ließ etwas nach. „Bekommst du genug Luft? Vielleicht sollten wir zurückreiten, für den Fall, dass du ..."

„Luke." Sie drehte sich etwas um, sodass sie ihm in die Augen sehen konnte. „Mir geht es gut."

Sie drückte ihre Schulter an ihn und wendete *Golden Sun*, damit sie die Farm ihrer Eltern überblicken konnte. „Am Tag nach Annas Beerdigung saß ich allein in meinem Zimmer. Alles auf dieser Welt war aus den Fugen geraten und ich ging zum Fenster und schaute hinaus über all die Wiesen und Felder bis zur Farm der Nachbarn."

Luke lauschte aufmerksam ihren Worten.

„Die Nachbarn hatten eine wunderschöne Palomino-Stute. Anna hatte jeden Tag davon geträumt, einmal auf ihr zu reiten. Aber sie hatte nie die Gelegenheit dazu." Jessie sah zu einem immergrünen Busch, der ein paar Meter entfernt wuchs. „An diesem Tag habe ich mich aus dem Haus geschlichen und bin einfach losgerannt. Zu der Stute. Ich musste sie berühren, ihre Wärme spüren, auf ihr reiten." In ihrer Stimme klang ein Lächeln mit. „Und ich wusste, dass Anna mir zusah. Ich wusste es einfach."

Er wartete und strich ihr sanft mit den Fingerspitzen über die Arme.

„In dem Moment, als ich neben dem Pferd stand,

wusste ich, dass ich nie wieder nach drinnen gehen würde." Sie grinste ihn an. „Außer zum Schlafen."

„Du bist verrückt. Das bist du schon immer gewesen." Er küsste sie auf den Scheitel.

„Ich habe mir geschworen, dass ich es nie bereuen würde, ganz gleich, was passiert." Sie sah ihn wieder an. „Aber ich habe mich getäuscht."

Er schüttelte den Kopf. „Nein, Jessie."

„Doch." Sie sah ihm in die Augen. „Das Einzige, was ich bereue, ist, dass ich vielleicht ..." Ihre Stimme stockte. Sie hielt die Hand an ihren Hals und zögerte. „... dass ich vielleicht mehr Zeit mit dir gehabt hätte, wenn ich mehr drinnen geblieben wäre."

„Jessie ..."

„Ich wollte nur, dass du das weißt." Sie richtete sich etwas auf. Das gewohnte Keuchen war zurückgekehrt, aber es war nicht so schlimm wie in den letzten Tagen. „Jedes Mal, wenn du ‚Golden Sun' reitest, jedes Mal, wenn du ihn ansiehst, sollst du dich an mich erinnern, Luke. Ich möchte, dass du daran denkst, dass für mich jeder Tag mit dir ein Geschenk war. Du ..." Sie schluckte und ihre Stimme brach. „Wenn du nicht hinter mir her gewesen wärst, hätte ich dich nie erwischt."

„Aha, so ist das also." Luke legte sein Kinn auf ihren Kopf und fügte betont locker hinzu: „Du hast also *mich* erwischt, richtig?"

„Ich habe es dir nur nie verraten", kicherte sie, aber die Anstrengung verursachte einen kurzen Hustenanfall. Als sie wieder zu Atem gekommen war, faltete sie ihre Hände über seinen. „Das ist mein letzter Ausritt, Luke. Der Arzt hatte recht."

Lukes Herz schlug schneller. „Jessie, bitte“, entgegnete er kopfschüttelnd, „sag so etwas nicht.“

„Doch, es stimmt.“ Sie holte tief Luft und zuckte dabei vor Schmerz zusammen. „Der Arzt sagte, ich würde es merken, und ich merke es. Heute Morgen wusste ich es.“

Tränen nahmen Luke die Sicht und er musste blinzeln. Konnte das stimmen? War es tatsächlich das letzte Mal, dass Jessie, die wie der Wirbelwind ritt, auf einem Pferd sitzen würde?

Er erinnerte sich an ihre Bitte. „Ich werde dich immer vor Augen haben, Jessie.“ Er drückte sich enger an sie. „Wie könnte ich jemals ‚Golden Sun‘ anschauen und dabei nicht an dich denken?“

Sie lächelte. „Meine Mutter hat immer behauptet, wir sähen uns ähnlich, ‚Golden Sun‘ und ich. Das liegt wohl an den blonden Haaren.“

Eine Zeit lang schwiegen sie. Luke wollte die wachsende Unruhe in seinem Inneren bezwingen, aber es gelang ihm nicht. Er konnte den Gedanken nicht verdrängen. Was wäre, wenn sie recht hatte? Was wäre, wenn das hier tatsächlich ihr letzter Ausritt war? Der Gedanke machte ihn wahnsinnig.

Nach einigen Minuten nahm Jessie die Zügel wieder in die Hand. „Bist du bereit?“

„Nein.“

Er wollte zum Himmel schreien, von *Golden Sun* springen und so weit rennen, bis er keinen Schritt mehr machen konnte. Nein. Und noch eine Million Mal: Nein. Niemals würde er bereit sein, ihre kleine gemeinsame Welt mit den Pferden, dem weiten Farmland und dem blauen Aprilhimmel aufzugeben. Er wollte einfach nicht glauben, dass dies das letzte Mal sein sollte, dass er mit Jessie gemeinsam ausritt, das letzte Mal, dass er ihren Körper an seinem spüren sollte, während sie im gleichen Rhythmus über die Felder galoppierten.

„Luke?“ Sie sah ihn über die Schulter an. Sie atmete immer schwerer.

„Okay.“ Er legte seine Wange an ihre und schloss die Augen.

Auf dem Rückweg hielt er sie mit geschlossenen Augen eng umschlungen und versuchte, sich einzuprägen, wie es sich anfühlte, wenn ihr Rücken seine Brust streifte, wie ihr seidiges blondes Haar über seine Wangen strich.

Unmittelbar vor dem Stall hielt sie an. *Golden Sun* musste mit seinem siebten Sinn gespürt haben, dass sie etwas hatte, denn er hob den Kopf und hielt ihr seinen Hals hin, damit sie sich abstützen konnte. Sie strich ihm über die helle Mähne und streichelte seinen Kopf. „Braver Junge, ‚Golden Sun‘.“

Sie drehte sich zu Luke um. „Neulich habe ich etwas gelesen.“

Wieder strich er ihr mit den Fingern über die Arme. „Hmm?“

Sie blickte zur Seite und musste zweimal husten. „Es war ein Zitat von irgendjemand Berühmtem.“ Über ihnen kreiste ein Falke und sie sah nach oben. „Er ist schon tot.“

„Schade“, antwortete Luke mit betont ruhiger Stimme. Er sprach nicht gern über den Tod. „Worum ging’s in dem Zitat?“

„Vor seinem Tod sagte er den Leuten: ‚Bald werdet ihr in der Zeitung lesen, dass ich gestorben bin. Glaubt das nur ja nicht. Ich werde lebendiger sein als je zuvor.'" Sie sah ihn an und blickte hinter sein zuversichtliches Äußeres, bis hinein in seine verängstigte Seele. „Ich möchte, dass du das auch von mir sagst, Luke, ja? Sag es allen."

„Jessie ..." Er legte seine Hand auf ihre Wange und hielt ihren Kopf sanft an seiner Brust. Wenn sie doch nur immer hier in seinen Armen bleiben könnte!

„Ich meine es ernst." Sie legte ihre Hand auf die seine. „Es wird nicht mehr lange dauern. Sag ihnen, dass ich nicht tot bin, sondern lebe. Denn daran glaube ich ganz fest – dass wir nach dem Tod bei Gott sind, wie es in der Bibel steht, und dass wir dann alle unsere Lieben wiedersehen, wenn sie auch zu Gott gehört haben." Sie zögerte, und als sie weitersprach, schwang ein Lächeln in ihrer Stimme mit. „Sag ihnen, dass ich mit Anna reite und sie über die Wiesen jage und mit ihr zwischen den Büschen Verstecken spiele. Wirst du das tun, Luke?"

„Glaubst du ..." Er wollte es nicht sagen. „Glaubst du wirklich, dass es bald so weit ist?"

„Ja." Sie hustete noch einmal und rang wieder um jeden Atemzug. „Wirst du es ihnen sagen?"

Er drehte sich zu ihr, nahm ihr Gesicht in seine Hände und küsste sie. Dabei wünschte er sich mit aller Macht, dass sie nicht recht hatte und dass sie noch einmal wieder gesund würde. Aber er wollte sie nicht warten lassen, keinen Augenblick lang. Er löste sich von ihr und sah ihr prüfend in die Augen. Dann nickte er. „Ich werde es ihnen sagen."

„Danke, Luke." Sie lenkte *Golden Sun* in den Stall.

Er stieg zuerst ab und half ihr dann hinunter. Sie ging um das Pferd herum und stand dann vor ihm, vor dem

Pferd, das sie ein Jahrzehnt lang geritten, auf das sie sich verlassen und mit dem sie Wettkämpfe bestritten hatte. *Golden Sun*, der jahrelang ihr einziger Freund und Vertrauter gewesen war.

Lange Zeit starrte sie den Palomino an. Dann lehnte sie sich an ihn, schlang ihre Arme um seinen Hals und küsste ihn auf die Stirn. „Mach's gut, mein Junge."

Sie drehte sich um, machte einen Schritt auf Luke zu und stürzte in seine Arme. Und dann kamen die Tränen in Strömen. Sie schluchzte und wurde von einem Schmerz überwältigt, der grenzenlos war.

Er strich ihr sanft über den Rücken, und als sie sich wieder unter Kontrolle hatte, blickte sie auf. „Ich bin nicht traurig."

Er lächelte sie leicht an. „Das sehe ich."

Sie gab einen Laut von sich, der irgendwo zwischen Lachen und Weinen lag. Dann presste sie die Hand auf ihren Mund und schüttelte den Kopf. „Ich meine, ich habe nicht in meinem Zimmer gesessen und das Leben draußen an mir vorüberziehen lassen!"

Spontan umfasste sie seine Schultern und küsste ihn auf den Mund. „Siehst du – ich habe zwar den Meistertitel nicht gewonnen, aber darüber hinaus habe ich all das getan, wovon ich immer geträumt habe. Und deshalb bin ich wirklich nicht traurig – nur jetzt gerade im Moment, aber insgesamt nicht." Sie lächelte und ihr Blick wärmte ihn bis ins Innerste. „Ich wünschte mir nur ..." Sie stockte und hielt einen Augenblick inne. „Ich wünschte mir nur, ich könnte noch ein bisschen bleiben."

„Oh, Jessie ..." Nur mit Mühe fand er seine Stimme. „Ich auch."

Noch einmal sah sie über die Schulter zu *Golden Sun*. Dann drehte sie sich um und streckte Luke die Hand hin. „Lass uns gehen."

❖

Sie drehte sich nicht mehr um. Weder als sie den Stall verließen noch als sie durch die Hintertür ins Haus ihrer Eltern traten. Von dem Augenblick an, als sie drinnen war, ging es ihr von Stunde zu Stunde schlechter. Keines der herkömmlichen Mittel half.

Das Ende kam schnell und die meiste Zeit schlief sie.

Am Abend war Luke sich sicher, dass ihr Ausritt am Morgen und die Unterhaltung nichts weniger gewesen waren als ein Wunder. Jessie würde vielleicht nicht mehr gesund werden, aber sie hatten diesen letzten vollkommenen Morgen geschenkt bekommen, einen Morgen, der in alle Ewigkeit hell auf die Trümmer seines Herzens strahlen würde.

Sie informierten Dr. Cleary und er überließ Jessie die Entscheidung: Sie konnte ins Krankenhaus kommen und ihr Leben vielleicht noch um ein paar Tage verlängern oder sie konnte daheim bei ihrer Familie bleiben. Sie entschied sich, zu Hause zu bleiben. Die Tage gingen nahtlos ineinander über. Jessie kämpfte, wie sie es immer getan hatte – mit hochgekrempelten Ärmeln und bloßen Händen.

„Ich versuch, weiterzukämpfen, Luke", sagte sie eines Nachts, als er neben ihr lag und sie im Halbdunkel ansah. „Ich versuche es immer noch."

„Ich weiß." Er strich ihr mit den Fingern durchs Haar

und wünschte das Leben in sie hinein, wollte glauben, dass sie irgendwie doch noch eine Chance hatten. „Hör nicht auf. Wir haben immer noch eine Chance."

Jessie lächelte. „Das … liebe ich so an dir." Sie keuchte und rang mit jedem Wort um Luft. „Du hörst niemals auf … an ein Wunder zu glauben."

„Nein, Liebste, niemals." Er beugte sich über sie und küsste sie. „Es heißt doch in der Bibel, dass bei Gott nichts unmöglich ist."

„Halt mich fest."

Er schob seine Arme unter ihre Schultern und hielt sie wie ein rohes Ei in seinen Armen. Jeder Druck auf ihren Brustkorb würde ihr das Atmen nur noch schwerer machen. „Bleib bei mir, Jessie."

„Ich versuche es." Sie drückte ihr Gesicht an seines. „Ich werde … einfach nicht aufgeben."

❖

Sie klammerte sich an Luke und an das Leben und schaffte es, zwei Tage länger durchzuhalten, als Dr. Cleary es für möglich gehalten hatte.

Aber am Ende musste sie doch aufgeben.

An einem sonnigen Morgen Ende April, zwei Wochen nach ihrem letzten gemeinsamen Ausritt, starb Jessie in seinen Armen.

❖

Lange Zeit, nachdem ihre Eltern das Zimmer verlassen und den Bestatter angerufen hatten, hielt Luke sie noch im Arm, klammerte sich an sie und atmete den Duft des Shampoos ein, der immer noch in ihrem Haar lag.

Die Medien erfuhren sofort von ihrem Tod und Hunderte von Rodeoleuten kamen zu ihrer Beerdigung. Jessie Gunner war plötzlich keine geheimnisvolle Figur mehr, sondern jetzt wussten alle, was mit ihr los gewesen war. Und alle waren über diese Geschichte erschüttert und standen geschlossen hinter Luke und ihrer Familie.

Lukes Eltern und Carl Joseph kamen ebenfalls und umgaben Luke mit der Liebe, nach der er sich sein Leben lang so sehr gesehnt hatte.

Carl Joseph kam vor der Beerdigung zu ihm. „Bruder", sagte er mit zitternder Unterlippe. „Das mit Jessie tut mir schrecklich leid."

„Danke, Kumpel." Luke legte seinen Arm um seinen kleinen Bruder, drückte ihn fest an sich und wiegte ihn hin und her.

„Sie war eine schöne Reiterin." Carl Joseph trat ein wenig zurück, die Brauen sorgenvoll zusammengezogen. Aufrichtige Trauer stand ihm ins Gesicht geschrieben. Er zeigte mit einer Hand zum Himmel. „Weißt du, was ich hoffe?"

„Was?" Lukes Hand lag immer noch auf der Schulter seines Bruders.

„Ich hoffe, dass Gott ihr im Himmel ein Pferd schenkt."

Luke schloss die Augen und sah Jessie auf *Golden Sun* wie der Wind über die Wiesen hinter dem Haus reiten. Er öffnete die Augen. „Ich auch, Kumpel." Sein Hals schmerzte vor Trauer. „Ich auch."

An diesem Tag war Jessie überall.

Sie war in den Augen ihrer Mutter, die sehr still war und sich nicht darum kümmerte, dass ihr die Tränen ununterbrochen übers Gesicht liefen. Sie war in der Körperhaltung ihres Vaters, der einen Strauß Gänseblümchen auf ihren Sarg legte. Und sie war bei Luke, als er das Mikrofon nahm und von Jessie erzählte, von ihrer Entschlossenheit und Kraft.

„Jessie wollte, dass ich euch allen etwas sage." Er sah in die Menge fast ausschließlich bekannter Gesichter. „Ihr denkt, dass sie jetzt tot ist, aber das sollt ihr nicht glauben." Ihre Stimme hallte in seinen Gedanken nach. „Sie ist jetzt lebendiger als je zuvor. Sie hat mir gesagt, dass sie jetzt bei Gott ist. Dass sie endlich frei ist. Und dass sie mit Anna zusammen über die Wiesen im Himmel reitet und lacht."

Er ging vom Podium hinunter, setzte sich und ergriff die Hand seiner Mutter. Sein Vater legte ihm von der anderen Seite einen Arm um die Schulter und hielt ihn ganz fest.

So sollte es sein.

Jessie hatte ihm beigebracht zu lieben und diese Liebe war nun ihr Vermächtnis. Leider hatte sie ihm nicht auch noch beigebracht, wie man loslässt.

❖

Als die Beerdigung vorüber war und seine Eltern und Carl Joseph ins Flugzeug stiegen und nach Atlanta zurückflogen, geschah etwas, mit dem Luke nicht gerechnet hatte.

Der alte Zorn war wieder da.

Nein, das stimmte so nicht – es war nicht der alte Zorn,

sondern ein anderer, unbekannter Zorn, ein Gefühl der Wut und Hilflosigkeit und eine seltsame Ungewissheit. Ungewissheit darüber, was er jetzt tun sollte oder wohin er gehen sollte oder warum er morgens überhaupt aufstehen sollte oder wie er sich jemals wieder gut fühlen sollte.

Was auch immer es war, die Gewohnheit verlangte, dass er es unterdrückte.

Er blieb den Sommer über auf der Ranch und verbrachte die meiste Zeit auf *Golden Sun*s Rücken. Er ritt über die Ranch, vermisste Jessie, wurde von Zweifeln geplagt. Warum hatte sie nicht leben dürfen? Natürlich, er hatte Kommentare gehört wie: „Gott wollte sie eben schon früher bei sich haben." Ha! Gott konnte sie noch die ganze Ewigkeit lang haben; Luke wollte doch nur ein paar Jahrzehnte mit ihr.

Und warum hatte sie den Meistertitel nicht gewinnen dürfen? So seltsam es war, aber an manchen Tagen plagte Luke diese Frage am meisten. Wegen eines umgefallenen Fasses! Ein dummes Fass hatte darüber entschieden! Das war nicht fair.

„Luke, wir alle vermissen sie", sagte ihre Mutter immer wieder zu ihm. „Wenn du reden willst – ich bin für dich da."

Mit jeder Stunde wurden die seltsamen Gefühle in ihm klarer und stärker. Schließlich begriff er es: Es war gar keine Wut, es war Trauer! Eine Trauer, die mit ihren langen Fingern seine Seele zerquetschen wollte und einen Schmerz verursachte, der uferlos schien. Wie ein Ozean, so tief und groß und unendlich, und er selbst war ein einsamer, ertrinkender Schwimmer, der keine Hoffnung mehr hatte, jemals wieder Boden unter den Füßen zu verspüren.

Trauer war anders als Wut.

Er konnte sie vor der Welt verbergen, aber sie war da, wenn er morgens aufwachte und wenn er abends schlafen ging. Und nichts machte es besser. Der Schmerz war immer da, wenn er *Golden Sun* sattelte, nach dem Vieh sah, Zäune reparierte oder mit Jessies Mutter sprach. Und Luke Gunner kannte nur eine Art, mit einem solchen starken Gefühl umzugehen.

Nach sechs Monaten traf er eine Entscheidung. Er würde wieder zum Rodeo zurückkehren.

❖

Unter den gegebenen Umständen wurde er wieder in der Profiliga zugelassen. Ein anderer Rodeoreiter stellte ihm ein Zimmer auf seiner Ranch in Kalifornien zur Verfügung, auf der Luke zwei Monate ununterbrochen trainierte. Im Januar, als die Saison in Denver begann, saß Luke nach drei Jahren zum ersten Mal wieder im Wettkampf auf einem Bullen.

Inzwischen hatte er einen Grund zu kämpfen, der größer und tiefer war als damals sein Zorn auf seinen Vater oder auch Jessies Krankheit.

Diesmal musste er den Drachen der Trauer töten, eine Trauer, die ihn umbringen würde, wenn er sie nicht besiegte. Bei jedem seiner unglaublichen Ritte in dieser Saison trat er gegen diese Trauer an, gegen den Schmerz, die Einsamkeit. Und bei jedem Ritt spürte er Jessie bei sich, in sich.

Er flog nicht mehr wie früher von einem Wettkampf zum nächsten. Diesmal kaufte er sich einen Wohnwagen wie der von Jessie und stellte ihn an den vertrauten Plätzen neben den Stadien ab. Es waren die Orte, an denen er und Jessie sich nähergekommen waren, an denen er draußen sitzen und sich erinnern konnte.

Es war eine wilde Saison, in der er es mit einer Hemmungslosigkeit mit den Bullen aufnahm, die jeder Vernunft spottete. In Rodeokreisen fragte man sich, ob der Verlust von Jessie Luke Gunner wahnsinnig gemacht hatte, weil er mit nur einer Lunge wieder Bullen ritt. Ein einziger Stoß mit dem Horn eines Bullen würde genügen und er würde die Arena nicht lebend verlassen.

Luke war das gleichgültig. Er *musste* diese Saison reiten, musste sie erleben, und oft passierte es ihm, dass er während der verrückten Sekunden auf dem Bullen eine stumme Zwiesprache mit Gott hielt: *Geht es ihr gut bei dir? Ist sie jetzt frei? Werde ich sie wiedersehen?* Und dann schien es ihm, als käme als Antwort eine stille Zustimmung.

Luke spürte so etwas wie Frieden in sich aufkeimen.

Bei der Siegerehrung im Dezember war er zum dritten Mal Meister.

❖

Ein paar Tage später flog er zurück nach Colorado, um seine Sachen zu holen und Jessies Eltern Lebewohl zu sagen. Seine Familie wohnte in Atlanta und dort wollte er auch sein.

Zum Abschied schenkte er Jessies Mutter seinen Meisterschaftsgürtel.

„Der gehört dir“, sagte er.

Und das war die Wahrheit. Denn ohne Jessie, ohne sie kennen und lieben gelernt zu haben, ohne sie mit einer Intensität zu vermissen, die stärker war als jeder bockende Bulle, hätte er diese Saison nicht so geritten. Deshalb gehörte der Gürtel ihrer Familie – der Gürtel, den Jessie sich immer gewünscht hatte.

Die Saison hatte ihren Zweck erfüllt.

In ihrem Verlauf hatte Luke die Wahrheit über die Trauer gelernt: dass sie einen niemals mehr ganz verließ. Und so tat er, was Jessie getan hätte: Er holte tief Luft, hielt den Atem an und stürzte sich mitten hinein. Er machte sie sich zu eigen, gab sich ihr hin und schließlich schloss er Frieden mit ihr.

Epilog

Luke kaufte sich ein paar Meilen außerhalb von Atlanta eine Ranch und begann, Pferde zu züchten. Im Jahr darauf zogen seine Eltern und Carl Joseph auf das angrenzende Stück Land. Manchmal, an warmen Abenden, wenn *Golden Sun* auf der Weide war, setzte sich Luke auf die Veranda seines Hauses und glaubte, ihre Stimme zu hören.

Jedes Mal, wenn du Golden Sun *reitest, jedes Mal, wenn du ihn ansiehst, wünsche ich mir, dass du mich siehst …*

Und das tat er. Aber er sah sie nicht so vor sich, wie sie an jenem letzten Morgen ausgesehen hatte, mager und blass, mühsam um Sauerstoff ringend. Er sah sie voller Leben und gesund, wie sie den Atem anhielt, fest im Sattel saß und um den Dreiecksparcours mit den Fässern jagte.

So würde er sie immer in Erinnerung behalten.

Jetzt, wo ihre Geschichte in Rodeokreisen bekannt geworden war, blieb Luke nichts anderes übrig, als diese ihrem Schicksal zu überlassen. Schon bald verselbstständigte sich die Legende um ihre Person, um ihre Krankheit und ihren Kampf dagegen. Es war eine Geschichte, die man sich immer und immer wieder erzählen würde, solange es das Rodeo gab. Aber ihre wahre Geschichte – das Wissen darum, wer Jessie außerhalb des Rodeos wirklich gewesen war, würde immer ein Geheimnis bleiben, das nur einer Handvoll Menschen bekannt war.

Am meisten jedoch gehörte sie ihm.

Sein Lieblingsfoto von Jessie war an ihrem Hochzeitstag aufgenommen worden. Sie sah so schön aus in ihrem langen weißen Kleid, hatte Gänseblümchen im Haar und strahlende Augen. Und sie war überzeugt davon, dass sie die Mukoviszidose besiegen konnte und dass das Band zwischen ihnen stärker war als jede Medizin oder Krankheit, ja, sogar stärker als die Zeit.

Jedes Mal, wenn Luke das Bild ansah, war er sich einer Sache gewiss: Obwohl sie sich getäuscht hatte, was die Krankheit betraf, hatte sie doch in einem Punkt recht gehabt. Ihr Körper hatte Jessie im Stich gelassen, aber die Liebe zwischen ihnen würde bestehen bleiben und nie aufhören, niemals. Genau so, wie es in der Bibel stand. Und eines Tages würden sie sich wiedersehen.

Anmerkung der Autorin

Diese Geschichte wurde vom Schicksal der etwa 100 Menschen inspiriert, die jedes Jahr für einen ihrer Lieben, der an Mukoviszidose leidet, einen Lungenflügel spenden. Und alles nur, um ihnen noch etwas Zeit zu schenken, vielleicht noch drei Jahre, vielleicht auch etwas mehr – vielleicht auch etwas weniger.

Jessie Daniels' Geschichte mit Mukoviszidose war ihre ganz persönliche Erfahrung, so wie jeder Mensch, der diese Krankheit hat, seine ganz persönlichen Erfahrungen macht. Mit dieser Geschichte wollte ich keineswegs einen durchschnittlichen Fall oder die typischen Beschränkungen beschreiben. Ich habe versucht, die Geschichte im Bereich des Möglichen und Realen spielen zu lassen.

Mukoviszidose-Kranke sollten Sport treiben, aber nicht an einem Ort mit Allergenen und Reizstoffen, die ihren Lungen schaden könnten. Meine Nachforschungen haben ergeben, dass es extrem unwahrscheinlich wäre, dass jemand mit Mukoviszidose beim Profirodeo mitmischt. Trotzdem – bei einer so entschlossenen, starken Persönlichkeit wie Jessie fand ich es denkbar.

Der Grund, weshalb ich mich entschlossen habe, eine Geschichte über Mukoviszidose zu schreiben, ist ein kleiner Junge namens Matt, der an dieser Krankheit leidet.

Er spielt in der Basketball-Schulmannschaft mit, die mein Mann trainiert. Matt hat in diesem Sport keine Zukunft. Er muss sich keine Gedanken um mögliche zukünftige Stipendien machen. *Jetzt* sind seine besten Jahre. Er spielt Basketball, weil er es liebt. Er spielt von ganzem Herzen, genau wie ein Profi. Mit der gleichen Begeisterung, mit der Jessie Daniels ritt.

Obwohl die Geschichte im Umfeld der tatsächlichen Profirodeo-Vereinigung PRCA spielt, sind alle Charaktere frei erfunden. Jede Parallele mit lebenden Personen oder tatsächlichen Ereignissen ist rein zufällig und nicht beabsichtigt. Proficowboys und Rodeoverantwortliche haben mir bei den Nachforschungen zu diesem Buch sehr geholfen. Mögliche Ungenauigkeiten sind allein mein Fehler.

Dieses Buch handelt von der Liebe, die geduldig und freundlich ist, die alles erträgt, alles glaubt, alles hofft und alles erduldet. Von einer Liebe, die nie aufhört. Diese Liebe ist nicht die Lösung all unserer Probleme. Vielmehr trägt sie uns *in* unseren Problemen. Wenn alles vergangen ist, werden diese drei bestehen bleiben: Glaube, Hoffnung und Liebe; aber die Liebe ist die größte unter ihnen.

Karen Kingsbury

Herrlich erfrischend!

Ausgewählte Roman-Bestseller

Deeanne Gist:

Die eigenwillige Jungfer

Roman.

Taschenbuch · 416 Seiten
ISBN 978-3-86591-680-8

Kirsten Winkelmann:

Schwesterherz

Roman.

Taschenbuch · 544 Seiten
ISBN 978-3-86591-684-6

Elisabeth Büchle:

Wohin der Wind uns trägt

Roman.

Taschenbuch · 576 Seiten
ISBN 978-3-86591-681-6

Herrlich erfrischend!

Ausgewählte Roman-Bestseller

Karen Kingsbury:
Tausend Morgen mit dir
Roman.

Taschenbuch · 288 Seiten
ISBN 978-3-86591-683-9

Angela E. Hunt:
Tag des Erwachens
Roman.

Taschenbuch · 384 Seiten
ISBN 978-3-86591-679-2

Frank E. Peretti:
Die Finsternis dieser Welt
Roman.

Taschenbuch · 448 Seiten
ISBN 978-3-86591-682-2